不负经典

写在茅奖边上

Living Up to The Classic

单士兵 著

重庆出版社

单士兵

专栏作家，中国作家协会会员，资深媒体人，高级记者

中国报纸副刊研究会副会长，曾任重庆市文艺评论家协会副主席

评论作品曾获中国新闻奖一、二、三等奖

一个人走的是不是大道，读的是不是好书，决定着他最终能否抵达辽阔的阳光地带。

白纸黑字，不负经典。那些历经时间考验的文字，终会聚拢成照亮自己的光！

——单士兵

让理想作家遇上理想读者

《不负经典——写在茅奖边上》序

邱华栋

中国作家协会党组成员、副主席、书记处书记作家希望遇上理想读者，读者也希望遇见理想作家，这种“交互”关系，对推动文学发展越来越重要。特别是在信息发达年代，作家与读者实现“双向奔赴”，既有利于创作激励，也有利于价值传播。

书评人是作家和读者的“媒人”，为写作和阅读牵起一根缘分的红线，让彼此遇见理想的文学对象。

总体上看，书评人可以分为这两类：一是以文学期刊为阵地的“学院派”，二是以大众媒介为平台的读书人。这两类书评人各有千秋、各得其所，对文学研究和传播都起到不可或缺的作用。

单士兵以前从事文学创作，后来到媒体工作，做了二十多年职业评论员，也是社交平台上有着百万用户的文化博主，在各类媒介上撰写了大量评论文章，在报社长期分管文化副刊版块，其中就包括书评版工作。同时，单士兵还在高校做文化理论的教学和研究工作。这些职业经验，让这部作品很有“跨界”感，也暗合时下的“跨文体写作”潮流。

任何写作都讲究传承和创新，从文体到思想，都在不断迭代升级，书评也不例外。

学院派的文学批评，不论是过去还是将来，价值毋庸置疑。学院派书评有系统性、专业性、科学性、技术性、理论性等特质，为文学研究提供了重要范式，也为作家创新不断提供路径指引。

不必讳言，学院派也存在一定的批评主体性丧失问题，有些书评文本太过生涩，甚至生造概念，晦涩难懂，加上观点思想过度聚焦文学本身，缺乏思想开放性，有些甚至成为文本、结构、思想、流派等等的排列组合游戏。任何文本若缺乏审美，陷入老气横秋的“理论操演”窠臼里，没有广义上的审美愉悦，偏离了文学评论进行价值传播的功能，就容易失去读者。加上一些学院派书评确实存在过度拔高和吹捧现象，这一切，都呼唤新的文学批评冲破学院壁垒，以更加自由灵动的表达，走向更为开放的空间。

也正因如此，这些年，大众媒介上出现了很多随笔体文学批评，在文本表达上凸显个性化，在观点内容上更注重连接社会痛点和时代价值，给书评的文本和思想都带来了新的气象。

从时评人到书评人，单士兵这两种身份的切换，很大程度上就体现在文本跨界和观点融合之中。单士兵的评论作品曾获得中国新闻奖一、二、三等奖，在中国记协新媒体平台上，他发过一篇介绍写作经验的文章，题目叫《不像评论的评论，获得中国新闻奖》。其中有一句话这样写道："凡是一流的评论员，首先就应该是个散文家，甚至是小说家。"他认为，写评论，不要拘于形式，不必困于传统，一些评论文章确实"不像传统意义上的评论"，但只要观点能引起读者共鸣和共情，也应该勇敢和自信地说："这也是创新！"《不负经典——写在茅奖边上》，也体现了这样的写作思维。

茅盾文学奖是中国最高荣誉的文学奖项之一，茅奖作品也被普遍视为中国当代文学经典，历届茅奖评选都牵动人心。从 1982 年设立以来，茅盾文学奖在评选机制上不断完善，评奖体系上不断走向成熟，现已评出 53 部获奖作品，从整体上讲，它们代表着中国当代文学在不同时期的文学水平，展现了中国作家在艺术探索和价值创新上的努力成果，深刻反映了社会历史变迁给文学表达带来的巨大影响。从这个意义上讲，对茅奖作品进行系统性研究，永远不过时。

由单一作者独立完成针对迄今面世的 53 部茅奖作品的评论，似乎此前还未曾出现过。这有利于从整体上将茅奖作品纳入统一的思想体系来审视，也有助于在文本修辞上形成统一的表达风格。颇具匠心的是，这本书的章节框架划分，并不是按照历届茅奖评选时间顺序，而是以 53 部作品所写内容的年代进行排序，这种"内容编年体"的成书方式，无疑是一种创新，有助于人们以文学的方式，打开一部中国社会的变迁史，透视一部中国人的心灵史。

不过，给所有茅奖作品写书评，本身就是很有挑战性的事。光是阅读全部作品，就是一项浩大的工程。单士兵先是花了两年时间，精读了全部茅奖作品，并阅读了数百万字的论文材料。随后，在报纸读书版开设专栏“写在茅奖边上”，每周刊发一篇随笔体书评，用整整一年时间，从未间断地刊发完这部近二十万字的作品。开设专栏期间，高强度的阅读和写作，让他患上严重的眼疾和手疾，日常生活离不开眼药水，还经常被腱鞘炎折磨得极为痛苦，这种“苦行僧”“打深井”式的写作，确实不易。

经过时间的沉淀，一些茅奖作品现在已经被普遍认为完成了经典化，比如《白鹿原》《尘埃落定》《平凡的世界》《额尔古纳河右岸》等等。伟大的经典，就是要经得起一代代读者的阅读，经得住一批批读者的争辩，接受一届届读者的挑剔。其中，甚至还要接受种种误读。经典就是要通过争辩才能彰显价值，经典也是不怕被误读的。更重要的是，经典不应该被某种判断定义，而是常读常新，不断找到新的价值切入点。这些作品之所以成为经典，也正因其既深深扎根于时代的泥土，又始终仰望着人性的星空。

单士兵正是从这些经典中的小场景、小细节出发，潜入中国当代文学四十年的激流中，在潮涨潮落之间拾取思想的珍珠，在岁月长河中窥见文化灵魂的颤动，从相关经典著作中获得新的审美和价值。

这部作品拒绝将《白鹿原》简化为“民族秘史”的符号，而是聚焦于白嘉轩挺直的腰杆如何在时代碾压下渐渐佝偻；也不满足于用“魔幻现实主义”标签化莫言的《蛙》，而是透过姑姑手中接生的剪刀，剖开计划生育政策背后个体生命的撕裂与救赎；作者从《平凡的世界》中孙少安的砖窑升起的炊烟中，看到的也不只是经济改革的宏大叙事，更多的是一个农民对尊严的朴素求索；从《人世间》

里周秉昆在光字片的岁月蹉跎中，透视出计划经济向市场经济转型中普通人的迷失与坚守……这种“从小场景出发”的批评路径，让文学重返人性复杂的现场，也让读者在宏大叙事之外，从那些隐秘的角落，看见细碎而真实的美好。

当前，文学批评界也有一种现象，就是打着自由批评的旗号，为批评而批评，掉进“否定性批评”的陷阱。有些批评者只抓住作家某个语句或段落，不顾上下文语境，上纲上线，扣道德帽子，这种不客观、不全面、不理性，其实是在破坏文艺批评的健康生态。以今天的审美视角和价值判断看待茅奖作品，有些作品当然存在艺术遗憾，但文学评奖本身需要体现特定时代的价值诉求，评奖本身也是一个不断完善发展的过程。值得一提的是，单士兵的这部书评没有为批评而批评，陷入否定性批评的偏执陷阱，而是用心地梳理这些作品在文学史上的创新价值，提炼出更多符合时代价值的元素。比如，作者就从《芙蓉镇》《将军吟》等作品中，看到文学记忆历史的价值，看到文学内容为评论表达打开的空间，这些思维和判断，无疑是积极理性的。

或许也正是因为有着媒体人的身份，单士兵对茅奖作品的解读，很多时候又保持着双重视野：既是对文学本体的审美凝视，又是对社会现实的症候反思，进而从中窥见几代人的精神心理变化，来求解人们的社会化生存和全球化命运。比如，当《尘埃落定》中的傻子少爷以“非常之眼”窥见土司制度的崩溃，当《北上》通过大运河串联起意大利冒险家与中国知识分子的“世界对视”，单士兵从中敏锐地捕捉到这些文本中隐含的现代性诉求——在全球化与本土化的撕扯中，中国文学既要体现“中国气派”，又要拥抱“人类共通的情感”。这些深度观察和价值梳理，为经典穿越时空提供了密钥。

“边上”是一个充满张力的位置。它既非中心的傲慢，亦非外围的疏离，而是一种清醒的旁观与介入。正如本雅明笔下的“游荡者”，单士兵也是以边缘视角洞察文学现场，既有对经典文学荡气回肠的分析，也有对经典文学另辟蹊径的审美；既不排斥学院派批评的学理深度，又能够坚定地站在人民的视角去审视文本。比如，他既惊叹于《白鹿原》的史诗气魄，又不忘追问田小娥的悲剧中有多少属于历史的必然。特别是，他试图回答一个根本问题：在价值碎片化的当下，文学如何继续承担叙述“民族心灵史”的使命？答案或许藏匿在《天行者》民办教师的粉笔灰中，在《推拿》盲人按摩师指尖的触觉里，在《繁花》沪上弄堂的市声深处……那些未被宏大叙事收编的个体经验，正是文学对抗遗忘的武器。

白纸黑字，不负经典。经典不被辜负，需要作家的天赋和努力，需要文学评奖的筛选和推介，需要读者的阅读和品评。只有每一个主体都不辜负，文学作品才能在一次次打量中，被辨认出独特的灵魂，让理想作家遇上理想读者，让经典不负时代，永远流传。

目录

第二章 风雨家园

第三章 暗夜晨曦

第四章 春水方生

第五章 奔腾年代

不负经典——写在茅奖边上

历史的幽暗和凉薄，让无数面孔不曾被看见，
让太多声音不曾被听见。

第一章 故史沉晖

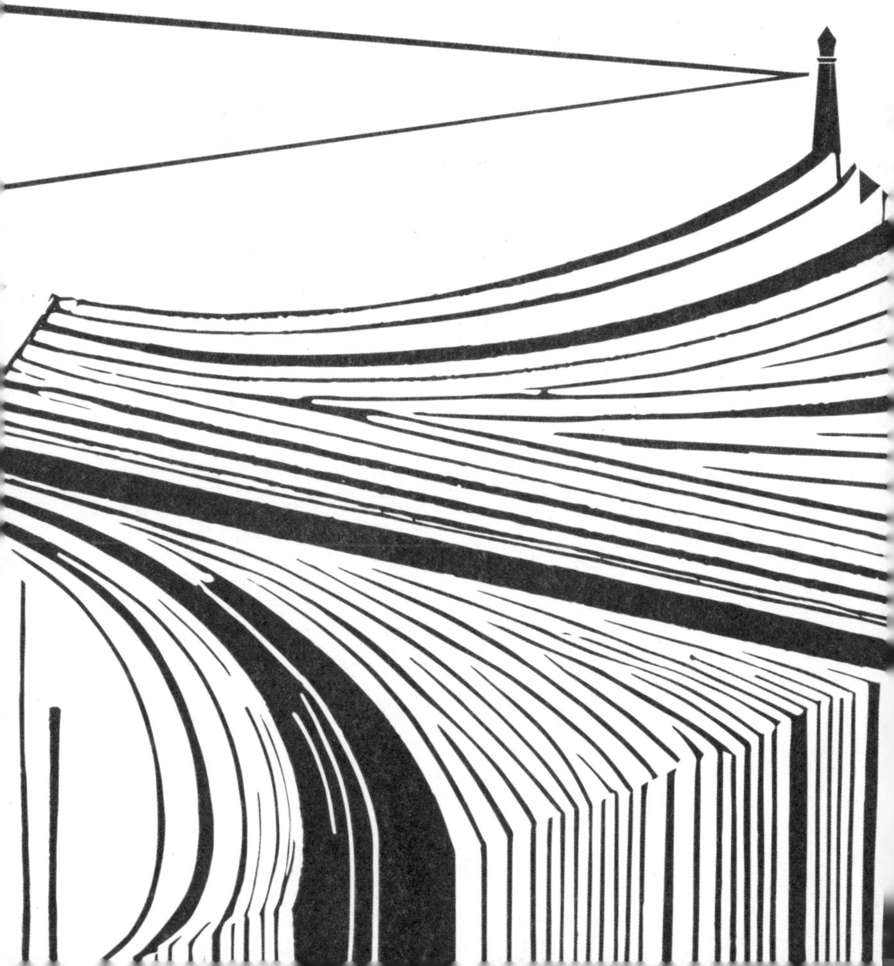

如果生命只是大梦一场

评《本巴》

题记：童年游戏，英雄史诗；
时空轮转，精神返乡。

“如果生命只是大梦一场，你会怎么办”在那首清澈干净的《大梦》中，歌手瓦依那面对人生的空转、疏离和挫败，如此悲伤唏叹。

将现实拉入梦境，将梦境抒写进现实，这正是小说《本巴》呈现的梦幻世界。在作家刘亮程的这部小说中，很多人的生命，确实就是大梦一场。

江格尔在“出世前的梦中，就把一辈子的仗打完”，他在梦中消灭了侵占本巴草原的莽古斯，成为本巴汗王。人们不把醒来后的珍贵时光用来打仗，能在梦中解决的事，绝不会放到醒来后的白天。

在藏语中，“本巴”意为“宝瓶”，是每个生命的故乡，也是史诗英雄的回归之地。小说《本巴》把沉重的苦难消减为轻松的游戏，把悲壮的史诗移植到轻盈的梦境，在梦里梦外的轮回中，在梦中之梦的嵌套中，寻找返乡之路。

正如刘亮程在这本书的扉页上所写：“我们在梦里时，醒是随时回来的家乡。而在醒来时，梦是遥远模糊的故乡。我们在无尽的睡着醒来里，都在回乡。”

本巴国的人永远年轻美丽，是美好故乡的隐喻；拉玛国摆不脱的幽暗滞重，象征着难以安放的异乡。走上回乡之路，首先就是要打开现实通往梦境的大门。

托尔斯泰曾这样说：“一个作家写来写去，最终都要回到童年。”在小说《本巴》中，刘亮程的艺术构思更是体现到了极致。

三个儿童是主人公，他们是不愿长大的洪古尔、只想返回母腹的赫兰、同样不愿出生的哈日王。搬家家、捉迷藏和做梦梦这三种童年游戏，则被作者精巧地串织起来，作为史诗故事的主体、时空转换的工具、精神返乡的路径。

书中那些密密匝匝的意象，那些瑰丽奇绝的情境，那些动人心魄的细节，那些缜密不乱的逻辑，有时或许要读许多遍才能读懂，又或许每读一次就会有不一样的理解。

读完这本书，真是宛如大梦一场：醒来先是迷迷怔怔，然后精神格外清明，继而不禁感慨长叹——作者何以如此脑洞大开，创作竟能如此别出心裁，人物故事怎会如此动人深刻？

洪古尔，一个被称为吃奶的少儿英雄。

在本巴国，人人都活在二十五岁，只有洪古尔一人停留在童年，他拒绝长大，却又承担着成人的责任。

在这个整日沉醉于青春酒宴的国度，洪古尔坐在十二英雄右手边的首位，打下了几乎所有的战事。

不过，在接到拉玛国哈日王的战书后，只身赴战的洪古尔却失败了。待在母腹中的哈日王一脚踢飞了这个曾经战无不胜的少年英雄，用铁链将他牢牢拴在拉玛宫殿门口沉重的车轮上。

赫兰，一个只想待在母腹中的婴儿。

他是洪古尔的弟弟，在母腹中就与肚皮外的哥哥心心相印，如果不是哥哥遭难，他绝对不愿意出生。

被迫离开母腹的赫兰，赶往拉玛国，去营救哥哥。一路上，他使用“搬家家”游戏，让拉玛国大人蹲在地上，把羊粪蛋当成羊、马粪蛋当成马、草叶当成搭起又拆散的家，来代替他们不停转场的游牧生活。

“搬家家”游戏，暗含着对成人生活机械重复、原地打转的讽刺。通过游戏，拉玛国的成人都回到童年，找到童真，大人们都变成了孩子。

赫兰并不知道，这招正中敌方下怀。按照“他们不长老，我们不长大”的逻辑，当本巴国人不变老，只要拉玛国人停留在童年，胜算绝对属于拉玛国人。

赫兰终于找到了洪古尔。只不过，刚刚迎来短暂相见，哈日王就从母亲肚脐眼中伸出脚把这哥俩朝着两个方向踢飞了。

洪古尔为了找到失踪的弟弟赫兰，就开始用“捉迷藏”游戏，“一半人藏起来，另一半人去找”，“藏起来的人一旦被捉住，一半的牛羊便归捉住他的人”。就这样，捉迷藏的游戏风靡拉玛草原，而赫兰也身陷其中，到处躲藏。

人一旦陷入精神迷失，往往就找不到归处。不过，赫兰后来还是怀着对母腹的怀念，踏上了归途。母腹，就是赫兰故乡的隐喻。

寻找弟弟的洪古尔喝了拉玛国人会让人变老的茶后，从昔日风光无限的少年英雄，瞬间变成本巴国草滩上唯一的老人。

终于，洪古尔与赫兰兄弟再次相逢了，一个已把自己藏在谁也找不到的老年，一个仍活在捉迷藏的游戏里。哥哥以为弟弟不会认出苍老的自己了，对弟弟更是百般疼爱，将他捧在手上，放在肩上，坐在白发苍苍的头顶上。兄弟之情，大爱无声。

哈日王，一个同样不肯出生不愿长大的孩子，却又有着成人都难以企及的成熟世故。

他的左眼目光中满是阴冷与狡猾，右眼目光却又全都是天真与无辜。通过“做梦梦”的游戏，他不仅将本巴人玩弄于手中，也对自己的子民拉玛人进行同样的控制。

强大的哈日王，看清生活真相，摆脱世俗迷局，他不愿故步自封，也不会掉进梦想陷阱，而是在虚幻和现实之间随意穿梭。

即便如此，他的内心始终摆脱不了对童年的依恋，仍然保留着一片未被成人世界污染的圣地。本巴国与拉玛国的战争，看不到血腥，更多是孩子们心中关于梦和现实的认识差异。

“当我们更认真地做梦时，真实的生活就会被我们颠覆过来。”哈日王布好大梦，对征服本巴充满自信。

但是，刺破梦境迷雾，最终呈现的是这样真实的结果——江格尔率领本巴全族浩浩荡荡地前行，“他们没有走向衰老的父亲，而是拐了一个弯，冒着风雪走向很久前的故乡”。这，不属于设置的梦。

唯有返乡是不受控制的。至此，纷乱的梦境终于被拉回到现实，这与历史上土尔扈特部族“东归”的英雄史诗终于形成了情节上的呼应。

一个民族回到先祖生活过的土地，是一种永恒的信念。透过远方巴以冲突持续不绝的战火浓烟，有关犹太人的故事总是离不开“应许之地”这个“返乡”概念；印第安音乐家亚历桑德罗在街头演奏《最后的莫西干人》，总让人想起盖纳笛、安塔拉的悠远声音，以及远方的悲凉呐喊。世界上所有失去故乡的人，都在把流浪的最后目的指向回归故土。一路风雪，一路冰与火的洗礼。

《本巴》，是对英雄史诗的致敬，是在把这个世界很多矛盾问题归结到“返乡”的主题下求解——学会放下，忘记仇恨；回到故乡，回归童真。

于是，在这部奇诡而壮观的小说的结尾，人们终于穿透梦想与现实的交错时空，找到生命的归处：洪古尔义无反顾地走向童年，赫兰重新回到母腹，阿盖夫人成为青草叶上一颗晶莹的露珠。

恢复本真，找到初心。以童话的梦幻消解史诗的厚重，让生命在虚无梦想中找到回归真实的价值内核，这才是最大的智慧选择。

正如瓦依那在《大梦》里这样温情期待：

过往的执念　过往如云烟，
太多的风景　没人全看清，
放不下　怎圆满，
如果生命　只是大梦一场，
你会怎么办……

作品简介

第十一届茅盾文学奖（2019—2022）获奖作品《本巴》，是当代作家刘亮程创作的长篇小说。《本巴》以蒙古族英雄史诗《江格尔》为背景展开，追溯逝去的人类童年，探寻一个民族的历史记忆与诗性智慧。他在史诗尽头重启时间，在古人想象力停住的地方重整山河，成就了一部充满想象与思辨而又自然浑成、语出天真的小说，塑造了一个没有衰老、没有死亡、人人活在二十五岁的本巴国度，波澜壮阔、熠熠生辉，在游戏、故事和多重梦境里，带人回到世界原初意义上的本真。它写的是史诗，更是我们所经历的现实尘世。

金瓯残缺，风流总被雨打风吹去

评《金瓯缺》

题记：金瓯残缺，破镜难圆；痛定思痛，引古证今。

有一种悲和痛，穿过历史的缝隙，流淌到今人的心中，至今仍难以凝结起完好的伤疤。哪怕是用细微的心思轻轻一抠，就会有一脉鲜血汩汩流溢出来，难以言述的疼痛瞬时蔓延向每个细胞。

黍离之悲，流离之痛，就是如此。皇室之耻、臣子之恨、哀民之苦，皆已成为追怀者的不堪回首之处，成为饮恨者的慷慨激昂之由。回望这类国殇民恸，绕不开北宋亡国叙事的“靖康之耻”。对此，南宋爱国将领岳飞曾悲吟：“靖康耻，犹未雪，臣子恨，何时灭。”

字字泣血，句句遗恨，这是英雄的悲壮短歌。对这段耻辱历史的凝视，除了到浩渺的史迹中去打捞，很多人会选择在各种历史故事细节中回望，通过重忆那些极有深度和情怀的岁月往事，来感受那段历史带来的锥心疼痛。徐兴业的小说《金瓯缺》，就是这样的文化存在。

“金瓯缺”的意旨不难理解：金瓯，就是金瓶子，借指江山社稷。

在古代，金瓯永固，代表着江山完整、家国稳固，这是所有帝王的梦想。比如，《南史·朱异传》中就有这样的表达："我国家犹若金瓯，无一伤缺。"南宋爱国名将文天祥在《满江红·代王夫人作》一词中则感喟："回首昭阳辞落日，伤心铜雀迎秋月，算妾身，不愿似天家，金瓯缺。"

不难看出，"金瓯缺"意味着山河破碎、国破家亡、人间离乱。

以"金瓯缺"为书名，比起《李自成》《张居正》《曾国藩》这些以历史人物为书名的中庸表达，无疑更能彰显文化意蕴。在当代历史小说中，从故事性、艺术性和思想性各个方面来看，《金瓯缺》都堪称佳作。阅读这部作品，人们会掩卷深思：在那样的历史节点，皇权何以如此昏聩，制度何以如此无良，文化何以如此降格？而在种种不堪的丑陋人性之中，又何以会涌现许多被历史忽略却又有着伟大人格的"小人物"？

写过不少历史小说的作家马伯庸对《金瓯缺》极为推崇。这部书他看过很多遍，觉得"写得太好了，越看越痛心"，看完后"失魂落魄了好几天才缓过来"，声称这是他"最喜爱的历史小说"。在马伯庸的小说《长安十二时辰》中，主人公张小敬就是一位不受史书关注的小人物。原来，马伯庸在一本名为《安禄山事迹》的书中，看到有一位名为张小敬的骑士，一人一箭把奸相杨国忠射下了马，引发了著名的马嵬驿兵变。由此，马伯庸以张小敬为主角，拉开遮蔽盛唐丑陋的幕布，让人们看清安史之乱背后各种权力和利益纠葛的暗影。

《金瓯缺》就是这样"小切口、大框架"的历史小说范式。徐兴业是历史教师出身，为写《金瓯缺》，他在历史著述中钩沉辑佚，广考博证。其中有一部叫《三朝北盟会编》的史书，记载了北宋末年宋、辽、金的政治细节和战争经过，里面有一个人物，叫马扩。这位史书鲜有提及的人物，正是宋、辽、金三国纵横捭阖、兵戈扰攘、权衡博弈的见证者和参与者。在历史的重要关头，这个“小人物”展现出英勇的精神和高贵的人格。然而，因其身份是不受史官重视的“外交人员”和“义军头领”，马扩没能被习惯于宏大叙事的正史投以应有的关注。

徐兴业酝酿创作《金瓯缺》之时，正值抗战时期，面对日寇炮火，面对乱世危局，面对国民政府昏庸内斗，他既忧愤于国仇，又深感报国无门。当时，徐兴业和妻子常于公园之中，翻看报纸，推测时局，构思小说。后来，徐兴业如此描述这段时光：“面对着日蹙国土百里、死人万千的局势，我们多少次悲愤地问：‘这个素餐尸位的腐败政府究竟负得起领导抗战的重责吗？’”他直言选择马扩这个“小人物”作为小说主角的原因：“是要谴责领导抗战无方，甚至暗中活动投降的国民党政府，激发读者的爱国热情，希望中国产生无数个马扩，为抗日战争增添力量。”

抚今追昔，痛定思痛。北宋灭亡、南宋苟安的历史成因，无疑与帝王昏庸、朝臣内斗、奸佞弄权、名阀自利等问题有关。这些暗流涌动，也导致像马扩这样有心杀贼的赤子，只能接受无力回天的悲剧。这样的历史遗恨，无疑具有永恒的警示价值。

值得一提的是，写作《金瓯缺》期间，徐兴业也正经历家庭变故、手稿丢失、批斗整改等人生困境。徐兴业的妻子本是上海富家小姐，二人私定终身，结为恩爱夫妻，原本情深意笃。1957 年，面对国内政治气候的变化，妻子出国访问，滞留不归，在法国成为小有名气的画家。此后余生，两人异国相隔，不复相见。尽管妻子也曾写信恳劝徐兴业出国与她团圆，但徐兴业仍选择拒绝，原因是“我写的是中国的小说，是写一部旨在激发中国人民保卫自己国家的小说。我的主要读者是中国人，我的写作的土壤在中国，我离不开我的祖国”。

一部《金瓯缺》，半世风雨情。那时候，徐兴业经常白天出门挨批，夜晚闭门写作。动荡年代，文化环境更为恶劣，他依然没有中断《金瓯缺》的写作。1980年和1981年，《金瓯缺》前两卷终于出版；1985年，后两卷也得以出版。遗憾的是，1990年，徐兴业逝世。尽管此前《金瓯缺》已报送第三届茅盾文学奖评选，但受种种因素影响，那届评选直到1991年3月才公布结果。由于“茅奖”只颁发给在世作者，《金瓯缺》最终只被授予“荣誉奖”。写作《金瓯缺》，徐兴业生前没有获得任何名利，只是践行文化理想。从这个意义上讲，徐兴业写作《金瓯缺》，堪称文化价值观驱动生活方式的典范。

这部作品被称为“教授小说”，是因为徐兴业对历史细节有着极致严谨的考究。这一点，同姚雪垠写作《李自成》很相似。在20世纪80年代，《金瓯缺》与《李自成》被称为历史小说“双璧”，从很大程度上讲，正是因为作家对历史真实充满尊重，在历史考据查证上投注了大量心血。当然，这样耗时费力的写作，并非没有瑕疵。《金瓯缺》后两卷写得较为仓促，颇有“烂尾”之嫌，甚至像是未完成的作品。《李自成》前后文史观也差异较大。这些，显然与写作时间跨度太长、作者体力透支、精力不济有关。随着年龄变化，作家观念也会受到时代思潮影响，作品前后价值观念很难均衡。但不论如何，老一辈作家“择一事、终一生”的艺术品质和坚守精神，永远值得致敬。

《金瓯缺》在结构与文本上，也体现出了传统小说的中正与厚重。从叙事结构来看，《金瓯缺》以两条线贯穿始终：一是家庭线索，即马扩一家在历史变乱年代的命运遭遇；二是民族线索，即宋、辽、金三方之间的纠葛争斗。作者交互穿插个人和民族的视角，让国仇家恨融为一体；在文本表达上，作者采取的是“文白杂糅”的形式，植入不少宋、元时期的口语表达，展现了小说的古典韵味。徐兴业还将《东京梦华录》等历史典籍中的知识融入《金瓯缺》的叙事中，绵密铺陈了北宋末年的政治与吏治、民俗风情、科技文化等知识，这些都让这部作品充满了历史文化底蕴。

很多历史小说容易掉进狭隘的民族主义陷阱，视角太过逼仄，思维太有局限，不经意间就会矮化作品的文明价值。令人激赏的是，《金瓯缺》展现了先进的价值立场，这部小说没有简单基于单个民族的立场进行叙事，而是站在整个中华民族的高度，以更加开放宽广的胸怀来审视历史。比如，书中不仅描写了刘锜、马扩这样的北宋英雄，还刻画了辽、金政权里的民族英雄。小说在刻画辽军统帅耶律大石时，对他勇敢、机智、坚定的品质大加赞扬，对他为民族生存发展不顾一切的奋进精神进行热情讴歌。

与这些皇权贵族奋发图强的精神形成鲜明对比的，则是北宋的徽宗、钦宗等昏庸帝王，他们听信谗佞，任由蔡京、王黼、童贯、秦桧之流相互倾轧。面对外敌来侵，这些权贵无耻求和，将大片国土拱手相让，只图偏安一隅，继续过醉生梦死的生活。为了得到片刻安寝，他们甚至主动透露主战派的军事计划，打压爱国军民。一边是对外绥靖妥协，一边是对内残害掠夺，在这种背景下，王朝灭亡、二帝被掳、嫔妃受辱、臣民南渡，着实可悲可叹。正如徐兴业在书中这样感叹："伟大的东京城，美丽的东京城，在这一年中历经沧桑，多少人为它操心，为它挥汗，多少人为它流了血，希望从敌人的锋镝下，把它守卫住。可是昏聩糊涂的靖康君臣，儿戏似的拱手把它让给金人了。这是东京城的灾难，也是这个北宋王朝的灾难！"

在国家遭遇危难之际，总有大批英勇将士和民间义士挺身而出，让蕴藏于身上的爱国精神得以迸发。马扩赤胆忠心、精忠报国，他或是担任深入敌营的招降官员，或是不惜忤逆朝廷，成为义军首领，他抱持的信念就是"苟有利于国家的边疆，何计乎个人的荣辱"。他像是一只扑火的飞蛾，反复地冲入理想的火焰。很显然，相较于传统的忠君思想，马扩的爱国境界更高。李师师本是风尘女子，深得徽宗宠幸，但面对懦弱皇帝为苟活而不惜纡尊降贵出卖国家利益，她也成为一个勇敢的叛逆者，折簪断绝过去，投身民间赈济；大臣李纲热血陈词，力挫投降派，率领军民浴血沙场，谱写东京保卫战的悲壮史诗；太学生陈东面对奸臣构陷李纲，挺身而出，于宣德门伏阙上书，引领二十万民众的请愿，展现了古代士人风骨……

所有的历史都是当代史。内忧引来外患，外患加剧内患。一个王朝的灭亡、一个国家的衰败，很多时候都是从内部权力腐败开始的。北宋末年的君臣荒唐、擅权误国、贪墨折腾，最终带来一场悲绝千古的靖康之难。尽管在那样的历史节点，有人舍生取义、慷慨赴死，但面对王朝政权的系统性溃烂，面对里里外外都是困境的局面，无数人也只能活在历史的垃圾时间，在时代的夹缝中苟且求生。正如苦苦等待马扩归来的妻子亸娘临终前所盼：“实指望有朝一日，日月重光，金瓯无缺，你我再图破镜重圆。”

千古江山，故国往事；金瓯残缺，破镜难圆。回首人间多少断肠事，风流总被雨打风吹去。

作品简介

第三届茅盾文学奖（1985—1988）获奖作品《金瓯缺》，是作家徐兴业创作的长篇历史小说，分四卷出版。在中国历史上，12世纪是个大动荡的时期，也是一个英雄辈出、群星灿烂的时期。《金瓯缺》就是以这个风云变幻的时代为背景，形象地再现了在我国辽阔的疆域上曾经并存过的辽、宋、金三个政权和它们的兴衰变化，塑造了一批“受任于败军之际，奉命于危难之间”的民族英雄。

权力轮回，荣辱兴衰转瞬间

评《张居正》

题记：宁为循吏，不做清流；工于谋国，拙于谋身。

人是万物之灵，活着之上，还有精神之道，还需价值信仰。“学成文武艺，货与帝王家”，这里之所以用“货”，而不是“献”，取交换而舍无偿，表明旧时代的精英阶层，也有个体意识，对奉君之事的付出，也要索取回报。

这种回报需求，并不简单指向物质利益，很多时候还在于价值认同。所谓“士志于道”，说的正是如此。春秋以降，在政统和道统的历史对决中，多以知识分子被君王无情辜负为结局。

比如，当司马迁遇上汉武帝，赤子之心却换来宫刑之痛，令人心寒；而张居正遇上万历皇帝，殚精竭虑，稳定了帝国江山，生前享尽世间权势，死后却迅即遭受残忍清算，祸及家人，牵连门生，更是令人唏嘘感慨。

专制皇权何以如此刻薄寡恩与残酷？熊召政的长篇小说《张居正》，无疑提供了一面历史的镜子，映照出政统和道统之间的复杂关系，引领人们去思考——连张居正这样功勋卓著的改革派，既有儒家精神，又有法家手段，向政统无限倾斜，重用循吏，不用清流，全力以赴为帝王逐梦，为何最终还是逃不脱权力轮回的悲剧，为何只能接受统治者寡恩负义的恶果?

《张居正》是一部难得的历史小说佳作，深得专家推崇，也极受读者喜欢。熊召政写作《张居正》的经历说明，一个作家只有对文学保持虔诚和尊重，才能得到真正的价值回报。

经典的产生过程，往往就是一个动人的故事。熊召政以诗名世，早在 1979 年，即以抒情诗《请举起森林一般的手，制止！》名动诗坛。后来，他选择到商海拼搏，颇有所成。多年以后，他又毅然决然放弃生意，回归文坛，关门谢客，青灯黄卷，过着苦行僧的生活，十年磨一剑，写出皇皇四卷本的《张居正》。

为写《张居正》，熊召政查阅史书典籍，搜集文献资料，苦研明史细节，打下文化深井。开启这段写作苦旅，他在文稿扉页上写道:“从今天开始，我的文学大三峡工程开工！”几天后，他又补上一句:“希望不是豆腐渣工程！”写完第一卷，熊召政把手稿送给不同类型读者，随后根据反馈，判断出这是失败之书。于是，他将第一卷烧了重写；第二卷，烧了一半重写。

熊召政上演现代版的“黛玉焚书”，体现的正是作家对价值的坚守。

文学不会辜负真正的才华和付出。2005 年，《张居正》获评委全票通过，拿到茅盾文学奖。尽管“茅奖作品”从来不乏争议，但作为国家最高文学荣誉，随着评审体制机制不断完善，获奖作品的质量基本上都值得信任，能够全票通过评审的作品，无疑代表着一种普遍的价值共鸣。

时至今日，人们评判《张居正》，不论是文化底蕴，还是艺术创新，抑或是思想厚度，都普遍认为要优于《李自成》《少年天子》《白门柳》

等作品。

熊召政既有诗人的才情，又有史家的严谨，更是深谙历史叙事艺术。他没有追逐文学的潮流，而是选择章回体小说形式，回归传统叙事模式，来强化情节的完整性和连贯性，增加阅读的便捷性和通畅感。同时，他还采取大量的插叙、补叙等手法，形成故事的连环套效应，不断拓宽文史表达的内涵和外延，极大地丰富了作品的思想深度。

以诗人之笔，写经世济民之业，将正史和野史结合，让诗情与历史融合，将历史典章、宫廷生活、官场人生、民间百态、权谋斗争、江湖侠义、民俗风情熔铸于一炉，熊召政捧出了一部明代的百科全书，唱出了一曲历史的改革悲歌。

文学的高度，最终应体现于思想的高度。《张居正》所包含的价值元素，无疑具有时代意义。在今天，重新发现张居正厉行改革、裁汰冗官、整饬吏治的历史价值，反思“万历新政”背后的历史荣辱，能带来很多启发和警示。

正德、嘉靖、隆庆三朝出现的帝王荒淫、太监专权、吏治腐败，让早已开始衰败的大明王朝越发内外交困、国库空虚、民不聊生。特别是隆庆帝好色喜淫，偷出紫禁城，在帘子胡同染上杨梅大疮，患上不治之症，更是让大明王朝进入千疮百孔、风雨飘摇之境。皇帝不理朝政，首辅高拱心胸狭窄，独断专权，保守刻板，排斥异己，把次辅张居正视为威胁权位的对手。内阁的首辅次辅之争，让整个朝野暗藏着刀光剑影，这样的权力内耗让大明王朝陷入更大危机。随着隆庆驾崩，年仅十岁的朱翊钧继位，在太监冯保的支持之下，李皇后和小皇帝这对孤儿寡母选择了张居正。由此，大明王朝产生了一位“起衰振隳”的“救世宰相”。

一人之下，万人之上，成为大明首辅的张居正拥有了至高的权力。那位小皇帝年幼无知，在张居正面前事事言听计从，处处小心谨慎，把大明的国运交付于这位权臣。面对大明的历史困局，张居正展示出《明史·张居正传》所赞誉之“勇敢任事，豪杰自许”“慨然以天下为己任”的气魄，开启了中国历史上轰轰烈烈的改革篇章——“万历新政”。

改革是一场利益再分配，挑战的是既得利益集团，改革者必然遭受各种反抗，张居正也不例外。他通过“京察”“考成”方式，整顿吏治，治贪治散，裁减俸禄；通过清查田亩，抑制豪强，实施“一条鞭法”，不惜与整个官僚集团为敌来富民强国；通过用循吏、远清流、利庶民、薄亲眷，以更加务实之举实现治国安民。这样的改革，挑战的就是“巨室”利益，甚至遭受整个文官集团反对。对此，这位“铁面宰相”如此剖明心迹：“为天下的长治久安，为富国强兵的实现，仆将以至诚至公之心，励精图治推行改革，纵刀山火海，仆置之度外，虽万死而不辞！”

张居正拿出忘家殉国的勇气，展现了审视当下、洞见未来的政治智慧，及时荡涤了“官场三蠹”，解除了“朋党之危”，增加了国库收入。清人魏源高度评价张居正，认为他不仅换来了明代五十年的和平岁月，而且为明朝“开二百年之太平”；梁启超则称张居正为明朝唯一的大政治家，将其与管仲、商鞅、诸葛亮、李德裕、王安石一并列入《中国六大政治家》；熊十力盛赞其为汉代以来唯一真正具有“公诚之心”的历史人物。

不过，改革者从来不乏争议，张居正也不例外。比如，钱穆就认为张居正是个权臣奸相。当然，这部小说也并没有将张居正定格为“高大全”的改革者形象，而是展示了张居正极其复杂的一面，既有城府极深的权谋智慧，也有残酷无情的铁血手腕，还有生活享受的奢侈之风，甚至不乏对色欲的放任。

扛着棺材前行，头顶着各种污水，历史上很多改革家难有好下场，这似乎是一种宿命。

少年皇帝对手握最大权柄的张居正既敬重又嫉恨，既依赖又忌惮。随着年龄增长，皇帝尝到权力的滋味，更加笃信皇权不能旁落，对张居正的很多决断心里不服，表面言听计从，积怨越发深重。特别是万历帝的种种“思淫逸”劣迹被发现后，面对张居正写下“罪己诏”的公开羞辱，内心更是深埋了仇恨的种子。张居正病逝之时，万历已经二十一岁，李太后对其已经无力束缚，这位享受着“万历新政”福泽得以江山稳固的帝王，心中仇恨迅速取代悲伤，在张居正尸骨未寒之时，就迅速展开清算，连下十几道圣旨，新政废除，封赠全夺，家产尽抄，如若不是张居正长子被逼上吊自杀，恐怕张居正也要被开棺鞭尸，挫骨扬灰。

精于治国，疏于防身；功在社稷，过在身家。曾经救时济世，立下社稷之功，但还是要接受被帝王辜负的悲剧。张居正作为改革家的下场，虽不及商鞅车裂之惨，却远比王安石被放逐更悲。

春秋以降，礼崩乐坏，正统奉行法家化的专制暴力，渐次让道统沦陷，士人风骨丧失。到了明代，关乎世道人心的道统更加式微。知识分子出身的张居正，尽管既有儒家权力崇拜的愚忠，也有法家暴力治理的铁腕，做到了符合政统需要的实用主义，然而，在专制皇权的无情踩踏之下，他只能成为极权统治的一枚棋子。

随着张居正新政被废，大明时局急剧败坏，危机迭起，直到天启时张居正才被恢复名誉。最终难以力挽狂澜的大明末代皇帝崇祯，对张居正（生于湖北江陵县，亦称“张江陵”）如此感慨：“抚髀思江陵，而后知得庸相百，不若得救时相一也。”

只可惜，世间再无张居正。

“恩怨尽时方论定，封疆危日见才难。”这是张居正故宅里的题诗，是对皇权无情的嘲讽，也是对善待改革家的深情呼唤。然而，这样的呐喊之声，往往只能飘荡于历史的空谷之中，不被整个世界听见。

正如《张居正》中那位有情有义的玉娘所唱:

皇城中尔虞我诈，
衙门内铁马金戈。
……
呜呼！今日里拳头上跑马抖威风，
到明日败走麦城
只落得形影相吊英雄泪滂沱。
只可叹，荣辱兴衰转瞬间……”

作品简介

第六届茅盾文学奖（1999—2002）获奖作品《张居正》，是作家熊召政创作的长篇小说，共有四卷，2002 年结集出版发行。在现实主义的基调之上，作者又以飘逸的笔致，随处布置点染一些浪漫主义的情节与人物，并用《木兰辞》《水龙吟》《金缕曲》《火凤凰》等词曲，总摄各卷的情调与韵味，使全书平添了一种苍凉悲壮的诗意，这也是《张居正》的显著特色。

直面毁誉，留得生前身后名

评《李自成》

题记：时代束缚，价值悖论；
经典争议，毁誉由人。

人生常被比作一场马拉松，一路向前，有时顺风顺水，有时跌跌撞撞。到达终点时回望，每一步又都算数。

对作家来说，写过的作品串起来，就是创作的马拉松。有的作家几乎一生都在为某部作品呕心沥血，每个篇章都注定是不可割裂的价值担当。

姚雪垠的《李自成》，就是如此。中国当代小说没有哪一部像《李自成》这样，经历如此漫长的创作时间，经过如此复杂的创作博弈。

这是一场极致的文学苦旅。早在1957年秋，姚雪垠就动笔写《李自成》了。那时，他的人生处于灰暗地带，但创作火焰照亮了前行道路。1963年7月，《李自成》第一卷上、下册出版。

不过，在20世纪60—70年代特殊的历史环境下，姚雪垠的创作之路遇到各种阻碍。幸运的是，1966年7月，此前收到姚雪垠寄赠第一卷的毛泽东同志，指示湖北省委领导对姚雪垠加以保护；

1975年11月,针对姚雪垠来信,毛泽东又作出批示,同意他继续写《李自成》小说的第二卷、第三卷乃至第四、五卷。

因此得宽宥，创作逢顺境。1976年12月，第二卷上、中、下册出版。此后，邓小平同志也对《李自成》的创作给予了支持和帮助。1981年8月，第三卷出版。1982年，《李自成》第二卷获得首届茅盾文学奖。

不过，直到1999年8月，第四、五卷才同时出版。那时，距第三卷出版竟长达18年。当时，姚雪垠已病逝三个多月。

一部《李自成》，从开始创作到完全出版，长达四十二年。加上此前搜集、研究相关史料的时间，真是半世风雨半生情。这样的文学马拉松，令人感慨。

姚雪垠曾提出一个座右铭，叫“生前马拉松，死后马拉松”，他这样阐释：“人生就像马拉松赛跑一样，未死之前，不能决定谁是冠亚军；即使人死了，他的作品还在，甚至由于各种因素，在若干年内，他的作品仍被捧得很高，但是随着时间的流逝、历史的检验，那些华而不实的东西，终会黯然失色。对一部作品、一个作家总会作出实事求是的、正确的评价，这就叫死后马拉松。一个作家在死后马拉松运动中能否获胜，这完全取决于他在生前对作品所投入的劳动、思想深度和艺术高度。因此，大家一定不能只看眼前，而要想到长远。”

今天,以这样的观点和逻辑来重新审视《李自成》,真是五味杂陈。

因为《李自成》正是一部曾被捧得很高，后来逐渐黯然的作品。由褒到贬,正是因为这部作品总在跟着特定历史风潮奔跑,左冲右突,才出现很多内容断裂和价值偏移。

姚雪垠创作《李自成》，得到了茅盾的悉心指导。从1974年至1980年，七年时间内，姚雪垠与茅盾通信多达八十八封，内容多是围绕《李自成》的创作而谈。

从结构设置到人物形象再到语言文本，茅盾提出了大量建议和意见，也给出过如此高度的评价：“用历史唯物主义和辩证唯物主义来解剖这个封建社会，并再现其复杂变幻的矛盾的本相，‘五四’以后也没有人尝试过，作者是填补空白的第一人。”

这，应是《李自成》获得“茅奖”的重要机缘。

此外，盛赞《李自成》的，还有郭沫若、叶圣陶、吴晗、夏衍、曹禺、朱光潜、秦牧等名家大师。明史专家吴晗说：“我认为《李自成》（第一卷）绝不在《水浒》之下，甚至比《水浒》还高；如果拿它同《三国演义》比较，我看它超过了《三国演义》。”美学家朱光潜说：“《红楼梦》以来，还少见这样好的长篇历史小说。”戏剧大家曹禺甚至这样说：“现在研究《红楼梦》称为‘红学’，我相信将来会有研究《李自成》的‘李学’。”

对这类评价，姚雪垠如此自信地解释道：“为什么？我比罗贯中晚生了六百年，我懂历史唯物主义，他不懂……我懂小说艺术，他却不懂，他只写了战争，没写生活，风俗人情……而我写了。不说别的，单单从历史进化论的角度，我就胜过了他。”

这里或有调侃与戏谑，但自负与孤傲，确是姚雪垠的本色。

比如，在《谈〈李自成〉若干创作思想》中，他这样说：“《李自成》是可以和列夫·托尔斯泰媲美的长篇巨作。”

众人拾柴火焰高，自卖自夸更狂飙。总之，姚雪垠凭借《李自成》，一度风光无限。

但在文学马拉松的长跑中，不可能总是艳阳天，有时也有暴风骤雨。

特别是，改革开放带来开放多元的文学审美和价值判断，也在不断探照着姚雪垠受限于“阶级斗争意识”的历史书写。

20 世纪 80 年代中后期，对《李自成》的质疑和批评不断掀起浪潮。阿英直指《李自成》第一卷“使人感到有些反历史主义，觉得完全是写游击战争，而不是写李闯王时代的农民革命。如当时闯王和部将都是这样，革命早成功了"；批评家刘再复直指《李自成》属于"三突出""高大全"的典型，"高夫人太高""红娘子太红""李自成则像无产阶级革命家"等观点也引起共鸣。

时代车轮滚滚向前，《李自成》逐渐从"经典化"走向"去经典化"。这些年，虽然偶有"再经典化"的声音，但微弱得如同一粒石子扔进深海。

市场反应和学术研究对《李自成》的淡漠表现，并没有因为"茅奖"标签而转变为热情。究其原因，的确是姚雪垠受特定年代意识观念的"规约"太重，将历史叙事与政治叙事强行衔接，有违艺术真实，有损思想价值。

这部作品过度拔高农民起义的领袖形象，回避农民起义军的破坏性，对明史著作记载李自成嗜杀百姓等情况视而不见。特别是，在叙事上有移植当时的红色文艺作品场景片段之嫌。

比如，李自成见到驼背老农身穿单衣，取出棉衣相送，老农双目含泪，以示感恩；李自成败离西安，两鬓斑白的老婆婆相送，他跳下马来深情搀扶；高夫人将伤员安置在村民家中，感慨"到处穷人总是同咱们心连心"……

这些场景语言，给人一种八路军与老百姓"军民鱼水情"的年代幻觉。还有批评家指出，李自成看望伤兵的片段，是在套用红色文艺中"老班长饮水"的场景；李自成赶往石门谷处理杆子军哗变的片段，是在移用红色文艺中"党代表回来了"的情形；高夫人绣闯王旗片段，是在借用"江姐狱中绣红旗"的情境……

在历史农民起义场景中掺杂大量现代革命元素，无疑有违文学的审美和想象。将李自成刻画为一位现代无产阶级军事家和政治家，也存在着一定的价值错乱。

在如同风暴的批评质疑中，姚雪垠又花费了十八年时间，才完成第四、五卷的出版。不得不说，在压力之下，姚雪垠也在努力进行纠偏。

在第四、五卷中，不仅李自成形象出现了“反转”，曾经“脸谱化”的农民英雄转向了因权力变异的“封建帝王”，而且作者对崇祯帝、洪承畴、皇太极等人物的形象塑造，也在努力摆脱此前的概念化、模式化、简单化，更加符合历史逻辑，甚至能站在民族融合的开放视野下，对这些“负面人物”表达悲悯和认同。

这一切，为这场文学马拉松的冲刺阶段增添不少亮点。

站在特定的历史阶段审视，《李自成》的时代价值不应被一笔抹煞。但文学确实又是一场“生死马拉松”，姚雪垠驾驭三百多万字的长篇，在克服系统性难度方面还是显得乏力，导致前后文出现诸多断裂与迷乱。

对读者来说，看待《李自成》，只能以时代视角，将其作为一个整体来看待。故而，客观辩证地看待《李自成》的作品价值，才是理性选择。

生前马拉松，死后马拉松。“红学”仍红，“李学”难觅。

当然，文学马拉松是一场更为长远的旅程，正如《红楼梦》面世至今，已近二百五十年了。现在，姚雪垠离开人世也才只有二十五年，只能可惜，这届读者无法向天再借二百五十年。

作品简介

第一届茅盾文学奖（1977—1981）获奖作品《李自成》（第二卷），是现代小说家姚雪垠所著长篇历史小说。《李自成》（第二卷）分上、中、下三册，所写的故事发生在崇祯十二年夏至十四年春。作家在逆境中创作的这部长篇历史小说，以明末义军领袖李自成、崇祯皇帝为中心，塑造了一系列形象鲜明的历史人物，揭示了明末农民革命战争的特殊规律和封建社会阶级斗争以及民族斗争的复杂局面。其规模宏大、气势磅礴、文笔新颖，堪称农民革命战争的历史画卷。

残山剩水，名士风流何以安放

评《白门柳》

题记：国破家亡，残山剩水；
名士风流，风月悲歌。

自古名士多风流，醉里寻花解忧愁。真名士，有节义，断然不会在纸醉金迷中忘却国仇家恨，丢掉士人风骨，辜负真我本心。

在历史演进中，士或士人，这样的阶级身份长期作为一种文化形象存在。在儒家学说浸染下，“正心、修身、齐家、治国、平天下”就是士人最重要的价值追求。

随着科举制度的推行，庶族兴起，士族退出了历史舞台。士或士人，则更多用来泛指读书人。

“学而优则仕”“学成文武艺，货与帝王家”。不论如何，士人仍是完成道统、学统、政统、治统、法统等封建管理体制闭环的重要力量。

从春秋诸子的满腹经纶，到大唐才子的旷世风韵，再到宋代士子的风骨气度，士人阶层的文华治世和风采人格，如同闪耀的群星，在中华文明历史天空里，绵延成一条灿烂的银河。

然而，当历史的车轮停留在晚明时期，江南士人却留下了一曲文化的挽歌，成为士人风骨软化的表征。

外族的侵扰，流寇的掠杀，帝王的狂悖，朝臣的腐败，让大明风雨飘摇，大厦将倾。以东林党人、复社为首的一批江南士人，在明清交替之际，怀揣着重振明朝声威的梦想，走上济世救国的历史征程。

但是，在义与利的选择面前，在道统和政统的交互之中，这些江南士人精神人格沦陷，表现出的知识分子参政乱象，让士人风骨的精神传统渐趋消亡。

小说《白门柳》，写的正是明末清初江南士人面对时局动荡，精神世界在发生变异。其中的情形，就与杨念群在《何处是“江南”？》中写到的江南士林精神沦陷，丧失道统与学统，沦为专制王权的胁从者，有着很大的相似性。

作为一部讲述才子佳人故事的历史小说，《白门柳》书写的人物故事是读者熟知的。钱谦益、冒襄、陈贞慧、侯方域、黄宗羲、方以智、张岱、柳敬亭……这些是极具影响的晚明才子；柳如是、顾媚、董小宛、李十娘……这些是人们耳熟能详的秦淮名妓。

作者刘斯奋把这些真实的历史人物搬进小说中，以才子佳人故事来演绎那段极具悲剧美学的历史。

刘斯奋的目标和努力，是令人尊敬和激赏的。《白门柳》选择了大架构大篇幅，采取小说界流行的三部曲形式，以《夕阳芳草》《秋露危城》和《鸡鸣风雨》三卷，用一百三十万字的巨量篇幅，来铺陈那个极具辨识度的历史年代。

为此，刘斯奋耗时十六载，有时十天半月不下楼，晚上写至次日凌晨四点，睡一上午，下午接着再写。他过着苦行僧式生活，最终完成这部鸿篇巨制，也拿下了“茅奖”殊荣。

在“茅奖作品”中，历史小说篇目并不算多，迄今也只有《李自成》

《金瓯缺》《白门柳》《少年天子》《张居正》几部。尽管这些作品多被标注为“史诗性”写作，但整体而言，读者反响平平，多数不被记忆。《白门柳》尽管有“史”也有“诗”，但还是扛不起“史诗性”应有的厚重和深刻，显得较为苍白平庸。

一个最直接的原因，就是这部小说颠覆了人们普遍的审美和价值观。

对于晚明士子与“秦淮八艳”的故事，不论历史记载还是民间记忆，都堪称“前人之述备矣”。冒襄的《影梅庵忆语》，孔尚任的《桃花扇》，陈寅恪的《柳如是别传》，还有林林总总的野史话本，早就在人们内心植入那些名士和名妓的深刻印象。

特别是《柳如是别传》等作品，在史实考证的基础上发挥文学想象力，写透了晚明文人的内心挣扎和青楼女子的才华气节。

不得不说，《白门柳》在人物形象塑造上，太僵硬了，太拘谨了，太苍白了。在精神人格的呈现上，又太过矮化和俗化，极大地破坏了人们的审美印象。

小说贯穿始终的核心人物一共有五位，分别是钱谦益、柳如是、冒襄、董小宛、黄宗羲。但这些形象展示，似乎除了机械的史料搬运，就只有蹩脚扭曲的想象。

以柳如是为例，这个“秦淮八艳”的代表人物，在《白门柳》中竟然被写得肮脏不堪，实在令人震惊。

据史料记载，柳如是命运悲苦，早年因家贫被卖为婢女，后来堕入风尘。柳氏虽身处青楼，但苦学深读，诗词书画颇有造诣，其诗作《岳武穆祠》《于忠肃祠》等，气韵雄厚，慷慨苍凉，被世人称为“风骨嶒峻柳如是”。柳如是不仅著述颇丰，结交的也多是当时的名流才子。

后来，柳如是嫁给钱谦益，在明亡国之时，请求钱谦益殉节。钱谦益做不到，柳如是则果敢跳水自杀，后被救起，仍积极推动钱谦益投身反清复明的秘密斗争中。

这位秦淮名妓，不仅有过硬的气节情操，为人处世也“性机警，饶胆略”。这是一个美貌和智慧并重的女人，不论是家国情怀，还是美貌才华，柳如是历来都被津津乐道。陈寅恪在《柳如是别传》中，更是对其给予了极高的道德肯定。然而，在《白门柳》中，柳如是不仅被写成了一个在后院争权夺利很会算计的泼妇，更是一个不受淫欲控制的荡妇。小说中，柳如是在色欲熏心之下，先是勾引仆人，后又与郑公子苟合，其描写极为粗俗不堪。对柳如是如此丑化矮化，令人震惊。

作为一部书写名士与名妓故事的长篇小说，其实，《白门柳》三卷中涉及性描写也仅此一处。谈到何以如此惜墨如金，刘斯奋称：“主要是因为觉得自己写不过那善写这些的作家”。从这段有关柳如是的男女性事来看，作者的审美趣味和表达技巧，均令人深感遗憾。

小说写作，文本要撑得起故事，故事要立得起思想。《白门柳》作为一部历史小说，作者对价值立意的追求是显而易见的。从故事情节上，作者书写了历史转折时期士人作出的两种选择：一是在权力与利益面前丧失人格气节，成为专制王权的工具人；二是从传统士大夫蜕变成为早期的启蒙思想家，给后世带来难得的民本思想。

然而，《白门柳》在书写典型环境中的典型人物时，始终缺乏创新突破；在故事叙事上缺乏严谨的结构，显得拼接成分太重；在价值思想呈现上缺乏艺术表达力度，显得太过教条、僵化、单薄。这一切，都削弱了《白门柳》的作品价值。

比如，东林领袖、复社名士、清流代表，在晚明士人的亡国愁云里，在国破之后的残山剩水中，要么极度势利，要么僵化呆板，就连后世转身成为大思想家的黄宗羲，也只是个“愤青”形象。

其实，关于钱谦益、冒襄、侯方域等才子，历史早就做过清晰的画像。特别是黄宗羲、史可法这样的人格偶像，可以立体呈现的空间很大。包括马士英、阮大铖等投机变节者，其性格特征和心理活动都应有丰富而复杂的表达空间。

从故事情节上讲，不论是与阉党余孽阮大铖等人的抗争，还是和宵小之徒马士英等人的博弈，抑或是与青楼名妓之间的爱恨……书写这些江南士人的故事，都可以做到荡气回肠、情深义重。遗憾的是，《白门柳》却难以满足这种审美愉悦的期待。

晚明，是中国历史上一个特别悲壮的复杂年代，但江南文人的爱国情怀，特别是像青楼女子柳如是这般的节义情操，仍然如同一缕烛光映照孤冷的历史墙壁。

如果文学书写不能把这样的烛光点亮，反而将其掐灭，给悲情年代涂抹上太过僵硬又浓厚的历史脂粉，这样的历史写作无疑只能是失败之书。

晚明的残山剩水，何以埋葬士人风骨？

时代的精神家园，何以滋养理想人格？

在历史和现实之间，永远都有一块巨大的空白地带，值得用灵魂书写。

作品简介

第四届茅盾文学奖（1989—1994）获奖作品《白门柳》是作家刘斯奋创作的长篇小说，共3册，分别为：《夕阳芳草》《秋露危城》《鸡鸣风雨》。该小说第一册、第二册获得茅盾文学奖。作品讲述的是明末清初“秦淮八艳”中的三大名妓柳如是、李十娘、董小宛以及名士钱谦益与时代、命运奋力抗争的故事。小说通过明末清初复社诸生与秦淮名妓在大动乱中的历史命运，展示了17世纪中叶天崩地解的社会巨变和历史画面，并使用了大量中国古典诗词作为意象。

逐光归来，你才是从前那个少年

评《少年天子》

题记：帝王雄心，少年情怀；负重变革，梦想幻灭。

出走半生，归来仍是少年。人生若能始终如此自由轻快，那自然是最美好不过的事。

只不过，少年歌行，快意江湖，往往只是奢侈的梦想。莫说市井小民，哪怕贵为帝王，也常常难以来去自由，不受羁绊。

“他短短的二十四岁的人生，大喜大怒，大悲大欢，跌宕起落，曲折变化，虽贵为天子，富有四海，却受着种种压抑和限制，经历了许多痛苦。他对事业和爱情的执着追求和努力奋斗，最终都幻灭了。”在小说《少年天子》的后记中，作者凌力这样感叹福临的一生。

福临，即顺治帝。这位清朝定都北京后的第一位皇帝，六岁登基，此后人生，勤学苦读，锐意求治。在明清易代之际，他崇儒教，重文士，力倡“满汉一体”，推进民族融合，摒弃“勤兵黩武”，与民休养生息。

作为改革者，这位少年天子，虽有雄心大志，也有智慧谋略，然而，在保守派的强力阻挠之下，他迈出除旧布新的每一步，都受牵绊，都易踩坑。

在谈及《少年天子》的创作意图时，凌力说得很直接："处于改革的八十年代，我被立志改革而又步履艰难的顺治皇帝的独特命运所吸引，被他那深闭固拒的传统意识压制不住的人性光华所感动，又写了《少年天子》。"

文章合为时而著，歌诗合为事而作。显然，作者是想通过以福临为代表的君权与满洲贵族势力之间的矛盾斗争，来展示改革派和保守派之间复杂博弈背后深层次的制度弊病和文化桎梏，为现实提供一种镜鉴。

历史小说首先要解决的就是历史真实与艺术真实的统一平衡关系。作家凌力曾从事导弹工程技术工作十二年，后来调入中国人民大学清史研究所，在创作上她做到了尊重史实，合理想象，理性阐释。

所谓"各有出处，各有所本""大事不虚，小事不拘"，在《少年天子》中体现得淋漓尽致。

顺治的死，在很多人心中是一个谜团。《少年天子》的情节与《清史稿》《清世祖实录》等史书记载的内容相吻合，作者选择了福临半夜病死于养心殿的正史说法。

而在野史中，流传最广的是顺治出家了。人们如此揣度，既是因为清朝诗人吴伟业（号梅村）《清凉山赞佛诗》中有影影绰绰的相关描述，也是从孝庄生前曾多次带康熙去五台山礼佛的行事中猜测推想。

同样，关于董鄂妃的身份经历，小说也与《御制孝献皇后行状》《董皇后传》《汤若望回忆录》等典籍资料保持一致，而没有根据坊间传说来进行发散想象。如此尊重历史真实，也为其艺术价值构筑了坚实底座。

历史小说最重要的价值内涵，还要看它到底在传递怎样的历史观。从《少年天子》呈现的价值元素来看，诸如自由、人文、科学、包容等观念，都得到了极大的彰显。

福临成为少年天子之时，历史正处于重大转折关头。当时，清军刚刚入关，拖着氏族社会、奴隶社会的沉重铁链，走进明朝封建社会的文化土壤。相较而言，明朝所建构起的社会文化机制无疑比“马背上”的规则更先进，也更容易与福临这样的好学少年形成共鸣。

《少年天子》描述了大量汉文化，从某种意义上讲，福临能走出“马上打天下”“马上治天下”的满洲部族固化思维，成为一个民族融合的推进者，成为一个多情自由的才子，正是与他所受的文化浸润有关。

值得一提的是，这部小说还重点描写了汤若望这个深谙西方科技和文明的人物，作者就是要借此来表达博爱与宽容，展示西方科技进步带来的社会价值。

显然，这是把改革的视野置于更加开放文明的框架下，来衬托保守派的顽固无知。

只是，即使拥有至高无上的权力地位，并不代表福临就能昂首阔步、通畅前行。

在小说中，满洲贵族势力结成的强大顽固势力，掣肘分权，阻挠改革，让这个少年天子很难做到令行禁止。特别是祖辈传下来的氏族议政制度，犹如庞然大物，难以撼动。

在强大的阶级偏见、民族偏见的意识驱使下，在保守派为保护既得利益的疯狂反击中，福临的改革事业在屡战屡败、屡败屡战的反复循环中，最终走向幻灭。

少年梦想家虽有激情闯劲，但也容易莽撞浮躁。福临的改革悲剧，从某种意义上讲，也与他未能及时认清封建制度腐朽落后的一面，以及摒弃封建文化糟粕有关。这些恰恰是明末出现内忧外患的根本原因。

而在福临匆匆结束自己的帝王生涯后，另一位少年天子玄烨登上了历史舞台，他就是康熙帝。在孝庄扶持之下，福临没有完成的改革，后来玄烨帮他完成了。

只不过，他们的子孙仍然没有汲取历史的教训，依然掉进专制集权和腐败无能的历史黑洞，也彻底埋葬了中国最后一个封建王朝。

不论是哪个年代的改革，只有卸下沉重的历史包袱，才能轻装前行，逢山开路，遇水架桥，通向成功的彼岸。

《少年天子》最击中人心的，并不只是福临改革事业的悲壮破灭，还有这位皇家情种的爱情悲歌。比起历史改革的宏大叙事，顺治皇帝与董鄂妃的生死恋更能给人带来锥心之痛。

无情最是帝王家，谁料爱新觉罗家偏出情种。

当皇太极遇上海兰珠，这位铁骨铮铮的男人就彻底沦陷了。海兰珠病逝，让一代枭雄皇太极伤心过度，日渐抑郁，很快追随佳人而去。

当福临遇上乌云珠（即董鄂妃），这位少年天子完全疯狂了。乌云珠病逝，竟致顺治欲出家为僧，盛年抑郁，染病而终。

面对福临坚持以皇后之礼安葬乌云珠这位贵妃，面对少年天子自杀殉情和削发遁世，小说中皇太后这样想：“这真是大清的极大不幸！要是她能做得了下一代皇帝的主，就决不许他有宠妃，决不让他情有所钟！”

然而，后来的弘历还是遇上了富察皇后，依然上演“爱江山更爱美人”的传奇。

福临与乌云珠的故事，则是小说《少年天子》的绝对主线。

顺治尽管是位叛逆天子，但在婚姻上扛不过孝庄太后的强势压力，不得不屈从于政治联姻的利益捆绑。但是，顺治对安排来的两任博尔济吉特氏皇后都不喜欢，究其原因，大抵是他学养不浅，形成了笃定的审美品位，对那种“傻白甜”“白富美”完全无感。

而江南才女乌云珠则不同，这位有着满汉混合血统的女子，既有侠女风范，又有才女风情，如同一朵朵跳动的火焰，点燃了福临干枯太久的精神荒野。

除了文化审美的契合外，更重要的是，董鄂妃与顺治帝在价值观念上高度一致。她对民族融合的认同，对国家治理的理解，都让少年天子觉得自己不再是一个孤勇者，而是有了一位并肩作战的灵魂伴侣。

正如乌云珠这样说：“妾妃不敢说与陛下志同道合，但自认是陛下的知音。皇上所作所为，皇上所想所念，妾妃以为都是识大局知大势，合乎天地正道。妾妃愿为此百年大业略尽绵薄之忱，便是死了也心甘情愿啊！”

只是，改革无望，后宫争宠，朝堂权斗，祸及子女。在他们所生的皇四子被害后，董鄂妃伤心病重，凄婉离世。顺治万念俱灰，以死相随。福临与乌云珠的相知相爱，生死相许，实在令人动容。

“百年离别在高楼，一代红颜为君尽。”福临与乌云珠的人生脚步始终被那个时代死死捆绑着，命运车轮一直被落后的制度和文化驱使前行，最终只能被推进一个幽暗地带。

帝王多情，红颜薄命。若能穿越时空，唯有乘着时代的自由文明之光，归来，才能仍是少年。

作品简介

第三届茅盾文学奖（1985—1988）获奖作品《少年天子》，是作家凌力创作的一部描写清朝入关后第一代皇帝顺治政治生涯与爱情生活的长篇历史小说。小说讲述面临明清鼎革之际的严峻局面，顺治帝励精图治，力求变革，但不断受到朝廷保守势力的阻挠，最终因政治失败、爱情幻灭，走完了他短暂的一生。小说结构严谨，风格凝重，语言流畅。

风起江南，多少风骨烟雨中

评《茶人三部曲》

题记：世纪风云，百年沉浮；烟雨江南，杭城史影。

江南，在每一个人心中，都会有着不同的审美意象。有的是澄澈天空，有的是小桥流水，有的是青瓦白墙，有的是吴侬软语，有的是魏晋余韵，有的是诗赋风流，有的是天下粮仓，有的是家国情怀。

每一个人心中都有一个江南，是因为总有一种气韵神思，会和自己的品位意趣形成心灵共鸣。

美到深处的江南风格，其实还是士人风骨。这样的风，是温和的，而不是漫卷的；这样的骨，是坚硬的，又是深藏的。就像有些人和有些事，隐没在江南的岁月风雨中，已经化作了江南风物和人间草木，想要重新发现，非经过长久凝望不可。

茶人、茶事，就值得如此静思打捞。王旭烽的小说《茶人三部曲》，就是一部值得珍视的“纸上江南”。

这部小说融千年茶史、百年历史、五代茶人于一体，以茶叶茶树茶人茶事为切入点，将江南景观和社会现实结合在一起。

作者通过史诗式的文化叙事，让那些最有灵气和灵性的江南美人，最有风度与风骨的江南士人，最有气度与气节的江南儿女，从历史烟云中走出来，如同绚烂的夏花和高贵的楠木，深情绽放，兀自挺立。

《茶人三部曲》，由《南方有嘉木》《不夜之侯》和《筑草为城》三部小说组成。不过，获得“茅奖”的只是一、二两部，因为第三部出版时间超过了那届“茅奖”评审年限。当然，前两部本身也是完整独立的作品。

《茶人三部曲》是按历史年代延续铺陈的，时间跨度从19世纪60年代初，一直到20世纪末。三部作品共一百三十多万字，书写了一百三十年的人和事。

值得一提的是，《茶人三部曲》从1945年到1966年这一段是空的。直到2022年，王旭烽才推出新著《望江南》，补齐了这段历史。从1990年开始创作，历时30余年，这位女作家终于完整集结成了《茶人四部曲》，如此体量，所付出的辛苦不难想象。

比体量更值得欣赏的，还是质量。在中国长篇小说中，《茶人三部曲》可能容易被忽视或轻视。因为打上“茶人”“茶事”“茶文化”之类的标签，很可能让人产生一种行业题材窄化的错觉，进而怀疑是否具备经典小说的叙事能力和表达空间。

不得不说，这是一种思维僵化和判断失误，《茶人三部曲》的精彩厚重完全超乎想象，被誉为江南版的《白鹿原》、民国版的《红楼梦》、中国版的《百年孤独》，从某种层面讲，也并不算过度夸饰。

当年，这部作品能以全票获得茅盾文学奖，评委慧眼识珠，作品实至名归，读者没被辜负。

“茶者，南方之嘉木也。”第一部《南方有嘉木》，书名即来自茶圣陆羽的《茶经》，嘉木的文化指向，就是君子风范；古诗中有“破睡须封不夜侯”，其中“不夜侯”亦为茶名，意即喝茶者为“不睡”

的官人，这是第二部《不夜之侯》的书名意旨；第三部写“十年动荡”岁月，野蛮与文明在交战，需要凝聚人心，众志成城，书名则为《筑草为城》；最后出版的《望江南》，则有着对“忆江南”更为悠远的凝思，对江南文化的精神气韵进行提炼升华。

把这四部作品中的风物文脉和世情人情联系在一起，把个人史、家族史、民族史交织在一起，不难发现，作者写下的是大历史、大时代、大跨度、大情怀，是在擘画一幅江南文化的精神版图。

“小说被认为是一个民族的秘史。”巴尔扎克曾这样说。《茶人三部曲》以茶为媒，展现的也是近代中国的百年风云变迁。

其中获得“茅奖”的《南方有嘉木》和《不夜之侯》，背景主要有太平天国起义、百日维新、义和团运动、辛亥革命、五四运动、第一次国内革命战争和抗日战争。小说通过杭州忘忧茶庄主人杭九斋一家的命运起伏，展现出一部中国近现代史上的茶业发展历史，赞扬了江南士人的血性和高贵，批评了那些低贱的奴性人格。

江南风情，杭城旧影。

小说中，茶文化、茶知识的典章风俗随处可见。无数江南景致，皆成故事发生之地。西湖、灵隐、孔庙、虎跑、清河坊、鸡笼山、九溪十八涧……处处皆留下了人物的身影。

杭天醉点菜的名单，也透着悠远的江南味道。春笋步鱼、生爆鳝片、清炒虾仁、乳汁鲫鱼汤、红焖圆菜、蜜汁火方，每道菜名都有着别样的雅致。甚至，连林藕初、沈绿爱、吴茶清、杭天醉、杭嘉和、赵寄客这些人名，都透着独有的江南文化气韵。

有人认为，《茶人三部曲》植入了太多文化典故，有“以辞害意”之嫌，容易造成阅读断顿。对此，恐怕读者也需自审文化的趣味和能力，过度习惯于追逐故事情节的浅阅读，确实容易造成阅读缺乏耐心，也容易造成价值情趣偏狭。

其实，王旭烽有着精深的文字功力，不但没有“以辞害意”，反而因为植入文化知识典故，提升了小说的文化感染力。正如著名评论家雷达所说：“王旭烽的语言、文笔很清丽，文化气息很浓，那种书卷气的语言，加上杭州的方言，本身就和她描写的茶文化的艺术氛围非常契合，很相衬，很和谐。”

这部小说中的人物，有的温婉如玉，有的狂野不羁，有的忧伤悲悯，有的勇敢坚强，有的人格卑劣，有的阴狠毒辣。在典型人物塑造上，王旭烽为中国当代文学提供了经典的群像。

杭天醉，是典型的江南文人。他在历史变革年代，有激情，有浪漫，但又因背负着家族的使命，感到不堪重负，陷于迷离沉沦，无奈嗟叹：“不是我要‘这样活’而是‘这样活’找上了我的门。”

他表面洒脱，内心隐痛，最终选择自戕。这样的人物性格，具有多面性，既有反抗精神，也有动摇不定，体现了江南文人细腻深情和软弱自怜的一面。

谦谦君子，温润如玉。杭嘉和，则是真正的“士人”，他不缺激情，又崇尚静守。虽然他在内心也想像弟弟嘉平那样，到外面的世界追逐理想抱负，但最终还是选择扛起家族的责任。

他对弟弟杭嘉平说过这样的话：“因为你在天上飞，我们这些人才命里注定在地上爬。”杭嘉和注重内在修为，极具文化学养，做事沉稳内敛。他对被嘉平抛弃的叶子一生情深，爱到深处多是静默。面对日本人烧杀屠戮，他放弃逃亡，烧毁杭家，绝不屈服。面对日本将官小崛一郎逼迫，他挥刀砍下手指，也坚决拒绝与之对弈。风骨气节，凛然屹立。

书中除了“士人”，还有“侠士”。吴茶清、赵寄客，就是《茶人三部曲》中的“侠之大者”。吴茶清是太平军的长毛将士，博识、冷峻、凌厉、孤独，连死时的情状都是“他躺在灵床上，薄得依旧像一把剑，一把终于出鞘的血迹斑斑的孤剑”。

赵寄客，早年喜好舞枪弄棒、打抱不平，后来转向救国救民，从革命救国到教育救国，再到实业救国、抗日救国。特别是，面对孔庙大成殿的梁柱被拆掉做日本人棺材时，他头撞经石，悲壮赴死。其一生惊心动魄，荡气回肠。

“士志于道”“士不可以不弘毅，任重而道远”“以天下为己任”，这些士人之节、侠士之义，在《茶人三部曲》中表现得那么从容，又那么决绝，让江南文化与家国情怀熔于一炉，让历史命运与家族沉浮形成律动。

小说对江南女子的描摹刻画，给人带来了一种击穿灵魂的锐痛感。这些江南女子，是如此浪漫多情，如此温柔狂野。她们爱到凄绝，美到战栗。

林藕初对吴茶清的爱，是刻骨铭心的，又是疯狂的。丈夫杭九斋常在秦楼楚馆里鬼混，因为抽大烟，失去生育能力。杭家需要接续香火，林藕初却只得独守空房。后来，林藕初和吴茶清偶遇，萌生爱意，她主动求爱，生下儿子。二人生死相依，吴茶清离世后，林藕初失去了灵魂依靠，也放弃了生活下去的希望。

沈绿爱对赵寄客的爱，也是坚定勇敢、无限深情。丈夫杭天醉与包养的瘦弱女子小茶在一起，天天都是威猛男人，而在沈绿爱的绝色美貌面前，竟然失去男性生理功能。侠士配美女，沈绿爱第一次见到赵寄客，就陷进去了。从此，爱相随，生死同。

杭寄草，无比果断，极为泼辣。在被日机轰炸的街头，她遇上作战参谋罗力，一见钟情，街头相拥。后来，罗力到中缅边境前线作战，杭寄草难忍相思之苦，只身远赴边地战场，只为寻找恋人。她对家人说：“我本来就是一个疯子，我们家的女人都是疯子……我找不到他，我就得死，我找到了他，也可能是一个死。两死相比，我还是选择了找到他死的路。”

终于，寄草与罗力在路边相遇，当日成婚。新婚之夜，丈夫又赴战场，夫妻再度分离。随后，杭寄草远赴异邦寻夫……

如此相爱相随，一生不离不弃。他们的爱情，也是一场人生苦旅。不过，每当人生遭遇苦难、生命被作践，在要熬不下去的时候，他们就会想起大哥杭嘉和这样的叮嘱：

“当一个人活不下去的时候，想一想山里面的茶，它们没吃没喝，一点点的水，一点点的土，可是它们还是活了下来，还发芽，开花，长成茶蓬。一个人，要像茶一样地活。”

“一茶一世界，一味一人生”。茶文化，就此成为茶人的精神之源。“茶是郁绿的，温和的，平静的，优雅而乐生的……”这又何尝不是这些江南好儿女的生命特质写照呢？

何处是江南？江南，就在江南儿女永远不变的人格风骨之中。

不论历史如何兴衰，人性如何复杂，江南的气韵、气度、气节，如同杏花烟雨中的楼台，永远挺立。

往事如烟，风起江南。犹如那句歌词所写：

你一句春不晚，我就到了真江南。

作品简介

第五届茅盾文学奖（1995—1998）获奖作品《茶人三部曲》，是中国当代女作家王旭烽创作的长篇小说，共分为三部，分别为《南方有嘉木》《不夜之侯》和《筑草为城》，其中前两部获得了第五届茅盾文学奖。《茶人三部曲》以杭州茶叶世家的兴衰沉浮为主线，从忘忧茶庄几代人的命运起伏中展现了中国近代史的发展和中国茶文化的精神，被誉为中国第一部展现茶文化的长篇小说。

让灵魂成长得像河流一样深沉

评《北上》

题记：大水汤汤，溯流北上；
命运罗盘，民族秘史。

人在大地上，只能活过一生，但大地对人类的记忆，是全面的，是嵌入肌体的。作为大地的经脉，江河之所以万古，是因为流动不息，和这个世界的连接从来不曾断裂，一直是连贯的，是不断延展的。

百川归海，海纳百川。河流既是连接，也是吸纳。到世界去，可以从一条河流出发；从世界到某个原点，总是绕不开某条河流。正如徐则臣在小说《北上》中这样阐释："运河不只是条路，可以上下千百公里地跑；它还是个指南针，指示出世界的方向。它是你认识世界的排头兵，它代表你、代替你去到一个更广大的世界上。它甚至就意味着你的一辈子。"

这是运河与世界的连接关系，它并不限于地理层面，还包括精神世界。河流是乡愁的重要载体，很多人关于故乡的记忆，总会在不经意间就锁定在家乡的河流上，其中有着深刻的文化奥秘。徐则臣通往文学人生的道路，就是从运河出发，逐渐进入美好世界。

徐则臣是江苏连云港东海人，初中时，学校门前是江苏最大的人工运河，叫石安运河，冬日河面上氤氲的水汽，成为他温暖的记忆。徐则臣大学和工作过的淮安，运河穿城而过，是千年漕运衙门的所在地，河边的石码头和镇水兽，以沉默的方式记录着岁月沧桑。20 多年来，徐则臣的笔墨像是融进了运河水，落在想象的宣纸上，缓慢地外溢开来，逐渐构成他的文学精神世界。很多人把徐则臣当作淮安人，这是作品给读者带来的地理错觉。淮安是“运河之都”，而运河是徐则臣的文学原乡。

这也生动说明，对一个作家来说，作品才是最好的身份凭证。从“花街”系列小说到“茅奖作品”《北上》，徐则臣的作品与淮安这座城市已经形成强关联。从某种意义上讲，淮安就是这个“七零后”作家“到世界去”的重要出发地。讲好作家故事，未必要从他的出生地开始铺陈。

这就如同《北上》的叙事结构，是从意大利人保罗·迪马克与谢平遥、邵常来等人一同乘船沿运河北上讲起，但叙事起点并不是运河起点——杭州武林门，而是无锡。这样的切入，无疑是跳跃的、是有落差的，而不是平铺直叙的、呆滞僵化的。地理空间的交叉和时间年代的切换，让这部小说的结构形式极具匠心，让一个个人物故事如同运河上的船只，穿梭摇晃，充满节奏感，带来画面感。

“北上”，不只是个地理方向概念，更是价值实现的路径。从文化审美的角度，每个人心中都有一个江南，那是因为江南适合作为人们的精神栖息地；从个人实现层面来看，每个人心中都有一种“北上”情结，那是因为“北”不仅是地理之北，更是文化之北、精神之北、价值之北。

中国历史文化养成的以北为尊的传统，中国地形的北高南低，让“北上”的形象意蕴特别清晰。“北上”是生命向上的成长过程，需要面对险阻，需要不断跨越。从传统的“修身、齐家、治国、平天下”理想，到今天人们的各式人生梦想，无数人都选择到北京安放人生追求。北京是中国北方的中心，也是中国政治、经济、文化的中心。从古至今，一代代知识分子离开故乡，到这个北方的“帝都”接受命运检阅，这就是完成个人实现的“北上”。徐则臣从苏北出发，求学南京、北京，后又绕道沪上，最终定居北京，这也是他现实人生的“北上”。

“到世界去”是徐则臣小说的重要主题，而以“北上”这个意象来承载这样的价值意旨，是完成了一次重大升级。从《午夜之门》到《夜火车》再到《耶路撒冷》，徐则臣小说“到世界去”的主题一直在扩展，思维并不只是简单地向外延伸，世界也并不只是离故乡很远的地方，“回归故乡”同样是“到世界去”的重要方向和路径。从价值内涵看，《北上》中的运河，也超越《夜火车》中的火车，成为徐则臣完成“到世界去”和“到中国来”的交互载体，从而实现“空间与内心的双重变迁”。

在《北上》中，徐则臣“到世界去”的价值选择更为理性，站到了更高的文明水位。毕竟，世界是平的，你来我往，才是真正的抵达。

《北上》中到“中国来”的两个主角，是一对意大利兄弟，哥哥叫保罗·迪马克，弟弟叫费德尔·迪马克。保罗·迪马克是在意大利维罗纳运河边长大的孩子，特别崇敬他的前辈马可·波罗，是一名自称“小波罗”的冒险家。马可·波罗在游记中写下东方帝国的繁华绮梦，成为无数欧洲人对中国充满憧憬的感召力量。小波罗来到中国，沿着运河一路北上，这既是一个理想主义者的文化探寻之旅，也是对失踪弟弟费德尔·迪马克的寻亲之旅。他的弟弟费德尔·迪马克在八国联军侵华战争时期来到中国，后来爱上运河边的女子秦如玉，化名马福德，融入中国人的生活方式，生儿育女，摆渡谋生。迪马克兄弟从意大利的运河边来到中国的运河畔，他们也是“到世界去”的主体。

运河是《北上》的主人公，是历史的忠实记录者。《北上》呈现了“运河上的中国”，出版方也以“一条河流与一个民族的秘史”作为推介语，不难看出这条河流所关联的民族记忆和国家命运。

当然，徐则臣没有陷入“史诗性”的宏大叙事套路，而是把大运河上几个家庭的百年往事串联起来，完成“小切口、大框架”的历史细微记录。围绕历史和现实两条结构线索，小说时间跨度大，从 1900 年讲述到了 2014 年。1900 年，义和团运动爆发，随后八国联军侵华；1901 年，小波罗沿运河北上，这一年，光绪帝颁布废漕令，运河从此走向衰落，小波罗被河盗所伤，死于运河之上；抗战期间，秦如玉为保护孙女在渡口被日本兵害死，马福德为给妻子报仇，枪扫日本侵略者，死于这片土地……2014 年，大运河申遗成功，但运输功能式微，如何“唤醒”运河，成为现实命题。

百年历史，暗流涌动。小说中几代人，从戊戌变法的暗影中起步，经历各种战乱饥荒年代，经过十年动荡的不堪岁月，来到改革开放的时代浪潮之中。几代人生死存亡，像是一种命运罗盘，不论经历怎样的大历史转折点，生命传承如同奔腾不息的大运河之水，永不止息。小波罗的罗盘成为当年北上伙伴邵常来的传家宝，邵家一辈辈在大运河之上跑船，罗盘把家族世代连接在一起，固化为一种命运轮回的意象，传递着一个世代船家的生活信仰；谢平遥的后人谢望和做了一档名叫《大河谭》的节目，想“把京杭大运河的历史、当下和未来，政治、经济、文化和日常生活等方方面面都囊括进来”，通过赋予运河更多的时代元素，来唤醒人们更多情感和文化层面的记忆，让大运河真正“运”起来。

一条运河的前世今生，从百年前维新变法的暗影到如今改革年代的阳光，寄寓着太多的家国情怀，映照着一个民族的旧邦新命。

对历史的透视、对现实的观照，是知识分子的价值使命。小说里的谢平遥是一位精通外语的晚清知识分子，曾经是江南制造总局下属翻译馆的职员，深受西方思想文化观念影响，对当时的戊戌变法充满着救国图存的期待和担忧，想为朝廷“干点实事”，却受尽同事耻笑，只能活成帝国斜阳下怀才不遇的孤独者。现实政治的无奈，让谢平遥在龚自珍《己亥杂诗》中找到共情：“少年击剑更吹箫，剑气箫心一例消。谁分苍凉归棹后，万千哀乐集今朝。”

这是龚定庵乘船从运河南归故里时写的诗。这个改良维新的思想先驱者面对纤夫们的劳作，充满了悲悯、愧疚与无奈。徐则臣把这样的诗行写在扉页上作为题记，传递的既有民生情怀，也有反思精神。这也是一代代知识分子的精神传承和责任担当。

《北上》是一部运河风物志，是一部运河风情书，是一部运河人情书。民族的秘史，既体现在诸如烟花柳巷、船闸建筑、挑夫船家、兵马劫匪、拳民愚民、纤夫官员等晚清生活图景中，也隐藏在东方对西方、西方对东方“互看”的历史反思中，甚至还体现在马福德和秦如玉、谢望和与孙宴临等人生生不息的爱情中。

在《北上》的扉页中，徐则臣引用乌拉圭作家爱德华多·加莱亚诺的这句名言：“过去的时光仍持续在今日的时光内部滴答作响。”透视这条河的秘密心脏，打捞那些沉默在时间深处的声音，每个人也都能沿着这条河流，找到自己“到世界去”的路径。

大水汤汤，烟波浩渺；风物无穷，情思无限。正如小说里船民邵秉义所说：“清楚不清楚的，都在这条河上了。”这，或许也是兰斯顿·休斯为何会写出如下诗句的原因：

我了解河流，
古老的幽暗的河流，
我的灵魂成长得像河流一样深沉。

作品简介

第十届茅盾文学奖（2015—2018）获奖作品《北上》，是作家徐则臣创作的长篇小说。小说气韵沉雄，以历史与当下两条线索，讲述了发生在京杭大运河沿岸几个家族之间的百年秘史。在百余年的沧桑巨变中，运河两岸的城池与人群、悲欢与梦想次第展开，并最终汇入中国精神的深厚处和高远处。

在苦难和迷茫中，所有的反抗和挣扎，
都应是为了学会如何做自己的主人。

第二章 风雨家园

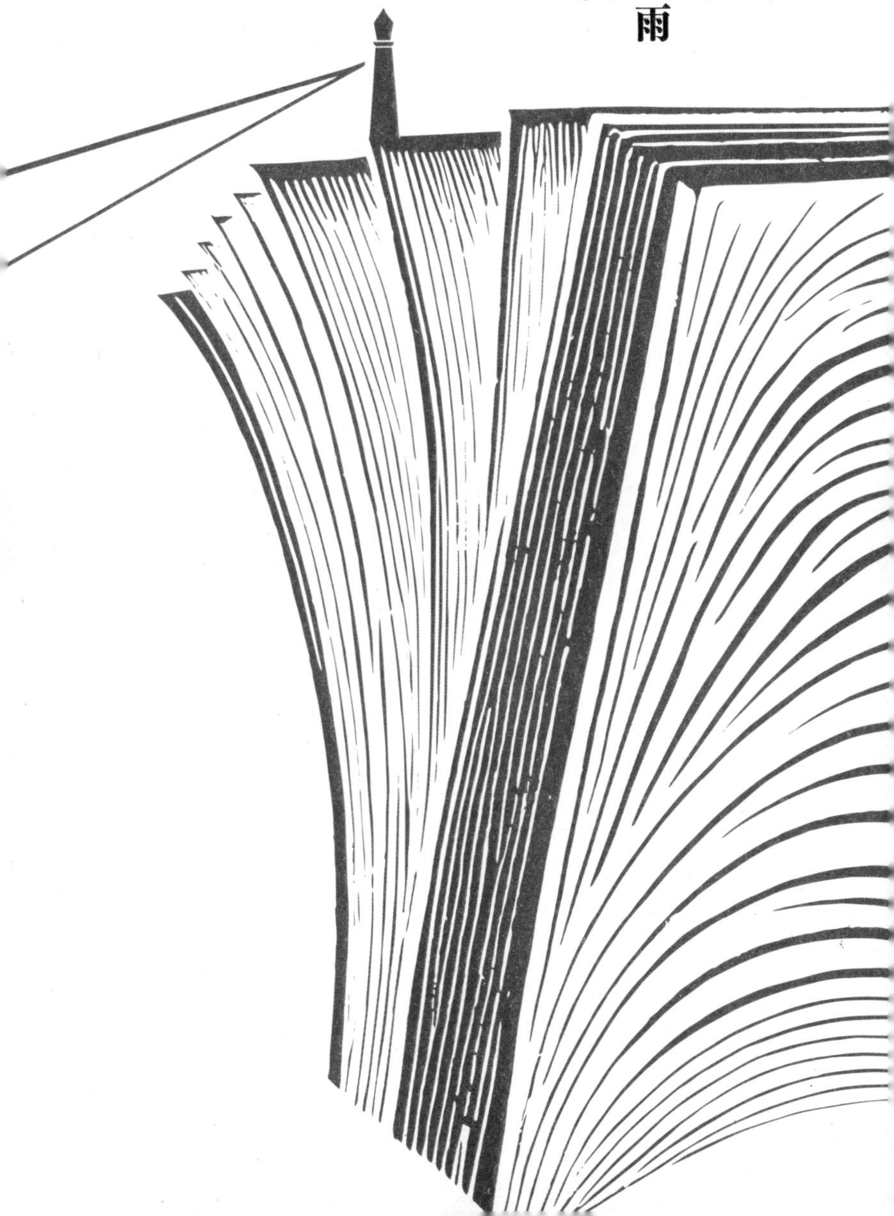

再卑微也要活出腰杆挺直的样子

评《白鹿原》

题记：家族对抗，世代纠葛；宗法制度，民族秘史。

人是由肉体和精神组成的，精神和肉体的关系是连通的，是复杂的，是深刻的。“好看的皮囊千篇一律，有趣的灵魂万里挑一”，说的正是肉身和精神的差别。

沉重的肉身，要靠骨架来支撑，好的骨架往往是又硬又直的。有精神气节的人，常被说成是有“骨气”，其中不难看出，骨头对人的身心影响有多么重要。有了骨头，人类就不同于无脊椎动物。正因如此，网上才会如此流行曼德拉的那句“可以卑微如尘土，不可扭曲如蛆虫”。

对人的肉身伤害，最残酷的莫过于挑断筋骨、打断脊梁骨。金庸小说《射雕英雄传》里黄药师对徒弟就下了挑筋的狠手，而陈忠实小说《白鹿原》里的黑娃，则对白嘉轩使出了打断脊梁骨的狠招。

黑娃的父亲鹿三是白嘉轩的长工，尽管白嘉轩对他一家多有照拂，让黑娃和自己儿子一起读书，对其视若己出，但黑娃就是不喜欢白嘉轩，宁愿出远门打工也坚决拒绝接替父亲继续给白嘉轩当长工。黑娃说：“我嫌……嘉轩叔的腰……挺得太硬太直……”

后来，黑娃当了土匪，把白嘉轩的腰打弯，理由就是“那人的毛病出在腰里，腰杆儿挺得太硬太直。我自小看见他的腰就难受”。此后，白嘉轩弯腰行走的样子，像极了一条狗。

忍受不了别人直起腰杆的样子，喜欢看着别人在自己面前弓着身子，这是一种病——心病。

这种心病，有时是黑娃这种在主人面前的极度自卑，有时是像黄药师这样在徒弟面前的极具权威。鲁迅说：“我们从古以来，就有埋头苦干的人，有拼命硬干的人，有为民请命的人，有舍身求法的人……这就是中国的脊梁。”中国的脊梁要想不弯，就得让人人都能活成腰杆挺直的样子。

在《白鹿原》卷首处，陈忠实引用了巴尔扎克的那句“小说被认为是一个民族的秘史”。作为一部“寻根文学”作品，《白鹿原》引领着广大读者寻找能够支撑自己腰杆挺直的“根”。

这种文化的根，是传统与现代的接续，是肉体和精神的契合。完成这样的“寻根”，对作家来说同样要经历一场人生苦旅。陈忠实曾说：“回首往事我唯一值得告慰的就是：在我人生精力最好、思维最敏捷、最活跃的阶段，完成了一部思考我们民族近代以来历史和命运的作品。”

20 世纪 80 年代，陈忠实与路遥、贾平凹并称为陕西文坛“三驾马车”。路遥的《人生》出版后引起读者强烈反响，这对陈忠实触动很大。后来，陈忠实回到老家，远离尘嚣，潜心创作。当时他就说：“我要创作一本死了以后，可以放在棺材里垫头作枕的书。”

几年后，《白鹿原》问世，陈忠实果真做到了。

《白鹿原》应该是“茅奖作品”中最配得上以“史诗巨作”来形容的作品了。对此，作者生前无须脸红，死后睡得坦荡。

当然，“茅奖作品”中被称为“史诗性”的作品不少，不过，很多已经属于“死尸型”。事实证明，《白鹿原》是经得起检验的作品。只不过，陈忠实拿下“茅奖”并不是一帆风顺的，也遭遇过几乎被“打弯腰”的隐痛。

如今挖掘《白鹿原》评奖时的太多隐秘细节，仍有太多难以直言的尴尬。

第四届茅盾文学奖评选曾被称为“用时最长、波折最多、最富有戏剧性”，原因正是《白鹿原》中有些文字涉及政治表达和性事描写，遭遇个别评奖领导的抵制，导致这届评奖一拖再拖。不过，这部作品还是以其强大的艺术魅力，让质疑者请来的马克思主义文艺理论家也禁不住率先为它正名，对其中被质疑的细节予以廓清。

尽管这部作品获奖是众望所归，但因为考虑个别反对者的意见，最终由相关评委与陈忠实商量，让其同意《白鹿原》以“修订本”形式获奖。让作者重新出版一本“修订本”，其实是在提供一份加了保险式的双向体面。尽管这种方式在张洁《沉重的翅膀》参评过程中曾出现过，但那时已有面世的“修订本”，而《白鹿原》则是在“修订本”尚未修订的情况下就获奖了，如此评奖过程，让人匪夷所思，也让人深感悲哀。

“茅奖”评选素有争议，也造成过不少遗珠之憾，而这届评奖似乎也最为复杂和尴尬，既评出了《白鹿原》这部惊世佳作，也评出了《骚动之秋》这种极其平庸之作，还遗漏了《古船》《浮躁》这样的优秀作品。

无论如何，《白鹿原》获奖，在很大程度上给了这届评奖和相关评委长久的体面。毕竟，如果连《白鹿原》都落选，这个奖的权威性势必大大受损，也必然会扰乱当时的审美判断标准。三十年过去了，很多人对这段文学往事早已淡漠，但个体权力凭借文化喜好干预艺术的警示，却值得永远记忆。

陈忠实参评“茅奖”被撞了一下腰，这是文学的隐痛。在得知《白鹿原》获奖后，贾平凹曾这样感言：“其实，在读者和我的心中，《白鹿原》五年前就获奖了。现今的获奖，带给我们的只是悲怆之喜，无声之笑……作品的意义并不在于获奖，就《白鹿原》而言，它的获奖重在给作家有限的生命中一次关于人格和文格的正名。”

何以悲怆？何以无声？

如果对这类不尊重艺术规律的行为不加反思，只会让更多创作者经受这样的伤腰之痛，让他们只能躬身独行于冷寂的专业领地。

中国当代小说很少有像《白鹿原》这样中正、深刻、创新的作品。不论是结构叙事还是语言意象，《白鹿原》都是独特的、极致的。陈忠实在讲述写作经验时，强调作家穷其一生的创作探索，就是“寻找属于自己的句子”。陈忠实形成了自己独特的话语风格，展示出独立的表达技巧。

《白鹿原》开篇就以一句“白嘉轩后来引以为豪壮的是一生里娶过七房女人”拉开叙事大幕，其话语节奏风格，比起马尔克斯《百年孤独》那句开篇更加契合中国读者的心理，更能释放出一种难以言述的魔力。陈忠实的语言既是雄浑厚实的，又是细腻灵动的；既能传递出关中平原的苍茫悲凉之感，又能触摸到情感深处的细微颤动。

《白鹿原》中有大量性描写，读来却不显俗、不露欲，只有疼，只有伤。

很多性描写与田小娥有关。田小娥美貌妖娆，性感妩媚，她被父亲硬嫁给七十多岁的郭举人做小妾。在遇到年轻力壮的黑娃后，田小娥主动投其怀抱，尽情释放爱和欲。“偷情”败露后，田小娥被定性为“坏人”，回不得娘家家门，入不得夫家祠堂，得不到世人尊重，田小娥死后，白鹿原发生瘟疫，人们把田小娥归为肇因。为此，白嘉轩宣告：“我今日把话当众说清，我不光不给她修庙，还要给她造塔，把她烧成灰压到塔底下，叫她永世不得见天日。”

这是一个被侮辱、被损害、被利用、被残害、被镇压的可怜女子，陈忠实用十二个字来概括其一生：生的痛苦，活的痛苦，死的痛苦。

值得注意的是，鹿三和白嘉轩这两个小说中看似最正派的人，却成为田小娥的加害者。白嘉轩背负着封建道德，推行“仁义”，保护着族人，不论经历怎样的天灾人祸，他都能保持腰板挺直，然而，因为封建思想和宗法制度，他有时又展现出残忍吃人的一面。

在《白鹿原》中，这种“互害”无处不在。漫长的封建伦理规范，长期积淀的文化心理，让人们在传统迈向现代的过渡地带，不经意间就陷入政治、制度、人性、文化的互害陷阱。

《白鹿原》不仅能把故事讲得极其动人，而且还做到了无比深刻，提供了大量可以进行深度思考的切入点。小说中有很多人物都成为当代文学的经典形象。推崇儒学的朱先生是传道者，是启蒙者，是新的道德观念和行为规范的倡导者；鹿兆鹏是封建礼教的反抗者，也是先进文明的践行者；鹿子霖是一个粗鄙好色的流氓，也是一个阴狠邪恶的小人……

白鹿两家的爱恨情仇、纠葛冲突，很多时候正是传统的道德伦理体系与新的社会治理格局发生对抗碰撞的结果。因为没能弥合其中的断裂地带，很多人都只能活成无法直起腰杆行走的人。即便是白嘉轩这样的族长，也难免被斗到弯腰行走的地步。

陈忠实曾说：“一个民族的发展充满苦难和艰辛，对于它腐朽的东西要不断剥离，而剥离本身是一个剧痛的过程。”现在，人们行走在通往现代文明的过渡地带，传统的宗法文化有时是一座桥梁，有时也是一个路障；人性的欲望有时在敲响自由的鼓声，有时就将人引到可怕的沼泽地带。

不论如何，哪怕生命再卑微，都应在自由和文明的框架下，努力活成腰杆又硬又直的人。

作品简介

第四届茅盾文学奖（1989—1994）获奖作品《白鹿原》，是作家陈忠实历时 6 年创作的长篇小说。小说通过讲述陕西关中地区白鹿原上白家和鹿家两大家族祖孙三代的恩怨纷争，展现了从清朝末年到 20 世纪 70—80 年代半个多世纪的历史变化。作品以厚重的历史感和复杂的人物形象著称，是中国当代文学的经典之作。

当暴风雨来临，他们何以微笑

评《千里江山图》

题记：大地微凉，江山风雨；草蛇灰线，伏笔千里。

历史不忍直视，但有时哪怕是一缕烛照，也可以让今天的人们看清来路有多崎岖。

在这条路上，有些人的名字注定很难被普遍记忆，但他们影影绰绰的身形，永远是千里江山的一帧风景。

陈千里，《千里江山图》的千里，身份是中共地下党员。他被上级派到上海，任务是重启“千里江山图计划”。

此前，上海特别行动小组因内奸出卖，大部分成员被抓，随后又被放出作为诱饵，时刻处于监视之下。

临危受命，孤勇涉险。陈千里要做的，就是在众目睽睽之下，在敌我不明之中，完成一场事先张扬的千里大转移——把中央有关领导从上海撤离，转移到瑞金。

这就是小说《千里江山图》的故事主线，背景是 20 世纪 30 年代初那场秘密转移行动——党中央从上海转移到瑞金。从上海到瑞金，直线距离有一千多里地。

但是，在当时斗争环境下，要实现安全转移，能够选择的交通线，就是绕道香港，从广东汕头再回来。

在小说《千里江山图》中，上级对“千里江山图计划”做出了这样的价值阐释：“这不仅是千里交通线，更是千里江山，我们撤离上海，就是要把革命的火种撒遍全中国。”

千里江山，志在燎原。

由此，一场事关忠诚与背叛、潜伏与暴露、追杀与反击、爱情与阴谋的对决，在历史的天空，在绵延的大地，隐秘无声而又惊心动魄地展开了。

陈千里的掩护身份，是一位字画铺老板。到上海后，他与上级派来的“老开”接头，对话是这样的：

“我想找一幅宋画。”

“那可不好找。”

“受人之托，找不到也得找。”

“那您说说看是哪一幅？”

“《千里江山图》。”

“你打开窗朝外面看。”

“说的是，这些人就是江山。”

这是作家孙甘露的匠心独运，不仅让小说《千里江山图》与古代名画《千里江山图》构成互文关系，同时也巧妙地通过接头暗语，让“千里江山图计划”呼应时代精神内涵：江山就是人民，人民就是江山。

那么，到底又是凭借怎样的力量，认清叛徒面目，突破敌人封锁，摆脱重重围堵，克服层层困难，来完成这个艰巨的任务呢？

唯有信仰，只有理想。

面对复杂局势格外清醒，面对牺牲特别淡定，面对诱惑异常笃定，面对狂风骤雨始终保持从容冷静，这一切，都因信仰的力量，都因理想的召唤。

作为上级派来的同志，陈千里用尽智慧，和被监视中的特别行动小组成员一个个接头。其中，就有他的弟弟陈千元。

见面后，久别的哥哥这样问弟弟："涅克拉索夫，这些年你还读吗？"

弟弟先是愣了一下，随即直起身子，背出了一句："他们说暴风雨即将来临，我不禁露出微笑。"

这句诗，在《千里江山图》里出现过多次，成为打开这本书思想之门的钥匙。

其中，陈千里和恋人叶桃在梅花山的那场共吟，击中人心。

那是早春二月，梅花绽放，满山皆是粉色云雾，因为这对情侣心心相印，整个世界似乎都退却到远方。那一刻，他们满心喜悦地背诵的，正是涅克拉索夫《暴风雨》中的这句诗。

《暴风雨》是一首爱情短诗，讲的是一对恋人相约在天黑后的花园凉亭相会，但傍晚暴风雨突然来临了。男孩原以为养尊处优的女孩不会来了，心灰意冷地来到凉亭后，却发现女孩已经冒雨而来，浑身湿透。

男孩终于明白，比起爱情的美好，暴风雨又算得了什么呢？那不仅不是阻碍，反而成了甜蜜的添加剂。

从容微笑，也是对暴风雨有力的反击。

1877 年，涅克拉索夫逝世，陀思妥耶夫斯基在他的墓前发表演说，说他是普希金、莱蒙托夫之后的第三位大诗人。当时，听众里很多人在喊："不对，应该排在普希金前面！"

不难看出，涅氏对俄国青年的影响多么巨大。陀思妥耶夫斯基在那次演讲中这样评价："他热爱一切被暴力和肆无忌惮的残暴所折磨的人们。"

陈千里那一代年轻人，很多都受过苏俄文学影响。小说里，“暴风雨前的微笑”就是一种隐喻：为追求美好的革命理想，不管暴风雨来与不来，这群年轻人都内心平静，面露微笑。

微笑，是勇敢者最美的姿态。一群人微笑着，坦然赴死，这就是《千里江山图》中最令人心颤的感动。

叶桃临死前，是微笑的。

那是梅雨季节的一个下午，在南京的九条巷，身着雨衣头戴兜帽的叶桃，被来自背后的子弹打倒了。那一刻，陈千里飞奔而来，戴着与叶桃相同的雨衣兜帽。

特务杀手是叶桃的父亲叶启年派来的，目标本是陈千里，却误杀了自己女儿。特务头子叶启年以为，是陈千里把女儿叶桃带进了共产党队伍。其实，叶桃早就是中共地下组织的情报人员了，陈千里才是她的发展对象。

那一天，陈千里背着中枪的叶桃，在南京的大街上奔跑。但倾巢而出的特务，以及大批军警的封锁，很快堵死了他们最后的求医之路。

叶桃说，她很高兴替他挡了这颗子弹，还说上级已经通过考验，批准他入党了。

说罢，她微笑着。一脸平静从容，满城皆是风雨。

卫达夫赴死前，也是微笑的。

这个人平时显得粗糙、油滑、计较、功利，而且特别嗜酒，总是似醉非醒。其实，这个地下党员心如猛虎，细嗅蔷薇。他假装叛变，赢得敌人信任，终于完成接头任务。

在顾家宅公园门口分手时，陈千里对卫达夫说：“我马上就要上那艘货船，到吴淞口等候。你也可以跟着我去坐坐大轮船。”

卫达夫朝陈千里微笑，说老易（敌人）这里更需要他。

就这样，卫达夫拒绝了也许是他唯一的逃生机会。他微笑着，舍生赴死。

故事最后，在塘桥镇上的小饭店，特别行动小组的年轻人纷至沓来，包括同样有机会脱身的梁士超也来了。他觉得，这里需要他，因为出现的人越多，“鱼饵”的作用就越大，特务就越以为中央领导身在其中。

他们都在微笑着赴死。

躬身入局，舍生忘死；前赴后继，慷慨接力；惊险挪移，任务完成。

千里江山，国泰民安。美好生活的图景，是先驱者用信仰理念书写出来的。理想信念从来不是一句简单的口号，而是写在无数生动的细节之中。

有时，恰如这样一句诗：

他们说暴风雨即将来临，我不禁露出微笑。

作品简介

第十一届茅盾文学奖（2019—2022）获奖作品《千里江山图》，以 1933 年党中央机关从上海撤离的战略大转移为背景，描写了上海特别行动小组在实施“千里江山图计划”时克服各种困难危险，勇敢完成任务的故事。小说原汁原味地还原历史氛围，故事情节铺陈奇崛，并夹杂了复杂的世态人情，使得这部革命历史题材的作品既真实又传奇，对人物刻画精细，也做到了叙事的文学性与内涵的思想性的有机融合。

弦歌不辍，在时代的颠簸中沉淀清贵之气

评《东藏记》

题记：衣冠南渡，离人北归；失魂东藏，热血西征。

国在山河破，故园荒草深。在战火纷飞的年代，人世间难有温情的烟火漫卷，人多是在飘零流落中，迷惘地寻找可以安放身心的所在。

时间倒带至 1937 年，七七事变爆发，一张血与火的大幕在中华大地迅速铺展开来。

于抗战烽火之中，于流离失所之境，如何守护学人风骨，如何赓续国之文脉?

血色年代设问，西南联大作答。

1937 年 11 月，北京大学、清华大学、南开大学选择南渡西迁，师生兵分三路，水陆兼进，于 1938 年 2 月辗转迁至昆明，成立了国立西南联合大学。

这是一所在“炸弹下长大的中国大学”，存续时间仅八年，却被视为中国高等教育的“珠穆朗玛峰”，孕育出中国现代版“人类

群星闪耀史”——两位诺贝尔奖获得者、八位“两弹一星”功勋奖章获得者、五位国家最高科学技术奖获得者，一百七十二位两院院士和一百多位人文社会科学大师。

数字只是一种符号标志，其中的深层内涵，则是在艰难年代，知识分子依然坚持立德立言、无问西东，以自由之精神、独立之人格，坚守学人风骨、家国情怀。

读懂西南联大，既需要从历史记述中打捞细节，也需要通过社科研究进行探幽，但最能触摸到其中人文底蕴的，还是细致入微的学人故事。

关于西南联大的文本叙事有很多，从华裔作家鹿桥的长篇小说《未央歌》，到作家岳南以跨文体写作方式呈现的《南渡北归》，再到汪曾祺的系列散文《跑警报》《西南联大中文系》《沈从文先生在西南联大》等，都为这段历史留下笔墨华章。

不过，能够透过历史迷雾，把那一代知识分子群像刻画得淋漓尽致，寻迹到那段历史深藏的命运暗示与时代玄机，娓娓道出那个年代个体生命成长与国家民族觉醒之间的相互律动，以强烈的在场感和人格化将那段岁月织成一幅历史画卷的，恐怕最难绕开的还是宗璞的《野葫芦引》。

宗璞，生于书香世家，家学渊源极深。父亲冯友兰，学贯中西，是著名的哲学家。宗璞幼时生活的地方，就在水木清华和北大燕园。家学家传，往来鸿儒，都在宗璞内心植入深厚的传统文化因子。

宗璞作为南迁家庭的子女，四五岁时移居昆明，和大人们一起跑警报。在昆明街头，有时是闻一多拉着宗璞的手逛来逛去，有时是梅贻琦校长的夫人韩咏华女士带着她，提篮走路去冠生园卖教授夫人们自制的点心。

有很多个夜晚，她看着父亲冯友兰在小油灯下写作，满脸被油烟熏得黑乎乎的——冯友兰著名的《贞元六书》，正是出自这样的环境。

多年以后，这段岁月被宗璞用生命之水煮成文字，取名《野葫芦引》。这部小说共分《南渡记》《东藏记》《西征记》《北归记》四个部分，叙事时间从1937年夏日本侵占北平、明仑大学南迁昆明开始，到1945年秋日本投降、明仑大学回归北平而终。

记述这八年岁月往事，作者写作跨越了三十三年。其中，第二部《东藏记》获得了茅盾文学奖。《东藏记》，即取“东躲西藏”之意。

救亡图存，大义大爱。对此，宗璞并没有选择宏大叙事，进行所谓的“史诗式”表达，而是以个人细微视角，带来一缕烛照，洞见历史文明。

宗璞这样解释书名《野葫芦引》：“历史是哑巴，要靠别人说话。我很同情它。但我写的又是小说，里面有很多错综复杂的不明所以的东西，真是葫芦里不知卖的什么药。人其实不知道历史是怎么回事，只知道写的历史。所以人生、历史都是‘野葫芦’，没办法弄得太清楚。那为什么是‘引’呢？因为我不能对历史说三道四，只能说个引子，引你自己去看历史，看人生的百态。”

跟着宗璞，一起凝望那些年、那些人、那些事，静水流深，深潭无波，在不知不觉中，人心就沉入被岁月湮没的文化谷底。

宗璞的语言清丽典雅，含蓄内敛，藏而不露，雍容和顺，婉约清新，既有明清小品的雅致，又有西方古典小说的静谧。她以绵密的文字、幽微的细节、严谨的叙事、深刻的愁思，展现出小说写作极高的艺术水准，给读者带来极致的审美体验。

当然，作为小说，《东藏记》并不具备多少“戏剧冲突”的特点，在情节设置上也缺少悬念，故事实在不够“抓人”，对缺乏耐心的读者来说，似乎并不“友好”。

甚至这样的作品也可以不叫小说，而是长篇叙事散文。小说中有很多章节，都可以独立成篇。当然，把“四记”联系起来，又能找到交叉联系和深层呼应之处。总之，宗璞将思想、人格、气质、才情深度糅合到一起，以温婉叙事，让人们看到那段历史的宽阔和深幽。

战争，只是这部小说的一个远景。作者铺陈的世界，仍是“天地有大美而不言”。在广袤无垠的大地上，仍有瑰丽壮阔的山河，依旧太平的街市，淳朴新奇的民俗，情爱交缠的人生。

比如，宗璞写“跑警报”，敌机只是路过未有屠戮时：“他们出了防空洞，见天空还是那样蓝，云彩还是那样飘逸，蜡梅还是那样馥郁”；空袭之后，叙事主体“嵋”被人从土中扒出时：“天还是那样蓝，那朵白云还在不经意地飘着。外公，警报，飞机，炸弹在她脑中闪过，她随即意识到，自己已经死过一次了。”

生者不言，死者默默。鲜血和热泪，永远不会被轻易湮没与遗忘。

那些先“渡”后“藏”的知识分子，那些先“征”再“归”的热血儿女，命运轨迹都因战争而改变。特别是对那些出身名门世家、书香门第的年轻人来说，这样的成长经历，并不是什么血色浪漫，而是心灵磨砺。

作为一部刻画西南联大知识分子群像的作品，《东藏记》笔触聚焦日常生活和情感世界，既在为大师巨匠们祛魅，也是在梳理知识分子成长的复杂心路历程，还是在通过一些背离操守的知识分子，来思考人格和风骨在特殊环境下，如何坚守，为何沦陷。

孟樾、卫葑等传统知识分子，不论外部世界怎样风云变幻，都能坚守中国士人的传统道德和人格操守，让人们看到中国知识分子“能立得起来”的形象。

孟樾是一位追求学术和关心国运的学者，他“沉稳坚定，既有传统文化修养，又具民主科学意识”“不畏当局的压力，排除流言的干扰，以爱国学者的良知，教书育人”。他潜心研究历史上几次“南渡”的深层原因，是希望“以史为鉴”。他撰写不少批评文章，痛斥当局腐败，勇敢直面现实。

这样的知识分子，既是先知的觉醒者，也是忧思的仁爱者，还代表着中国高层知识分子的典型形象。

在小说中，这样的人物还有很多。比如，卫葑品行端正，有君子之风；江昉豪放旷达，有大义之情；庄卣辰冷静沉着，视科研为生命……这些知识分子关注民族存亡，忧道不忧贫，绝不做有悖民族大义的事。正如数学系教师梁明时含泪说：“我们最好找一个地图上都没有的地方，让敌人找不着。”校长秦巽衡“声音呜咽，一字一字地说：‘不论发生什么事，我们——我们决不投降’”。

不难看出，在艰难时代，总有一种知识分子的节操气节，凛然长存。

当然，《东藏记》中也有一些有缺点的知识分子。比如，白礼文虽然学有专长，但太过慵懒，贪图享乐；钱明经特别善于交际，但生性风流，势利冷漠。

小说中还写到一对极为刻薄、迂腐庸俗的教授夫妇——尤甲仁、姚秋尔。这对夫妇喜欢互吹互捧。比如，姚秋尔说：“甲仁在英国说英文，英国人听不出是外国人。有一次演讲，人山人海，窗子都挤破了。”而尤甲仁说：“内人的文章刊登在《泰晤士报》上，火车上都有人拿着看。”这对夫妇还热衷飞短流长，作者这样直斥：“他们以刻薄人取乐，他们这样做时，只觉得自己异常聪明，凌驾于凡人之上，不免飘飘然，而毫不考虑对别人的伤害。”

学界普遍认为，尤甲仁和姚秋尔的原型，是钱钟书和杨绛。

钱钟书在西南联大恃才傲物，言语刻薄，受到排斥后，很快待不下去了，这些经历与尤甲仁、姚秋尔这对刻薄夫妻的经历形成对应。

值得一提的是，冯友兰、宗璞父女与钱钟书夫妻之间存在矛盾，双方打了多年笔墨官司。在小说中，宗璞将尤甲仁、姚秋尔夫妇放在“刻薄巷”，一改整部小说风格含蓄隽永的特点，以鲜见的讽刺笔触，狠狠地嘲弄了一把“刻薄人”，让历史的吊诡与现实的魔幻尽显其中。

随着时间推移，晚年宗璞渐渐从个人私怨走向时代反思，选择了和解。宗璞说：“我和杨绛先生之间的不愉快是时代的颠簸所致。”她还感叹说：“南渡、东藏、西征、北归，人们回到了故土，却没有找到昔日的旧家园。”

弦歌不辍，芳华待灼。

作为一部“向历史诉说”的作品，《东藏记》清晰地表明，哪怕是在特别不堪的年代，哪怕现实生活再颠簸，也总有一群知识分子在捍卫着人格精神，沉淀着一种俗世稀缺的清贵之气。

作品简介

第六届茅盾文学奖（1999—2002）获奖作品《东藏记》，是当代女作家宗璞创作的作品。《东藏记》是四卷本长篇小说《野葫芦引》的第二卷，可独立成篇。这部作品描写了明仑大学南迁昆明之后孟樾教授一家和师生们艰苦的生活。它以抗日战争时期西南联合大学的生活为背景，生动地刻画了中国知识分子的人格操守和情感世界。他们对亲人朋友的大善、对祖国民族的大爱、对入侵敌人的大恨、对亡国之祸的大痛，都在作品中得到深刻细腻的表现。

每一次温故都是为了烛照未来

评《黄河东流去》

题记：兵荒马乱，天灾人祸；饿殍遍野，底层自救。

因为温故，所以知新。

在今天，重返历史上某个特殊年代，探寻那些故事背后的深层意义，很有现实价值。

温故，离不开文学的返场。比起历史记录的大框架和粗线条，文学最大的功能就在于细节还原。尽管艺术真实并不等于生活真实，但这并不意味着文学记录就等同于失真。

恰恰相反，艺术真实被普遍认为高于生活真实，因为艺术表达的涵盖性，往往更加细密完整和深刻厚重。

只不过，文学重返历史的某个至暗时刻，有时是非常尴尬的。除了表达空间会变得逼仄，作家自身的勇气和智慧也面临挑战。当然，有时候，文学介入历史记录，还需要一定的契机。

比如，李凖能够写出《黄河东流去》这部反映黄泛区难民的小说，就与其自身的辛酸经历有关。

早在 1942 年，十四岁的李凖就跟随黄泛区的难民们，从洛阳逃亡到西安，亲眼见证了中国历史上这场极为罕见的逃难过程中的种种细节；1949 年，李凖到黄泛区为返乡农民发放麦种和农具，再次面对尸骨横陈的人间惨状；20 世纪 60—70 年代，李凖遭受迫害后被安排到黄泛区反思整改，几年间，他为那里的人们写过几十篇催人泪下的“祭文”，更加深入地了解到那段悲壮的中国农民流浪史。

这些人生经历，都为李凖创作这部小说夯实了基础。

故园被毁，何以为家?

难民问题是人类社会的梦魇，给这个世界留下了一道道伤疤，每个心怀良知的悲悯者，每一次抚摸，都会为之痛楚不安。

战争、内乱、贫穷、灾难、气候等等，都是造成难民产生的原因。当前，全球难民不仅没有减少，甚至还因为地缘政治、种族冲突和局部战乱等问题越发加剧，难民承受着更深的苦难。

看天下，念中国，回顾历史，思虑未来。读懂我们这片土地上的难民生活，在今天有着极其重要的警示价值。

中国历史上曾留下过太多流民图，从北宋郑侠反映王安石变法导致百姓流离失所的《流民图》，到明代万历年间杨东明反映河南洪涝灾害导致四处饥荒的《饥民图说》，再到现代国画大师蒋兆和展现日军铁蹄践踏下国人悲惨命运的《流民图》，这些画卷都描绘历史在某个阶段的惨象——饿殍遍野、权贵掠夺、行盗作乱、卖身为奴、鬻儿卖女、杀子弃婴……

不得不说，这些曾经引起过圣心颤动或民间悲悯的图卷内容，放在难民承受过的漫天苦难之中，最多也只是冰山一角。

《黄河东流去》就是一幅黄泛区的“流民图”。不过，这一部长篇小说包含的人物和场景，远比历史上那些关于难民的图绘要更加令人震颤。

《黄河东流去》讲述的是 1938 年国民党军队溃退南逃，为阻挡日本侵略军南进，他们炸开黄河花园口大堤，妄图“以水为兵”，结果非但没有堵住日军追击，反而淹没豫、苏、皖三省四十四县，造成千万黄泛区百姓惨绝人寰的大迁徙。

李凖说：“中国历史上有很多‘流民图’，但规模最大、历时最长的恐怕要数这一次。中国历史上也有很多大迁徙，但人数最多、区域最广的，也要算这一次。”

小切口，大框架；小人物，大时代。

《黄河东流去》聚焦于河南赤杨岗的七户农民家庭失去家园后的动荡人生，讲述他们作为难民流浪他乡的生活经历，由此串联起一个更加复杂庞大的难民社会，来反映历史在那个年代为何那么黑暗。

这七户逃难农民，是黄泛区难民苦难人生的缩影。小说从他们在 1938 年挥泪告别家乡写起，讲述他们由东向西逃难，直到 1945 年以后陆续重返家园的经历，呈现了一段黄泛区难民为生存而奔突的流浪史。

这部小说获得第二届茅盾文学奖，而且排在第一，是因为它在题材选择、艺术成就、社会影响力等方面都有重大突破。

温故历史，首先就要让人能读得进去，沉得下心。事实上，不论是小说结构还是语言风格，《黄河东流去》都能较快地完成与读者的连接。

这部小说的叙事按照时间顺序，围绕七户农民的流亡路线，以大结构统领小结构，以大故事套着小故事，环环相扣，层层推进。作者围绕七户中的主要人物，延展出一幅他们家庭的人物关系网，如同七粒石子扔进湖面，层层外扩形成圈层，互有交叉联系，从而织成了一个个小社会，成为那个时代的剪影。

这样的叙事结构，是对《水浒传》式结构的传承和创新，很适合中国读者的阅读习惯。

写黄泛区流民的文学作品，除了《黄河东流去》，人们较为熟知的还有刘震云的《温故一九四二》。不过，刘震云写的内容更为聚焦，集中反映 1942 年至 1944 年发生的河南大饥荒，描写饿殍遍野的人间惨剧。比如，卖儿卖女卖老婆，吃草根吃树皮吃人肉。

而《黄河东流去》展示近十年的难民生活，是在全景式反映难民面对水灾、旱灾、蝗灾带来的苦难。书中社会各阶层的人物生活，堪称一幅黑暗年代的浮世绘。

无论是记录历史还是反思灾难，这部小说的表达空间和力度，无疑更大更深。

《大公报》当年发表王芸生的著名社论《看重庆，念中原》，就是在展现饥馑百态下的人间地狱，传递刺喉绞肠的悲悯呼声。当时，标榜“如此宽大为怀政府”的国民党，不仅让《大公报》停刊三天，还在国民党的《中央日报》刊发反驳奇文，把“河南人民所受之苦痛”说成是“天降大任之试验”。

政治在那个年代，何以那样黑暗？官员在那个年代，何以那样无耻？国民党的官媒在那个时候，何以如此颠倒黑白、灭绝人性？直到今天，仍有太多悲怆的未竟之问。

不过，哪怕是在那样艰难的年代，底层劳动人民身上勤劳善良、坚韧顽强、互爱互济的精神，仍然是照亮他们前行的最后烛光。

《黄河东流去》主要是讲亲情、伦理、爱情、死亡。在今天这个亲情容易疏离、爱情经常变质的年代，凝望着那些流民身上闪动的生命之光，或许更能懂得如何去寻找这个世界的温暖。

海老清和爱爱、雁雁之间父慈子孝，骨肉情深，生死相依，令人动容；秀兰和玉兰为避免全家饿死，主动卖身，牺牲自我；幼女小响被卖掉后，不满十八岁的哥哥小建四处寻找，拼命赎妹回家。家庭的亲情伦理纽带，让这七户人家在动荡岁月中没有变成“联系松散的土豆”，而是始终相依为命，不离不弃。

除了亲情，这部小说最令人心颤的，则是作者呈现的各式“黄河绝恋”。比如，海天亮和梁晴爱得荡气回肠、纯洁忠贞。他俩驾船穿越鬼门峡，爱在惊涛骇浪中迸发。在战乱中离散后，梁晴为了防止流氓恶少的骚扰，把姑娘的发辫盘成婆娘髻，把自己的姓改成“海”。二人苦苦寻觅对方八年，终于迎来深情相拥。

蓝五与雪梅爱得勇敢自由、悲凉决绝。他俩冲破了封建牢笼，选择私奔，于山野中拜完天地，但最终还是为这份爱情双双献出了生命。徐秋斋的妻子面对饥荒，自己活活饿死，却将一瓦罐麦子埋在炕席底下给丈夫留着。此后，徐秋斋终身不娶，表示说：“我这颗心已经放到一个地方了。”

这些人性之爱、伦理之情并不是封闭的，而是开放的。在灾难面前，没有人是一座孤岛，大家互相依赖，同舟共济，才能一起驶出那条深远的悲伤河流。

在小说里，申奶奶对逃难失去了信心，李麦就说：“走不动，我们背着你；要不动饭，我们给你要！”四圈为救小响，拿出自己“吃软饭”的所有钱，在关键时刻显示出应有的义气和决断……

越是在艰难时世，越需要彼此温暖，而不是底层互害。黄泛区这些底层自救自助的故事，深刻说明一个充满爱与慈悲的社会才能生生不息。

当然，置于今天的视角，作者思维显然受到阶级斗争观念的影响，展示人物之间的对立矛盾有时显得较为突兀。同时，对于农民身上长期固化的封闭、愚昧、落后等精神，没有给出应有的反思与批判。此外，文章中强加的一些“感想点评”，有时也显得冗余。

任何作品都会受相应年代的价值观、历史观影响，在那个年代能产生《黄河东流去》这样的作品，无疑已经展现出作者极大的勇气和创新。

温故知新，革故鼎新。每一次温故，都是为了烛照未来。

以文学表达方式，重回某些容易被遮蔽或忽略的年代，让所有的历史都成为当代史。路阻且长，任重道远。

作品简介

第二届茅盾文学奖（1982—1984）获奖作品《黄河东流去》，是作家李凖创作的长篇小说。它以1938年日本侵略军进入中原，溃退南逃的国民党军队为阻滞日军南下，炸开黄河花园口大堤，淹没河南、江苏、安徽三省四十四个县，一千多万人遭灾的历史事件为背景，描写了黄泛区人民从1938年到1948年经历的深重灾难和可歌可泣的斗争。小说通过黄河岸边七户农民家庭的坎坷命运和不同遭遇，反映了旧中国劳动人民的深重苦难。作品生活气息浓郁，语言朴实流畅。

生命觉醒，生活更应『爱具体的人』

评《战争和人》

题记：外侮内患，官吏昏聩；
历史镜像，人生选择。

生命、生存、生活，这三者之间有着深刻的逻辑关系。

生命得以延续，才能拥有生活。生存，则是生命和生活的桥梁，需要方法和手段，需要凭借与依靠。生存质量如何，将影响到生命长短和生活质量。

生命的意义体现在生活的过程中，人类也一直行走在通往美好生活的道路上。不过，人类的生活有太多惨痛的经历，战争、饥饿、疾病、天灾等等，都曾夺走过无数生命，让太多人过着苦难的生活。其中，战争是因人类的仇恨和掠夺而造成的悲剧，是阻止人类通往文明的绊脚石。

哲学家黑格尔说："人类从历史中学到的唯一教训，就是没有从历史中吸取到任何教训。"关于战争的历史记忆有很多，但人类依然没有真正吸取战争的教训，外面的世界仍有炮火轰鸣，依然有太多人活在兵荒马乱之中。人类无法走出这种血与火的困境，或许就是没有真正读懂生命、生存、生活之间的价值逻辑。

作家王火的《战争和人》，就是通过展现战时各式各样人物的微观日常生活，来讲述战争吞噬良知、泯灭人性、毁坏文明的罪恶。王火这样强调："我只愿从生活出发来塑造人物，并没有遵循任何模式。但我确实写了人物性格深层结构中的不安、动荡、痛苦、搏斗。"

不得不说，有太多的战争题材作品，都在选择宏大叙事，偏离寻常生活；都习惯于书写"一将功成万骨枯"中的"一将"风采，忽视对"万骨枯"的生命悲悯。

王火的《战争与人》没有掉进这样的窠臼和偏狭，而是选择"小切口、大框架"，着眼于生命、生存、生活本身。回到生活本身，回到人性角度，才是文学的正道。正如王火所说："有时候，一个人或一家人的一生，可以清楚而有力地说明一个时代。"

在某个历史节点，有时还真不是某个作家辜负了某个时代，而是某个时代辜负了某个作家。早在20世纪50年代，王火就开始构思创作《战争与人》。在生活困难年代，他经常饿着肚子奋笔疾书，终于完成一百二十万字的初稿，交给了中国青年出版社。然而，十年动乱时期，这部书稿被说成"文艺黑线的产物""为国民党树碑立传"，王火也因此遭到无数次批斗。心灰意冷之下，他把这部凝聚了十几年心血的书稿烧掉了。

20世纪80年代初，思想解放潮流涌动，王火决定重写《战争和人》。完成第一部《月落乌啼霜满天》之后，王火因为救一个掉在沟里的女孩，头撞到钢管上，造成脑震荡、颅内出血和左眼失明。在只能用一只右眼的情况下，他坚持完成第二部《山在虚无缥缈间》和第三部《枫叶荻花秋瑟瑟》。

直到1992年，长达一百六十万字的长篇巨著《战争和人》三部曲才完整出齐。1997年，《战争和人》获得第四届茅盾文学奖。一部作品，耗时半生；生命如火，烛照未来。

王火是复旦大学新闻系1948届毕业生。当时，新闻系的系主任是将《共产党宣言》引入中国的陈望道先生，教授有储安平、赵敏恒、萧乾等人。王火非常渴望能像老师萧乾那样，成为一名战地记者，"铁肩担道义，妙手著文章"，来记录那个战火纷飞的年代。萧乾强调写新闻时要注意加点"防腐剂"，即文学价值、政治价值和经济价值；储安平教评论写作时经常提醒大家一定要"语不惊人死不休"，这一切，都深刻影响着王火的写作。

王火还是中国最早报道南京大屠杀的记者，他采访过三名南京大屠杀幸存者。《战争和人》中的庄嫂原型，就是身上被日军刺了七十二刀却宁死不受辱的李秀英。《战争和人》中关于南京大屠杀的细节描写，也被读者普遍认为极具心灵冲击力，这与当年王火的新闻学习和采访经历大有关系。

《战争和人》在文学界获得很多激赏，其中就包含对作家人生和作品质量的双重认同。在王火创作生涯八十周年座谈会上，评论家李敬泽说："我们可以满怀信心，也满怀敬意地说，王火先生给我们留下了一部可以深刻留存于民族记忆中的卓越作品。"作家施战军认为，《战争和人》是"把国难写到了肉体和灵魂之中"的好作品；评论家谢有顺说："像王火这样的老作家，是真正被使命感所催迫而写作的。使命感对他不是空话，不是口号，而是心里面真有一团火在燃烧。"

《战争和人》是一部值得重新发现价值的作品。阅读这样的作品，有助于通过历史的镜像，回望先辈们的人生，看清社会的真实，更加智慧理性地面对未来。

这部小说在结构上，有时被称为新时期编年体小说，有时又被称为游记体小说。因为这部小说既按照时间进行线性叙事，也按照空间移步换景。小说时间线是从1936年12月"西安事变"到1946年3月"国共合作"关系破裂，每个章节都有明确的时间提示；小说又根据主人公的生活轨迹，空间变换频繁，包括南京、苏州、武汉、香港、上海、重庆等地。作者详细描写了所经之处的地理环境、民俗风情、街道店铺、社会百态等，再现了那个年代的生活场景，让作品展现出“游踪、景观、情感”这些显著要素，故而被一些评论者称为游记体小说。

当然，这样的叙事结构相对来说较为传统，甚至略显机械单一。过多的历史掌故和民俗见闻，尽管给小说增添了不少知识和诗情画意的氛围，但也在一定程度上影响叙事节奏，容易带来阅读疲劳。而且，作者还以大量笔墨对以前的经历进行回叙，有时给人拖沓之感。

除了叙事结构较为呆板外，作者又过于执着于自身经历和政治主张，在生活真实和艺术真实上缺乏足够的平衡，在政治表达上过于直白裸露，弱化了作品的文学价值。此外，一些语言表达缺乏活力，有时过于追求“雅化”显得不太协调，语言的修辞运用也存在一些明显错误。这一切，都在一定程度上削减了这部作品的文本价值和审美体验。

或许也正因如此，相关阅读调查显示，相对于同届“茅奖作品”《白鹿原》的持久火热，绝大多数读者甚至表示对《战争和人》“一无所知”。当然，出现如此冷遇的原因还有很多：比如，王火本人不签售，不做报告，对这部作品缺乏推广。而且，这部作品篇幅过长，文本表达与题材内容同当下读者审美价值取向之间存在一定的偏离。

尽管如此，这部关于“人”在战争年代的成长小说，在今天仍有着极大的时代价值。正如萧乾这样说：“作者紧紧抓住了历史的脉搏，生动地再现了昨天。同时，我们也可以借这面明亮的镜子，检视一下今天。因为今天毕竟是昨天的继续。”

这部小说围绕国民党高层官员、法学权威童霜威和儿子童家霆在战时的人生经历，来反映战争对生活的影响，来展现人在历史洪流中的抉择。主人公童霜威面对国民党内部格局变化，面对国统区官吏昏聩腐败和派系斗争，在人生选择上一直处于游移不定的状态，既想“经世致用”，也想“隐居避世”；既要“明哲保身”，又要“文人风骨”。如此“既要……又要……”让他只能处于一种身份边缘和价值错位的人生状态。

比如，童霜威对革命充满恐惧，与投身共产党的前妻柳苇分道扬镳。柳苇被杀害后，他不仅拒绝收尸埋葬，还烧掉对方遗物，之后又怀念着柳苇的美好品格。童霜威续娶的妻子方丽清庸俗、跋扈又势利，但因为出身富家和青春美艳，童霜威不仅自己贪恋不舍，还试图劝说儿子接受继母。妻弟柳忠华在他人生关口不断帮忙指引，但童霜威又因“怕受牵连”而刻意远离。在权力和利益面前，童霜威长期处于矛盾和挣扎的状态。

与之形成鲜明对比的是，儿子童家霆由一个不谙世事的少年，经历了战争和生活的磨难洗礼，在母亲柳苇和舅舅柳忠华等人的价值感召下，逐渐融入革命风潮，坚定地走向光明。在童家霆的引导和推动下，童霜威才开始重新审视自我，慢慢摆脱“局外人”的身份，渐渐理解儿子的信仰和追求。

不得不说，类似这样的“成长”是艰难的，代价也是巨大的。比如，小说中的欧阳素心，因为生母是日本人，父亲是汪伪汉奸，尽管帮助过很多人，仍逃脱不了来自各方力量的侮辱与伤害，身心遭到巨大摧残，最终只能在精神病院里过着挣扎的人生。

价值观决定生活方式，越是在战乱年代，越是需要人人觉醒。诸如“爱国”“忠诚”“背叛”“斗争”之类大词的价值内涵，最终还是要体现在日常生活中。

陀思妥耶夫斯基曾发出这样的呼唤：“爱具体的人，不要爱抽象的人；爱生活，不要爱生活的意义。”觉醒年代的生活选择，不妨就从“爱具体的人”开始。

作品简介

第四届茅盾文学奖（1989—1994）获奖作品《战争和人》，是作家王火创作的长篇小说，1987—1992 年分为三部出版，1993 年首次结集出版。全书以三部独立却又互相联系的小说构成三部曲的形式，可以独立成文，也可首尾相衔。小说以国民党上层官员、法学权威童霜威及其儿子童家霆的家庭变故和人生遭际为主线，展现了抗日战争时期半个中国的全景画卷。全书结构宏大，心理描写丰富细致，情节引人入胜。

转折年代，自己的历史自己写

评《浴血罗霄》

题记：血色岁月，命运抉择；战场日记，文学奇书。

人生长路漫漫，每走一步都留下印痕；人生也是一本厚书，每个字句的墨迹，都蘸着生命的爱与痛。一生路，一本书，深意都在故事中。

萧克写作《浴血罗霄》的故事，是中国文学的一段经典传奇。

这部作品，从1937年开始创作，到1988年首次出版，历时五十一年。如此漫长的创作过程，放眼世界文坛，也不多见。

歌德为完成《浮士德》，耗费六十年心血，用尽了一生的力量；列夫·托尔斯泰写作《战争与和平》，耗时三十七年，倾注了大量的心血。

时间的意义，当然不能完全等同于作品的价值，但一定能从侧面展示出作家与作品的命运交织。一部伟大作品，往往也都关联着作家不平凡的人生。

萧克，既是新中国的开国上将，也是一位马背诗人。萧克生于耕读之家，十八岁投笔从戎，十九岁当上叶挺独立团的连长，二十五岁任中国工农红军第八军军长。中华人民共和国成立后，曾任军训部部长、训练总监部部长，国防部副部长，中国人民解放军军政大学校长……一生戎马倥偬，取得卓著功勋。将军不少，作家众多，但将军写小说却极为罕见。

点燃一个人文学梦想的，很多时候就是一部作品。对萧克来说，这部作品就是苏联作家绥拉菲莫维奇的《铁流》。

《铁流》讲述的故事是，苏俄国内战争初期，一支拥护苏维埃政权的队伍，在白匪军的追击下，翻山越岭，历尽艰险，历时一个多月，完成五百俄里的长征行军，终于突破包围圈，与红军主力胜利会合。这支队伍，从一群散漫的“乌合之众”，变成了一支坚强的“铁流”。

鲁迅先生曾给《铁流》很高的评价，说它是表现了“铁的人物和血的战斗”的成功之作。这部作品，也影响了几代中国人。

早在土地革命战争时期，《铁流》就在中国工农红军中流传。在长征路上，无论有多苦，要丢掉多少东西，战士们都把《铁流》带在身边，把它当作自己的精神武器。当年延安的印刷厂就把《铁流》翻印了很多次。

萧克的战场记忆与《铁流》中的故事有很多相似性，这让他产生了强烈的共鸣，也有了灵感的火花。

1934年1月，为打破国民党反动派对中央苏区的第五次“围剿”，中央军委命令红十七师进行一次北上军事行动。当时，萧克带领一支游击兵团，在敌人调集四十六个团兵力的围追堵截下，历时两个月，在白区行进二千五百里，在苏区行进五百里，一次次击退敌人追击，一次次冲破敌军包围，最后胜利完成任务，南下回到中央苏区。

在萧克看来，这次北上行动就是一次小长征。这支队伍孤军奋战，不仅没有溃散，反而在战斗中愈战愈强。萧克认为，中国革命战争的规模，比苏联更大，时间也更长。与《铁流》中那支苏联的工农武装队伍相比，这支小游击兵团的故事更值得大书特书。面对“现在中国缺少一部《铁流》”的文学遗憾，萧克下定决心，要以亲历亲闻、直接体验为基础，写一本中国的《铁流》。

文学火种一旦在心中点燃，就要用毕生来呵护。

当时，萧克工作繁忙，只能利用白天躲敌机的时间以及夜晚来写作。躲敌机多是在挖煤的洞子里，这部作品也因此被称为“写于煤洞子里的小说”。没有资料，仅凭回忆；没有稿纸，就用办公纸、书信纸。纸张颜色不同，大小不等，只要能够记录就行。

在时间的缝隙中，在四处的奔突中，萧克用了两年多时间，完成四十多万字的初稿，最初定名为《罗霄军》。

战乱年代，这本书没有机会出版。中华人民共和国成立后，人民文学出版社的负责人曾亲自上门提出出版诉求，萧克选择了拒绝，原因是要对书稿继续进行打磨完善。后来，历史进入特殊年代，萧克被要求交出书稿。当时，他以“那只是一个初稿，还没有加工”为由，想要拒绝。对方却表示：“要的就是初稿，初稿可以反映你的灵魂。”

后来，萧克不得不交出手稿。这部布满勾勾画画的草稿被打印出来了。打字员是萧克的同事，对他的字迹和勾画很熟悉，打印本很少有遗漏或错误，还被装订成三册，附上“供批判用”字样。萧克也因此“享受”到一套，这个“善本”让他很高兴，心想如果以前有这种版本该多好。那个凌乱而珍贵的手稿，则被送进了火炉。

这部小说在那个特殊年代遭受的歪曲和污名，如今都已成了飘散的历史烟云。1988 年，经过多次修改，跨越半个世纪，《浴血罗霄》终于得以出版。

著名作家夏衍说，《浴血罗霄》是一部奇书：一奇，它是一位身经百战的老将军所写；二奇，是写了五十多年才出版。这本书荣获茅盾文学奖荣誉奖，既是对作品的肯定，也是对成书坎坷过程的一份褒扬。

值得激赏的是，这部小说并没有停留在“高大全”“脸谱化”的固化文学思维层面，它勇敢直面红军内部的深层次矛盾，对自己队伍中出现的轻敌、错判和背叛等行为，对打了大败仗、造成重大牺牲等问题，不回避、不粉饰、不推脱。小说中对敌军奇袭策略的描写，以及对国民党将领心理的刻画，都极为细腻真实。

这种敢于挑战的创作态度，无疑是极其可贵的。

在小说中，面对罗霄纵队遭遇的困难与失败，不仅三营营长洪再畴成为叛徒，拖枪逃跑，连罗霄纵队的政委杜崇惠这个高级指挥员，面对战斗失利，革命信念都渐渐动摇，担心队伍不能打回中央苏区，猜测中央苏区很难打破敌人的“围剿”，不断怀疑“红旗还能打多久”。最后，他觉得再干下去没出路，留下枪支和文件，做了逃兵。

这无疑令人震惊，又让人痛惜。对此，罗霄纵队司令郭楚松愤愤地说：“由他吧！自己的历史自己写！”

“我怀夸父志，追日步不停。”萧克写作《浴血罗霄》的过程，是这么悲壮，又是这么美好。这，就是一个作家对历史和文学交出的答卷。

越是在转折年代，越需要建立自己对自己负责的历史观。一个人如何书写自己的历史，其实就是在面对一道关于理想信念的考题，一次关于意志品质的测试，一种关于能力水平的检验。

所有的历史都是当代史。我们每个人的历史，也都要拿出对未来负责的态度，用真诚和良知进行书写。

作品简介

第三届茅盾文学奖（1985—1988）荣誉奖获奖作品《浴血罗霄》，是萧克创作的长篇小说。《浴血罗霄》以罗霄山脉为背景，用真实而独特的表现方式，反映了罗霄纵队在这块土地上浴血奋战的史实。小说以白描手法再现了当时红军的真实生活，具有浓厚的时代气息。

牵风的人，永远不会被大风吹倒

评《牵风记》

题记：战火琴音，灵魂叙事；奇崛奇幻，返璞归真。

风起于青苹之末，浪成于微澜之间。人生很多时候，都要遭风吹，被浪逐。

莫言曾给年轻人写过一封信，主题就叫“不被大风吹倒”，里面讲了一段故事，说他和爷爷去荒草甸子割草，在归途中，突遇旋风，如柱如雷，直逼而来。那一刻，爷爷双手攥紧车把，脊背绷成一张弓。爷爷与狂风对峙的姿势，似一尊雕塑。

无论面对自然的风，还是应对社会的风，要想不随风飘荡，要想不被吹倒吹偏，确实要如莫言所说，不能躲避，得迎上去，站稳了。这得有勇气，也得有定力。

勇敢是稀缺的品质，力量是守护的保障。但应对大风大浪，只有勇气和力量，有时仍然不够。徐怀中的小说《牵风记》告诉我们，大风吹来了，有时不能只是站在对面硬抗，而是要站在风头上，牵着它，引着它，带着它。

如此智慧，如此自如，才能不被大风裹挟。

徐怀中写作《牵风记》，本身就是一次文学“牵风”的传奇。

跟随野战军挺进大别山这段亲身经历，是徐怀中生命中极为珍贵的写作题材。早在20世纪60年代，他就写出了《牵风记》的雏形。只不过，在那个特殊年代，近二十万字的小说手稿，全被销毁了。

经历半个世纪的岁月风雨，九旬高龄的徐怀中为完成这部未竟之作，如此激情表达：“我不再瞻前顾后，最后关头，必须完全放开手脚作最后一击。”

对徐怀中这一代老作家来说，诸如“十七年”文学、伤痕文学、反思文学、改革文学等昔日风潮，极容易给思维和精神套上看不见的锁链，让文本和思想都难以挣脱封闭逼仄的窠臼。

特别是写战争题材，不掉进“高大全”“脸谱化”的陷阱，不陷于公式化、概念化、口号化的空洞乏味，当然要面临太多观念与技术的挑战，势必会在内心经历一场灵魂的迎风大战。

徐怀中的最后一击，是一个文学信徒的御风大战。这，或许就是文学从高原走向高峰的必经之役。

《牵风记》太让人惊讶了，太让人惊喜了，也太让人惊叹了。

浪漫的想象，诗意的空灵，神性的寓意，极致的创意，超脱的表达，让人实在无法相信，如此开放而独特的作品，竟然是一个军旅作家写于九旬之际。

尽管徐怀中说：“我写的是一部具有严肃宏大叙事背景的‘国风’式的战地浪漫故事。”但这部小说从文本叙事到价值内涵，既是“国风”，更是“先锋”。

文学的现实主义与浪漫主义，如车之双轮、鸟之双翼，让这个老作家不仅跑起来了，而且飞起来了，站在风口，挥洒自如。

徐怀中是鲁迅文学奖得主，又以“最后一击”成为茅盾文学奖最年长的获得者，这样的“成长”经历，令人动容。

这份文学殊荣，绝不是对他漫长文学人生的总结性嘉奖，而是回到文学规律上，让文学的归文学，让作家凭作品赢得尊严。

世界上最经典的战争题材小说，普遍人物众多、篇幅极长。《战争与和平》是一幅俄罗斯社会生活的画卷，《这里的黎明静悄悄》《静静的顿河》也都是波澜壮阔的鸿篇巨制，刻画了大时代背景下的小人物命运，让人们在静谧之中感受到极致的审美价值。

中国的战争小说，包括有些获得过“茅奖”的小说，尽管不乏大部头，大场景，大人物，但总有一些宏大叙事显得太过苍白空乏。说到底，还是因为文学失去向艺术深幽地带进行探索的耐心与品质。

《牵风记》虽然不足二十万字，战争的大背景也只是简笔勾勒的故事底色，甚至人物也极其单薄，主角只有三人一马。但作品薄而不轻，寡而不淡，清而不浅，注定成为中国战争小说的一座重要里程碑。

汪可逾，乳名“纸团儿”，来自古都北平，生于书香世家，精通琴、书技艺，双眸有光，笑容动人。她抱一把古琴，奔走于硝烟弥漫的战场，如一缕清泉，流淌于重峦叠嶂之间。

有一次，部队连续急行军，遇上狂风暴雨，衣物背包皆被浸透。男兵们脱光衣服围成一圈，烧火烘烤。女兵们都只能以体温来焐干。但汪可逾不管，于门洞里支起架子，晾上衣服，然后光身蜷躺而眠。

人太累，天亮了，仍未醒。门洞、裸体、晨光，面对如此情景，早起的参谋长齐竞掏出相机，一阵狂拍。齐竞有留学经历，深谙人体美学。

对此，汪可逾单纯清澈，明净透彻，平静地说：“首长！洗印出来，不要忘了送照片给我。”而内心龌龊者，则以此做道德文章。

有一晚，汪可逾所在的工作队遭民团偷袭，她和六个姐妹跳崖后被俘。汪可逾摔到昏迷不醒，另外六个姐妹皆遭强暴。

后来，齐竞以“初夜落红，是最洁净最珍贵最神圣的一种纪念物”为由，委婉询问她是否也被强暴，暗示自己难以接受非处女。

对此，汪可逾则立即反击："是谁赋予你这样的特权？凭什么我应该被你所笼罩？凭什么我只能受你的摆布？凭什么我必然要为你占领？而且还要预先签立城下之盟，保证自己白璧无瑕？"

汪可逾断然放弃此前与齐竞萌生的爱情，决绝表达："我从内心看不起你！"

战地恋歌，凄然而止。心无渣滓，无不可逾。

汪可逾的干净、清澈、纯洁、真诚、善良、正直、唯美、执着、自我、自由，令人动容。

曹水儿，出身农家，高大威猛，直接果断，集侠气与匪气于一身，充满生命原始的野性，拈花惹草，四处留情。

然而，在汪可逾面前，曹水儿堪比圣徒，毫无欲念，始终像敬神一样尊重汪可逾。

二人在山洞里生活期间，汪可逾因伤病赤裸，曹水儿用泉水擦拭，至纯至善，心如止水。临终前，汪可逾那一声"我的好兄弟"，道尽了这种最纯粹、最美好的情义。

因被诬告强暴了保长女儿，曹水儿被执行枪决。刑场上，排枪急射，气氛悲壮，肃杀凄凉。

这个男人，有血有肉，有情有欲，有爱有恨，活得那么真实，那么有劲，死得极为令人扼腕震撼，令人刻骨铭心，让人悲伤难抑。

生如夏花的绚烂，死如秋叶之静美。血色中有大美，惨烈中有大爱。

汪可逾和曹水儿生命里的爱恨情仇，超越阶级立场，激荡家国情怀，复归自然人性。

小说结尾，年老的忏悔者齐竞这样怀念汪可逾："人的一生，不外是沿着各自设计的一条直线向前延伸，步步为营，极力进取。而汪可逾却是刚刚起步，便已经踏上归途，直至回返零公里。从呱呱坠地，便如同一个揉皱的纸团儿，被丢进盛满清水的玻璃杯。她用去整整十九个冬春，才在清水浸泡中渐渐展平开来，直至恢复为本来的一张白纸。”

琴声悠长，战马嘶鸣。清白之年，归返自然。

《牵风记》是一曲浪漫激越的战地恋歌，是一曲触动灵魂的“高山流水”。

风乍起，吹乱世道人心。在这个文学批评仍需要更加开放包容的年代，特别是大众审美和思想认知都有巨大提升空间的社会，《牵风记》在人性透视和价值呈现上的探索创新，如同寒江雪岸伫立的孤鸟，既带来令人心颤的美感，又有一种莫名的怜惜忧思。

“牵风”，于小说背景而言，有“牵引战争反攻之风”之意；于人物故事而言，有“牵引人性回归自然之风”之情；于作者自身而言，有“牵引个人写作转变之风”之心；于广大读者而言，有“牵引走向独立自由之风”之念……

肖洛霍夫在《静静的顿河》中这样写道：“种风的人，收获的是风暴。”

徐怀中以《牵风记》带来如此启悟：

牵风的人，永远不会被大风吹倒。

作品简介

第十届茅盾文学奖（2015—2018）获奖作品《牵风记》，是当代作家徐怀中创作的长篇小说。小说以 1947 年晋冀鲁豫野战军挺进大别山为历史背景，讲述女主角汪可逾人伍投奔光明却在十九岁时不幸牺牲的壮烈故事。小说围绕着三个人和一匹马的故事，以现实主义与浪漫主义相结合的方式描写战争，以特别的胆略探寻战火中的爱恋与人性，向大众展示了牺牲者的平凡和伟大格局，描绘出了普通人丰富的精神世界。《牵风记》闪耀着英雄之美、精神之美、情感之美和人性之美。

一个理想主义者的倔强与孤独

评《你在高原》

题记：理想主义，精神图谱；
行走之书，心史记录。

这是一个人人自恋的年代，也是一个无所适从的时代，信息茧房和信息爆炸同时存在，让人们很容易在自己的四角天空产生王者的幻觉，也经常会因为多元文化价值碰撞陷入到“不知所归处”的境地。

求解这样的精神困境，摆脱这样的生活迷茫，人们普遍选择读书和远行。读万卷书难，行万里路也难，一个人能在读书和行走这两件事上同时做好，抵达高远境界或幽深地带，当然更难。

张炜就是把“读万卷书”和“行万里路”都做到极致的作家。他的长篇小说《你在高原》，就是一部“行走之书”，见证了一个理想主义者的孤独与倔强，也成为透视这个年代文化尴尬的一面镜子。

高处不胜寒。一个人就算抵达精神思想的高处，也未必能够听到外面世界传来的热烈掌声。直到现在，很多人知道《你在高原》，只是因为它是多达四百五十万字、共计三十九卷、分为十部的超级长篇作品，被称为“迄今所知的世界小说史上篇幅最长的纯文学长篇小说”。当然，除了这种“史无前例”的标签外，这部小说在“茅奖”评选时也引发过巨大争议。

在第八届茅盾文学奖获奖作品揭晓前，时任《收获》杂志执行主编程永新在微博上说：“张炜（《你在高原》）要得奖就滑稽了，因为全中国看过这部四百多万字书的只有一个人：责编。”当时，这届“茅奖”评委盛子潮回复说：“至少有十几个评委通读过，大多数评委看过四五部（该书共十部），评奖期间我也看了其中的三部。”参加最后一轮投票的评委共有六十一人，最终投票结果显示，《你在高原》获得五十八票，得票最高。这时，程永新继续质疑：“这是褒奖作家的过往还是在评具体的作品？这是严肃的评奖吗？”

一时间，《你在高原》被推到风口浪尖上。对此，评委雷达认为，不能机械地理解阅读，“阅读可以是精读、细读、浏览，不一定非得一字一字阅读”。评委周大新则强调：“即使只读几册，张炜的文字功夫和写作艺术你也能深刻地体会到。”显然，这些都是“弹性表达”，难以消解“未读而评”的疑惑。

当然，这场围绕《你在高原》的争议，没有指向作品本身的问题，只是从事实和逻辑出发，聚焦评奖是否符合“程序正义”。直到现在，《你在高原》依然没有得到普通读者的广泛认同，很多人依然认为这部作品难以读完，或者根本读不下去。

阅读是有门槛的，读者的缺席不能成为否定作品价值的唯一理由。不过，基于文艺性和人民性的关系，优秀作品不能被读者广泛接受，也是一种价值错位。正视《你在高原》的阅读困境，就会发现，原因并非只是篇幅过长，小说的叙事方式、结构框架等等，也有太多遗憾。

当然，这不是对张炜实力的否定。毕竟，这是一位早就用作品证明过自己的作家，他在 1986 年发表的《古船》和 1992 年发表的《九月寓言》，一直被视为“茅奖”评选的遗珠。这两部作品相较于同时期评出的《都市风流》《骚动之秋》等“茅奖作品”，无论是艺术创新还是思想价值，都堪称云泥之别。《古船》《九月寓言》错失“茅奖”，也映照出评奖机制曾有过的弊端和缺陷。或许也正因如此，《你在高原》获奖，才被怀疑是在给张炜作“补偿”。

客观理性地评价作品，是对作家和读者最大的尊重。张炜是位极其努力的作家，行者无疆，蛰居修行。从 20 世纪 80 年代末，他就开始写作《你在高原》，为了搜集资料，走遍山东半岛，曾长期居住于没有暖气的小屋。有一年，甚至因为藏身山居老屋读写，差点冻死在大雪封山的深冬里。张炜二十年不舍昼夜，皓首穷经，呕心沥血，披肝沥胆，最终拿出这部“史无前例”的作品。《你在高原》共分为十部，分别为《家族》《橡树路》《海客谈瀛洲》《鹿眼》《忆阿雅》《我的田园》《人的杂志》《曙光与暮色》《荒原纪事》《无边的游荡》。除《家族》外，其他作品都是第一次面世。

小说是将主人公宁伽的经历串起来，形成前后连贯的故事，每一部都有相对完整的叙事，能够独立成篇。从阅读体验来讲，因为每一部内容的关联性较为薄弱，整体叙事的节奏就显得较为松散，有种故事大杂烩的感觉。

这部小说人物众多庞杂，有知识分子、政治人物、流浪汉、商人、市民等等，数量多达几百个，但在人物形象塑造上却缺乏典型性。特别是，小说加入大量历史典故、民间故事与百科知识，作者思维极具跳跃性，也容易对阅读的连贯性造成破坏。此外，大量富有哲理性和思想性的文字，很容易造成情节断裂，带来阅读障碍。

在张炜闷头写作《你在高原》的二十年间，中国的社会、科技、文化都发生了巨大变化，人们的阅读习惯也从纸质书转向了电子屏，快餐文化也消解了人们太多的静气。与此同时，中国文学的表达方式正发生巨大的变化，先锋小说退场、现实主义回归等现象，都是在顺应时代需求。张炜曾说：“所有文学的堕落，都是从讨好读者开始迈出第一步的。”

在浮躁年代，当然需要这种定力。不过，站在文化的立场上，又必须时刻警醒，媚雅和媚俗，很可能是文化堕落的一体两面。

一部作品的价值，不能仅靠专家评委和少数学院派书评家来支撑。当下文艺评论如果不走出圈子化的局限，作品就容易变成精英自恋的载体，不能转化出更多公共价值。其中的逻辑，就如同“正能量也必须是大流量”一样。

所以，评价《你在高原》，需要回到文学的轨道，需要考虑大众的阅读体验，需要提炼更适合普遍传播的思想价值。毕竟，张炜的才华是不用怀疑的，思想深度也是早就被证明的。

通读这十部作品，如同在翻越一座又一座高山，经常会在某个山峰或深谷，找到一些击中内心情感价值的元素。如果把思绪停留在某部作品，细化到某个故事，确实能感受到其中的叙事魅力和观念冲击力。《你在高原》展现的社会批判精神和人文关怀，体现了一个知识分子的担当。

比如，对底层的同情、对弱者的悲悯，在这部小说中体现得淋漓尽致。在《家族》中，作者没有回避革命战争对个体生命和财产造成的损害，用深情的笔触描绘着战争带给普通人的肉体伤痛和精神创伤。作者也并没有丢掉《古船》里的批判精神，甚至在《你在高原》中变得更加尖锐，特别是对知识分子成为商贾的附庸和权贵的装饰等现象充满鄙夷不屑，满怀深情地呼唤思想自由和人格独立。

这部小说时间跨度长达半个世纪，作者对幽暗历史的呈现和反思，力度之大，在当代小说里是极为罕见的；此外，张炜对现代化进程中出现的种种问题，也勇敢地进行了批判。比如在《橡树路》中，他对故事中“九月事件”的参与者、执行者、告密者，都进行了道德批评和文化审判。

只不过，太多的故事堆砌，太多的矛盾对立，极大地考验着读者的耐心。从某种意义上讲，张炜是在进行着一项复杂的文学实验。文学评论家洪治纲这样评价：“《你在高原》是一部反叛之书，也是一部超越之书……在那里，套盒式的故事结构，变动不居的意识流，玄秘的魔幻主义，以及各种跨文体式的组合，争相呈现出各种独特的叙事智慧。它是一部挑战读者思想深度的作品，也是一部挑战读者艺术情操的作品。”

褒扬的背后，也揭示了一个事实，就是十部小说的风格并不一致，这种凌乱交错，并不易于被读者普遍接受。

对读者思想深度和艺术情操形成挑战，很大程度上体现在繁复的描述、反复的呓语、虚妄的说教。这样的表达，确实不够节制。完整读完《你在高原》，会强烈感受到张炜是将所有的才华和思想进行了一次集纳和组装，包裹着太多的情怀和担当，但也会给人力不从心的感觉。在这个共情稀薄的年代，在这个知交难得的年代，要让读者完整倾听这些絮语，是有些严苛了。

好作家与理想读者一定是要双向奔赴的，作家和书评家应该放下姿态、告别傲慢，读者也应该摒弃浮躁、沉潜阅读。

“高原”不是一个地理概念，而是一种意象，是一种理想之地，是一个精神家园，充满人文关怀和悲悯，符合作者的价值归属。在现实生活中，这样的高原往往是遥不可及的，但又值得永不停歇地追逐。正如张炜在《我的田园》里这样写道：“我的梦中有个高原……我总能感到穿过遥遥旅途射来的那道目光，那是她的永恒的高原……”

因为你在高原，所以我将勇敢奔赴。当我们同在高原，你中有我，我中有你，高原就不在远方，而在你我。

实现这样的愿景，需要张炜这样理想主义者的倔强与勇敢，尽管这样的行走和探索有时特别艰难和孤独，但永远都是值得的。

作品简介

第八届茅盾文学奖（2007—2010）获奖作品《你在高原》，系当代作家张炜创作的长篇小说，首次出版于2002年。全书长达四百五十万字，分三十九卷，归为十个单元（《家族》《橡树路》《海客谈瀛洲》《鹿眼》《忆阿雅》《我的田园》《人的杂志》《曙光与暮色》《荒原纪事》《无边的游荡》）。作品中，作者以宁、曲两家故事作为主线，讲述了“高原人”们的生存方式，并在其中穿插了家族历史与祖辈和父辈的悲剧人生。书中塑造了大量的人物形象，其中的女性人物形象独具特色。该小说并不是一般意义上的系列作品，它结构奇特：主人公前后统一，但每一本又可以独立成篇。

修炼人生，在爱与信仰的熔炉里

评《历史的天空》

题记：草莽英雄，民间情怀；灵魂世界，自我蜕变。

“人”到底是什么，“我是谁”到底应该如何回答？

迄今为止，人类自己也无法给出满意的答案。不论是看清别人，还是看见自己，对无数人来说，都有着巨大的屏障。

从某种意义上讲，人的本质就是在自我的、自觉的、社会性的实践活动过程中的生成物。而破解人的“斯芬克斯之谜”，仅靠生物学、社会学、哲学也是不够的。

因为人类早就过了思考“用几条腿走路”的阶段了，人类的高级之处绝不只是体现于情感和智慧，“人是什么”的哲学追问也需要在历史演进中不断作答。

这就需要文学的出场，因为文学就是人学。对人的认知理解，需要放置在一个更大的时空中审视。

在所有的文学样式中，只有小说具备承载这种环境空间的能力。徐贵祥的小说《历史的天空》以文学的形式，展现了一个人在不同历史环境中人性的嬗变、人生的进阶、人格的升华，阐释了“人在历史中成长”的价值理念。

作家的创作人生，多是一个向上成长的历程。很多作家是与读者共同成长的，在读者的鼓励和批评中，不断获得动力和警示；有的作家是与笔下的人物共同成长的，笔下的人物就是在与作家灵魂对望，让作家多了一双看见自己的眼睛。《历史的天空》中，作家这样铺陈主人公的人生：“梁大牙漫长的人生修炼从此开始了。”

书里书外，每一种人生都在修炼。

《历史的天空》在2000年出版后，当时并未引起市场和评论界太多关注。但从2004年开始，根据这部小说改编的同名电视剧却爆火，知名导演、一众实力派演员，加上当时电视是最主流的媒介平台，这一切因素，让这部剧成为宠儿。2005年正值抗日战争胜利六十周年，该剧更被推向热播高潮，原著作者徐贵祥也为更多人所熟知。

2005年，在同名影视剧热播的背景下，第六届茅盾文学奖揭晓，《历史的天空》成功获奖。一时间，这部小说声誉更隆，文学评论家们也浓墨重彩地对其进行解读，一些学院派评论家也纷纷献上“史诗性”“穿透力”“厚重感”之类的溢美之词。

然而，流量与质量并不总是对等的，小说《历史的天空》当年备受关注，多少也与剧版爆火以及“茅奖”身份加持有关。

关于“茅奖”评选，坊间争议较多的除了第三届，就是第六届。这两届评奖结果确有一些平庸之作，也有一些“遗珠”。比如第三届的《少年天子》《都市风流》《第二个太阳》，以及第六届的《英雄时代》《历史的天空》等获奖作品，坊间就有人认为是盛名之下，其实难副。这里面有很多原因，比如，当时推行的是三名评委推荐就可以直接入围的制度设计，以及过于考虑主流价值，都造成少数艺术性不足的作品在评奖中胜出的现象。

事实上，第六届同期的落选作品，如莫言的《檀香刑》、贾平凹的《怀念狼》、李洱的《花腔》、铁凝的《大浴女》、阎真的《沧浪之水》等，也被普遍认为文学价值要远高于某些获奖作品。

对此，倒也不能简单概之以“不公平”“不透明”“有猫腻”之类的尖锐说辞。毕竟，“茅奖”评选要体现价值引导，要体现特定历史阶段的意识形态，也有其特定的评价标准。同时，“茅奖”评选机制也在不断改革，这两届在评选机制和评委人选上，都有一定变化。受这些主客观因素影响，评奖出现一些争议，出现某些平庸之作，也实难避免。

时间会给文学更为客观公正的评价，在历史的天空里，不论文学曾经以怎样的面孔出现，最终还是需要清水洗尘，露出真容。

如今看待《历史的天空》，需要以历史的视角、辩证的目光、理性的判断来审视。

这部现实主义小说不论是故事情节还是人物形象，都较以往同类作品有所创新和突破。对于普通读者来说，这部小说确实有“好看”“耐看”的阅读快感。“雅俗共赏”的文本表达，时而让人有种低俗“爽文”错觉，时而又给人一种宏大叙事的“深刻”幻觉。

当然，审视《历史的天空》的价值，需要走出这些错觉与幻觉，回到文学更加高级的审美和价值的轨道上。

在人物形象塑造上，相较于“十七年”时期的革命历史小说，《历史的天空》在摆脱人物“脸谱化”方面，已经做得较为彻底了。

主人公梁大牙，没有根正苗红的出身，不是苦大仇深的受压迫者，而是个带有流氓习气的社会混子。他没知识，没文化，满口脏话，粗鲁好色。“没正形，好起来像个大侠，坏起来像个强盗”。这个痞性十足的流氓无赖参加革命，只是因为阴差阳错地遇上八路军，只是为了实现自身利益最大化，甚至是在看到美貌女兵后，脑中念头一闪而过：“这个八路咱先当着试试，合适了咱就当到底，不合适了再论。”

如此贪财、好色、匪气的无赖形象，与之前很多军旅小说中那种智勇双全的“儒将”形象形成了巨大反差。不得不说，在英雄形象塑造上，这部小说甚至有点用力过猛的感觉。

和《亮剑》中的李云龙一样，梁大牙摆脱了那种性格单一、缺乏个性的“高大全”形象，展示了更加炽烈的个性，为英雄“祛魅”而更容易被读者接受。但从一个庸俗的流氓成长为睿智理性的军队高级将领，人性和思想的转变如何合乎情理，无疑又考验着作家的表达能力。

历史的天空，以其宽广辽阔，给“一个革命英雄的自我修养”提供了足够的成长空间。

当然，《历史的天空》受欢迎，还有一个重要原因，那就是体现了正确的历史观和先进的价值观。

这部小说并没有像以往很多同类题材作品那样，对国民党部队形象进行刻意矮化。作者展示了一些国民党将士抗击日军的勇敢无畏，写下属于他们荡气回肠的热血诗篇。其中“国军上校石云彪在此战死”的情节令人动容。

尽管石云彪遭遇国民党内部派系斗争的伤害，但他带领的部队纪律严明，训练刻苦，英勇善战，最终为抵御外敌而战死沙场，结局令人扼腕叹息。能够正视历史，破除“二元对立”的陈旧思维，也极大提升了这部小说的真实性和思想性。

梁大牙的自我蜕变，经历了抗日战争、解放战争、抗美援朝战争以及“十年动荡”等诸多历史阶段。这期间，革命队伍内部也存在种种问题。对此，作者毫不回避，勇于剖析。比如，小说对“纯洁运动”就进行了这样的阐述：“运动的方式是层层发动，互相揭发，你说过什么，他做过什么，甚至某某想过什么，都在揭发之列。运动是革命的运动，革命的运动依靠的是群众。群众的眼睛是雪亮的，但到了最后，被抓起来的也都还是群众……”

在复杂而残酷的权力斗争中，很多人生理和心理都遭受着严重的折磨，而残酷的生存环境也像是一座精神的炼狱，在不断考验人性，激发人的生命意志和政治智慧。

梁大牙就是在这种特殊环境中不断成长，完成自我蜕变的。领导的宽容呵护，爱人的情感感化，同志的鞭策监督，都是梁大牙提升修养和重建信仰的动力源泉。“桀骜不驯的梁大牙一生只服三个人：对杨庭辉是敬，敬中蕴含着畏；对东方闻音是爱，爱中藏着情；对张普景是怕，怕中表现出理。”

杨庭辉是梁大牙的领导，带来了信仰的力量；东方闻音是梁大牙的挚爱，提供了前进的动力；张普景是梁大牙的同志，传递着警醒的意识。这些关怀和深爱、宽容和约束，在不断荡涤着梁大牙身上的浮躁和匪气，在他的心灵播下了美好的种子，使他的人格境界和思想意识都获得“涅槃式”升华。

《历史的天空》展示了一个另类英雄的自我蜕变，尽管在人物形象展示上略有突兀，在思想价值梳理上也略显单薄，但是，这部小说让英雄走下神坛，让人们穿越历史的迷雾，看到像梁大牙这样挣扎在灰色地带的小人物，依然可以成长为历史天空里的一颗闪亮的星。

人生需要长久的修行，生命需要持续的修炼。哪怕是生在阴沟里，也应该时刻懂得仰望星空。爱与信仰，就是人生涅槃的熔炉。

作品简介

第六届茅盾文学奖（1999—2002）获奖作品《历史的天空》，是当代作家徐贵祥创作的长篇小说。小说以梁必达、陈墨涵等为代表的20世纪30年代投身革命的青年男女故事为主线。内容涵盖并经历了抗战时期、解放战争、抗美援朝、动乱年代以及改革开放等各个历史阶段，历时长达半个世纪。作者采取的是虚虚实实、隐隐约约的写法，实时实地，虚人虚事。因为“实”而具有历史纵深感和现实意义，因为“虚”而顿生空灵洒脱。作品写得既显得磅礴大气，又有诗情画意。

千里难寻，到哪里遇见『说得着』的人

评《一句顶一万句》

题记：琐碎生活，孤独隐痛；
出走回归，只为知音。

人是大地上的异乡者，心是孤独的猎手。

人心的深度不可测量，既能形成蓄养寂寞的沼泽，又会生成围困孤独的深井。孤独的人有时是施难者，有时也是受难者，有时还是施难和受难的合体。

高山流水遇知音，这中国千年人心共情的经典画面，实在太稀缺了。正如刘震云小说《一句顶一万句》中所说：“世上的人遍地都是，说得着的人千里难寻。”

生来孤独，生来彷徨。这部小说有个重要的标签，叫“中国人的千年孤独”。显然，这是在将这部作品与马尔克斯的《百年孤独》进行比照。《百年孤独》是魔幻现实主义的世界经典，其中的艺术新奇和思想深度，永远值得敬畏。

当然，刘震云也是很成熟的小说家，《一句顶一万句》获得茅盾文学奖，几乎没有争议。它在叙事结构、文本格调、艺术价值方面，也确实展示出中国小说独特的艺术魅力。

中国人的千年孤独，就藏在普通人的隐秘心事难以表达之中。

人活得那么累，却又难以宣泄，这种孤独感并不是因为自闭自守造成的。中国人的话语困境和复杂观念，让人与人之间经常陷入“说不着”“说不通”“说不好”的尴尬境地。

千年孤独，百年行走，小说《一句顶一万句》的主题就是在探析如何寻找知音、排解孤独。刘震云的切入点，就是“一个人找另一个人，一句话找另一句话”。这样的创意构思，无疑是巧妙的、精准的、深刻的。

虽然《一句顶一万句》中的人物多是乡间农民，只是偶尔涉及一些城市游民，但这部小说仍然堪称表达整个中国人的孤独。因为就算破除城乡二元壁垒，这种“中国式孤独”也仍是一种普遍存在的情感伤痛。

在今天钢筋混凝土的城市森林里，找不到“说得着”的人，同样也是一种严峻的现代病。

总之，《一句顶一万句》写的是那些在苍茫大地上奔走的普通人，他们并不是知识分子，也不是思想者，他们的孤独并不是因为形而上的东西，而是困于日常家事，苦于现实情感。

这种孤独的普遍性，让刘震云感叹：“中国人太孤单太寂寞了，几千年活得都这样。”“我的父老乡亲们生活在细节里，社会和历史，只是他们所处的表象，痛苦不是生活的艰难，也不是生和死，而是孤单；不是人少的孤单，是人多的孤单；孤单种在心里，就长成了孤独；但他们就是不说。”

不说，不听，那是因为遇不见“说得着”“听得进”的人。

于是，人们活在迷茫和困惑之中，难以疏解心中的板结，只能在绵延不绝的孤独、隐痛、不安和焦虑中，通过虚幻的客套和短暂的愉悦，来消解精神的隐痛。事实上，无论是酒精还是咖啡，都很难真正“一浇心中块垒”。

从某种意义上讲，这种孤独困境是中国人独有的，或者说是中国人难以摆脱的。

大儒梁漱溟曾说，中国人普遍过着缺乏宗教的人生。对很多人来说，没有信奉的神明作为诉说对象，来为他们保守秘密，又找不到“说得着”的知音，人生往往只能压抑难言，无所适从。

一个总是活在孤独中的族群，又怎么可能让人们昂首阔步，自信向前呢?

《一句顶一万句》直面中国人的千年孤独，寻求解决问题的社会通道，无疑是在夯实这部作品的价值底座。

《一句顶一万句》不论是语言还是结构创意，都极富艺术匠心。

小说看似在给读者一个轻松的阅读入口，但很快就会被绕进去，在各式人物命运错乱的交叉叙事中，体会到繁杂和庞大。随后，又会被带到一个开阔地带，在那里回望和前瞻，来看见芸芸众生的命运奔突，知晓人与人之间的百年渊源。

在结构上，这部小说很明晰，分为上下两部分，上部叫《出延津记》，下部叫《回延津记》。这种“对称”式结构，易于从时间、空间、人物等各个维度形成对应关系，将散漫的叙事架构支撑得牢固结实、完整紧凑。

小说的上部和下部分别讲述杨百顺和牛爱国祖孙两代的行走人生。作者在两个主角的叙事主干上，分枝展叶，让藤蔓延伸开来，顺着两个人物的足迹信马由缰，把各式人物拉进来，闲聊他们的悲喜人生，展现世道人心。

由此，也就铺开一幅中国孤独失魂者的千里远征图，让人们看见为了找到“过心”之人，说出那句“知心”之语，无数人都在过着挣扎的人生。

值得一提的是，《出延津记》这个主题，也很容易让人拿来与《出埃及记》进行类比。

《出埃及记》讲述的是摩西带着四十万希伯来人逃离埃及法老的统治，摆脱被迫为奴的命运，回到他们应许之地迦南的故事。显然，这个世界每个族群都在努力走出困境，寻找乐土。

刘震云借这样的名称，来思索延津人的出走和归来，如何摆脱孤独的精神苦海，如何拥有内心的丰沛。从这个意义上讲，延津这个地方，也是刘震云的文学故乡。

《一句顶一万句》是一部让人感觉特别“绕”的小说：从情节到语言，都在颠来倒去，反复念叨，显得烦琐累赘。这种“绕”的特点，让人乍地看去，觉得太过臃肿无趣，削弱了故事情节的紧凑，但细读下来，就容易被“绕”进去。

这种“绕”，是一种技巧，是一种力量，展现了人与人之间的对话困难，以及人心与人心之间存在的隔膜。

比如，小说里的老裴经常和老婆吵闹，他最怕的就是“娘家哥”来讲“理”，因为那些“理”太绕了。“桩桩件件，桩桩件件的起因，娘家哥记得。千百件的针头线脑，越扯越长，扯得老裴脑袋都大了”，“一件事能扯出十件事，一件事十条理”。

绕来绕去，老裴只能节节败退，一边在行为上选择忍让，一边在精神上更加痛苦，感叹着“原来世上的事情都绕”。绕不出来，说不着话，只剩孤独。

“说得着”的人千里奔赴，“说不着”的人同床异梦。

70 年前，杨百顺和老婆吴香香“说不着”，吴香香就和邻居老高私奔了；70 年后，牛爱国和老婆庞丽娜说话“不过心”，庞丽娜就和她姐夫一起跑了。杨百顺和牛爱国都不想去找老婆，无奈身边的家人亲友都逼劝他们，于是，他们不想多说，而是选择背井离乡，其实只是假找。

找着找着，他们又都遇到各自“说得着”的人。比如，牛爱国遇着章楚红后，“与谁都不能说的话，与章楚红都能说。与别人在一起想不起来的话，与章楚红在一起都能想起……两人说高兴的事，也说不高兴的事。与别人说话，高兴的事说得高兴，不高兴的事说得败兴；但牛爱国与章楚红在一起，不高兴的事，也能说得高兴。”

寂寞的人多是因为浮躁，但孤独的人却有各自的寒凉。

《一句顶一万句》对人性伦理遭遇的践踏进行了无情的批判。父子间的隔阂，兄弟间的争利，夫妻间的背叛，朋友间的掠夺，师徒间的恩仇……

总之，这部小说让人们看到传统伦理的颠覆悲剧。杨百顺一次次遭遇人性伦理的伤害，他选择不停地改名，来摆脱身份的困扰和精神的包袱。杨百顺被传教士老詹更名为杨摩西，入赘“嫁”给了吴香香后更名为吴摩西，遭遇婚姻背叛后，他改用记忆中喊丧人罗长礼的名字。

抛弃代际传承的姓氏，对身份不断进行自我否定，这种对祖辈的叛离和对传统的割裂，也都是为了排解内心的孤独与痛楚。

传统的式微，信仰的缺失，观念的分歧，让人们处于“无根”状态，四处都在找寻“说得着”的人。

一句顶一万句，那一句，其实就是比整个世界分量还重的真话，是人类普遍信仰的真理。

唯有解决信仰危机，让人们活在真实中，才能形成价值共鸣，迎来共情时代。这样，人们才能遇见知音，告别孤独。

作品简介

第八届茅盾文学奖(2007—2010)获奖作品《一句顶一万句》，是作家刘震云的扛鼎之作。小说分为《出延津记》与《回延津记》两部分。上部《出延津记》讲述的是在20世纪前期的河南农村，一个孤独无助的农民——吴摩西为了寻找与人私奔的老婆，在路上失去了唯一能够“说得上话”的养女，为了寻找养女，他不得不走出延津；下部《回延津记》记述了吴摩西养女巧玲的儿子牛爱国，同样为了寻找与人私奔的老婆，走向延津的故事。一去一来，延宕百年。故事看似简单，但回味悠长。

在河流彼岸倾听文明的挽歌

评《额尔古纳河右岸》

题记：北国边地，游牧部落；生死轮回，原始信仰。

一个人对故乡最深情的记忆，有时是把纬度和经度深深刻在心中，甚至精确到小数点后两位。

当然，数字只是记忆符号，其中包含着更加绵密而深沉的内容——知道这些数字包含的地带，天空有哪种鸟儿飞过，大地上有哪条河流绵延，山谷里有哪些动物游走，森林里开着哪种不知名的野花。

对故乡有这种细腻心思的人，不只是深情的，也是朴素的、悲悯的、深刻的。这样的人，把天地大美和人间烟火用文字传递出来，带来无限的向往与想象，就一定是擅写故乡的好作家。

迟子建就是如此。她对故乡的数字记忆符号，在北纬五十三度左右。

迟子建的故乡书写，是最有辨识度的。她以极致的才情，始终在和故乡深情相拥。正如她在《额尔古纳河右岸》跋中所写：“故乡对我来说就是创作中的一道阳光，离开它，我的心都是灰暗的。”

近四十年来，迟子建也渐渐成为故乡的一道光，而且，越来越亮。故乡和迟子建的关系，并不只是单向度的滋养和赐予，而是一种双向的生长和奔赴。

比如，写于20世纪80年代的《北极村童话》是迟子建的成名作，多年以后，那个原来叫作漠河村的地方，就因为这篇小说而更名为北极村。

文学不适合用来定义，但可以赋予命名，形成新的符号，承载起更大的社会意义。这是文学的殊荣，是作家带来社会价值最生动的写照。

比起北极村，迟子建最为著名的文学地理坐标，是额尔古纳河右岸。

无数人知道额尔古纳河，不是在《中国国家地理》杂志上读到的，也不是从历史教科书上看到的，而是从迟子建那本《额尔古纳河右岸》书中遇见的。

或许，这个世界也没有哪一本读物，可以替代这本文学经典，来揭开一条河流的神秘面纱，读懂这条河的忧伤与静美。再唯美的影像，再严密的说明文，也不可能像这本小说那样，让人聆听到这条河流的秘密心脏，看清曾经生活在河岸边的人们经历了怎样的百年孤独与千年惆怅。

这就是文学的魔力，让人们可以顺着一条河流，向时空的幽远处进发，去面对“无穷的远方，无数的人们，都和我有关”。

额尔古纳河承载着历史沉重的记忆，左岸和右岸的划分背后，是家园沦丧的耻辱。

三百年前，俄国人的入侵，让鄂温克族的祖先被迫从勒拿河迁徙到额尔古纳河右岸。顺着这些历史踪迹，每个人都能打开“和我有关”的历史记忆阀门。

比如，在蓝色的勒拿河上游，有一个拉穆湖，也就是贝加尔湖。这是世界上最深、最大、最古老的淡水湖，是西伯利亚的蓝眼睛。而这里，正是两千多年前苏武牧羊的地方。如今，人们多是在李健的歌声里，想象着它是怎样的“清澈与神秘”。

《额尔古纳河右岸》这本书，就像这条古老的河流一样，带来的既有无限幽思，也有无限反思。

通过这本书，人们的思绪和情感，随时能触摸到历史的遗憾与失落，聚焦于现实的自然生态，凝思于未来的文明走势。

一部至真至善至美的作品，能够润泽被时代泥沙冲刷得凌乱混沌的心灵，关键还在于故事的力量。迟子建将故事讲述者定格为鄂温克部落最后一位酋长的女人，在一天的时间内，让记忆倒带百年，说出这个部落的隐秘往事。

小说共分为三章，以时间为序，每个章节的主题分别为：清晨、正午、黄昏。这样的清晨、正午、黄昏，既代表着讲述者从早年到暮年的人生轨迹，也预示着鄂温克族由盛转衰的历史走向。

跟着迟子建的文字行走在额尔古纳河右岸，身心会逐渐融入那个由山峦、森林、河流、驯鹿、风雪、篝火、月光、猎人等建构起来的自然世界，会明白世外桃源为什么会成为中国人的千年一梦。

真正的世外桃源，绝不是桃花满天红，只有让人长相思的唯美与孤寂，而是像额尔古纳河右岸那样本真自然，是那么神秘，又那么残酷，有美若黎明的时分，也有暗淡绝望的时刻。

一个人终须踏进那条属于自己的精神河流。

额尔古纳河从一个孤寂地带走出，成为无数人安放心灵的所在，有各种各样的文化驱动。

当然，很多人与之结缘，是因为文化主播董宇辉的推荐。董宇辉如此感叹说：“在我人生最为焦虑、迷茫和痛苦的时刻，是《额尔古纳河右岸》这本书拯救了我。在繁华喧嚣的都市中，我仿佛成了一棵被钢筋水泥所禁锢的树，而这本书则成为了一把灵魂的铁锹，帮我从那冰冷的土壤中掘出，得以呼吸。它带我走进了远方的山和水，让我感受到了从未有过的宁静与自由。尽管那些风景我从未亲眼见过，但它们却深深地烙印在我的灵魂之中。”

不难看出，《额尔古纳河右岸》和读者之间，能够形成强烈的交互效应，让读者找到一个和自己灵魂对望的入口。

事实上，也很少有哪一部文学作品能像《额尔古纳河右岸》这样，轻松地帮助人们打开内心的郁结，找到放松和释然、清醒和自由。

好的作品有着深邃的力量，有的时候，甚至并不适合具象表达。对这部作品进行情境再现和思想表达，有时也很容易显得苍白无力。其中有个重要原因，就是迟子建的文本和她铺陈的世界已经融为一体，她的笔下柔情与天地大美处于共生共长的状态，任何强行介入的解读和拆分，都会因为自身文字力量不够而显得突兀和尴尬。

“欲将心事付瑶琴。知音少，弦断有谁听？”这样无处诉说的孤独与无奈，千古凝重。其实，人世间有太多的心思，未必就适合讲给别人来听。

《额尔古纳河右岸》能让人懂得向绵长的河流诉说心事，向静谧的山岚寄托哀愁，远离都市喧嚣到山川幽谷深处，去看月光下起舞的人们，和陌生人在篝火边载歌载舞，这一切，都是在为时代心灵找到依存空间。

不得不说，对原始信仰的背离，对宇宙奥秘失去敬畏，对他者宁静自由的冒犯，正在让很多人走入狂妄和虚妄，一边陷于迷之自信，一边成为精神囚徒。

《额尔古纳河右岸》讲述了鄂温克族被迫从森林迁往城镇的尴尬命运，就是在敲响信仰危机的警钟，让人们听到远方传来的文明挽歌，思考人与自然的相处之道。

在这部小说中，两代萨满的命运，决绝而悲怆，持续对呵护生命尊严和精神信仰发出深切的呼唤。

“萨满”一词，被赋予“先知先觉”的意义。当一个人成为萨满，身上就会拥有某种超自然、超现实的力量，能够控制天气、解梦、占星、治病救人等等。对大自然充满敬畏的鄂温克人，相信“万物有灵”，相信自然的神性和灵性能带来生命福祉。

萨满跳神，就是践行信仰和表达诉求的方式。

迟子建描写了很多萨满跳神的细节。尼都萨满跳神是为病重的列娜寻魂，从黄昏跳到深夜，最后他温和冷静地说“列娜已经和天上的小鸟在一起了”。尼都萨满为生病的驯鹿跳神，从“天刚擦儿黑的时候开始跳，一直跳到月亮升起、繁星满天”，最后“尼都萨满绝望的哭声让人们意识到，驯鹿在劫难逃了”。

尼都萨满作为族长，深爱着曾经失之交臂的达玛拉，终身未娶。即使在达玛拉丈夫去世后，他赠出亲手缝制的华美的羽毛裙子，还是遵从习俗伦理，对心爱的人的背影选择默默凝望。

如此尊重自然力量和原始信仰，也让神性和人性形成了完美衔接。

“萨满是一座桥，是一条普度众生的船。”妮浩成为萨满之后，每次跳神救他人性命，都要以献祭自己孩子的生命为代价。一边是萨满的使命，一边是母性的慈悲，妮浩用大爱引领着很多人完成救赎。

比如，妮浩曾经救活的偷鹿少年，没有辜负她的嘱托，把贝尔娜带回到她的葬礼上。一边对神性充满了敬畏和期盼，一边又坚持捍卫人性的朴素和真实，这部小说既没有掉进“神主宰一切”的绝对化，也没有陷于“人定胜天”的狂妄化。

神性和人性的融合，皆为捍卫生命尊严。这样的信仰是纯粹的，这样的情感是深沉的。让每一个人在自然法则中活出生命的尊严，这是上苍对人类最大的馈赠。

《额尔古纳河右岸》写了大量的生死故事，但没有渲染死亡的哀伤悲戚，而是平静地接受生命的逝去，欣喜地迎接新生命的到来，通过展现生命轮回和精神传承，表达乐观朴素的生死观。

哀而不伤，喜而不躁，生命如此从容，如此静美，令人动容，发人深思。

在额尔古纳河右岸，每个人都在按照自己的方式活过一生。

达玛拉美丽、勤劳、善良，代表着鄂温克族人的传统之美；伊芙琳因爱生恨，灵魂扭曲，恶意膨胀，但最终还是被善良感化，选择和解，完成救赎；伊莲娜辗转于山林与城市之间，挣扎于传统和现代的交错中，在迷茫与困惑中找不到自我，让生命消失于激流之中，这是文明冲突的代价。

“伐木声取代了鸟鸣，炊烟取代了云朵”。传统和现代、野蛮和文明在时代洪流中不断碰撞，形成很多错位。

向大自然索取掠夺太多，对原始信仰不停冒犯，可能会带来宏大叙事下的现代荣耀，但就像站在人性立场上，“一将功成万骨枯”是不值得的，站在文明的立场上，让曾经与蓝天大地相依相亲的某些族群消失，一定也不正当。

鄂温克族从额尔古纳河右岸离场，就是文明的伤痛。

光明有时出现在低头的一瞬，那是因为有人在暗角点燃了烛火；文明总是立于尊重的基础，是因为自然规则深藏着永恒的力量；人类沿着河流繁衍生息，不只是因为那里水草丰美、牛羊成群，更是因为在此岸能听到彼此的呼喊。

没有什么比尊重自然更值得珍重。岁月深处，总有一条河流在流淌着文明的挽歌。

作品简介

第七届茅盾文学奖（2003—2006）获奖作品《额尔古纳河右岸》，是作家迟子建所著长篇小说。小说以一位年近九旬的鄂温克族最后一位酋长妻子的自述口吻，讲述了一个弱小民族顽强的抗争和优美的爱情。他们在严寒、猛兽、瘟疫的侵害下求繁衍，有在命运面前的殊死抗争，也有眼睁睁看着整个民族日渐衰落的万般无奈。小说语言精妙，以简约之美写活了一群鲜为人知、有血有肉的鄂温克人。

伤疤不会因为不再疼痛就变成美丽的纹身，
深刻的反思只应转化为更多的生机和希望。

第三章 暗夜 晨曦

题记：异域文化，东方寓言；空灵深邃，和解共生。

真正的尘埃落定是走向和解

评《尘埃落定》

这世界变化太快了，有太多的不确定性，很多人生活总是来也匆匆、去也匆匆，情感也总是爱也糊涂、恨也糊涂，觉得灵魂跟不上脚步，焦虑也成为一种普遍的时代表情。怎样才算活得明白，并没有固定的答案。

无数人在拼命地索求，要权力，要金钱，要美色……这些是外在的诉求，是浅层次的，但又都要得特别直接。还有更深层次的追求，比如，要爱情，要自由，要公正……

太多复杂的情感和观念，驱动着无数人游荡于更加混沌的世界。于是，人人都想努力地活成聪明人，更准确地说，是在拼命活成精明的人。

欲望过度和价值错乱，让很多人在不经意间就陷入了“聪明反被聪明误”“精明过头是愚蠢”的尴尬状态。聪明人与傻瓜之间的界限到底在哪里，似乎越来越没有精准的答案。

在作家阿来的小说《尘埃落定》中，叙事主体“我”是小说的主角，即麦其土司的二少爷，是众人眼里的傻瓜。不过，连麦其土司也不得不承认，二少爷很可能“是世界上最聪明的傻瓜”；管家则对二少爷说：“我要说老实话，你也许是个傻子，也许你就是天下最聪明的人。”

那么，这到底是一个怎样的傻瓜呢？书中反复讲述了这样一个细节，就是在睡前和醒来的时候，二少爷经常会反问自己：“我在哪里，我是谁？”这是哲学上的经典之问。一个在努力认清自己定位的人，一个在努力认识自我的人，却活成了别人心中的傻瓜，这无疑是一种吊诡。

大智若愚，大巧若拙。二少爷顺应天性，经常超越功利逻辑，给人感觉不识时务。其实，这是他懂得选择和解，不被眼前的利益与仇恨捆绑，能和矛盾对立面共生共存。这样“傻”到深处，就是“大智若愚”。

比如，在种罂粟还是种粮食的选择上，二少爷放弃罂粟能够带来的眼前暴利，选择能救民生于水火的粮食。这在当时并不被所有人理解，但后来结果证明，他的选择不仅救了很多生命，还带来了巨大财富。大少爷在南边靠战争扩大领地，结果劳民伤财；二少爷则在北边通过建立自由贸易市场，实现富甲一方。类似“傻人多福”的情节，在小说里有很多。

在时空变化之中，“傻”与“不傻”的转换，往往就在一瞬；在价值错位之下，“智”与“不智”，常常也在一念。“傻者不傻”“智者不智”，这背后有着深刻的逻辑——和解是抵达宽阔的通途。和解是妥协，是宽容，是自渡，是自省。很多时候，和解比任性更重要，和解比自由更高级。

一个作家和故乡的情感，往往也要经历一场和解。阿来是一名藏族作家，故乡的山川大河、历史传说、民俗风貌，以及曾经的饥饿贫困、精神孤独、苦难生活，都铺就了阿来关于故乡记忆的底色。1994 年，阿来写出《尘埃落定》，把目光聚焦于川藏交界的边缘地域，从汉族世俗政治中心与西藏神权中心这样的交叉地带出发，通过末代土司们的故事来展现故乡的民间记忆和浪漫传奇。在写完《尘埃落定》两年后，阿来离开故乡，那时他这样说："写完这本书，我离开故乡就更有勇气了。因为我俩至少是和解了，或者是两清了，那些纠缠都放下了。"

不过，评论家李敬泽还是将阿来笔下的故乡浪漫称为"乡愁"。他认为："乡愁是一个人或一个文化对过往的记忆，不仅包含着过去是什么，还包含着人应该是什么，生活里应该有什么，这是乡愁。所以，当我们热爱田园，热爱乡村，热爱大地，不仅仅是因为很多东西正在逝去，也是因为我们认为那些东西包含着在我们生命中非常珍贵的价值。"

被这种"乡愁论"点醒的阿来，也重新发现故乡精气神高贵的一面，以及英雄主义的一面，他这样感叹："在我的少年时代，这些面都是不在的，所以我一直对它们有一个憧憬。恐怕这就是我写《尘埃落定》的动因，那是更久远的乡愁，是与故乡山川大地相匹配的浪漫的英雄气质，我好像在历史深处把这些东西找回来了。"

深远的乡愁，流淌在作家的血液中，形成的文化基因有时作家自己都毫无察觉。这些年，阿来经常穿行于川藏地区，走过雪山大地，在仰望苍穹和近观花草中，重新发现故乡，不断寻找"乡愁"和"世界"新的连接点。

这也证明阿来和故乡没有两清，他并没有放下，而是走向更高境界的和解。这种和解，是更加高级的精神生长。一个人和故乡的关系如此，和现实世界的关系亦然。万事万物，也都注定要通过和解，来重新定义和命名，形成新的存在秩序。

作品和读者的连接，也需要从矛盾走向和解。写完《尘埃落定》

之后，阿来给一些出版社和杂志社投稿，或是被拒绝，或是被要求修改。在阿来看来，这部小说的完成度较好，于是坚持不改。直到1997年，在经历一系列坎坷和辗转之后，阿来偶遇机缘，终于让这部作品发表在1997年的《小说选刊》上，从而引发关注。1998年，《尘埃落定》由人民文学出版社出版，获得广泛好评。2000年，这部小说获得第五届茅盾文学奖，“语言轻巧而富有魅力、充满灵动的诗意，显示了作者出色的艺术才华”这样的“茅奖”评价也成为读者共识。

20多年过去了，这部销量高达数百万册的作品，已由专业读者和普通读者共同完成了经典化。

白纸黑字，不负经典。首先是作家不能辜负，毕竟，经典是靠写出来的。不过，不应辜负经典的，还有很多主体。比如，出版人、刊物编辑以及普通读者。一部好作品真正实现经典化，一定离不开读者的参与。

从某种意义上讲，读者的阐释与解读也是作品的一部分。《尘埃落定》就是一部为读者提供无穷切入点与角度进行评说的作品。诗人能从中读出诗意，小说家能从中读到叙事的魅力，历史学者可以从中读懂制度变迁，民俗学家能从中看到异族文化，文艺评论家能从中感受到拉美文学的影响，更多的普通读者能够从中找到百年大变局时代“我将如何存在”的思考点……这一切，都是在为读者提供审视和升级“三观”的精神养分。

《尘埃落定》里的土司家族是一个民族、一个国家甚至整个世界的缩影。土司制度的消亡，是人类社会在文明演化进程上的一次经历，给整个世界提供了人性、制度、文明等方面的经验，其中包含着宏大的世界观。

这部作品里有太多的鲜活人物，在权力中迷失的麦其土司，在信仰中坚持的翁波意西，在智慧中生存的傻瓜少爷，在仇恨中惶恐的杀手多吉罗布，在动荡中求生的黄特派员，在爱欲中迷茫的美女塔娜……他们不同的人生观念，都在决定着自己的命运走向。土司家族由地方豪强走向衰落，土司制度经千年时光最终走向消亡，这背后既有族群在生理和精神上的自身退败，更多还是时代文明演进的结果。小说最后，土司官寨被中国共产党的军队占领，红色政权取代土司家族的奴役制度，这是时代价值对历史残留物的消解和清理。正如小说中的智者翁波意西所说："凡是有东西腐败的地方都会有新的东西生长。"

翁波意西是来自圣城拉萨的一个喇嘛，来到麦其土司的领地宣讲教义，他认为野蛮的土司制度终将消亡，因而成为麦其土司眼中的异端，被关进地牢，割掉半截舌头。土司说："你已经是我的奴隶了。"翁波意西写道："宁可死，也不做奴隶。"土司说："我不要你死，一直把你关在牢里。"翁波意西写道："也比做奴隶强。"面对麦其土司宣布传位给野蛮残忍的大少爷，而不是选择深受百姓爱戴的二少爷，翁波意西再次挺身而出，勇敢指责麦其土司的愚蠢，又被割去剩下的半截舌头。

这个为信仰和信念勇敢发声的人，对待苦难和生死如此淡定从容，令人震撼。而在新的制度文明浪潮下，不愿接受和解的陈旧观念和组织力量，也注定只能通过消亡来获得新生。

"野马也，尘埃也，生物之以息相吹也"，是庄子在《逍遥游》中的表述。"尘"是指飞扬在空中的微小土粒，"埃"是指能落定在地面上的细碎颗粒。庄子的这句话是在阐述自然万物和谐统一的整体观念，是在强调万物之间相互作用和相互依存的关系。《尘埃落定》的故事包罗万象、光怪陆离，涉及政治、商业、金融、权谋、战争、复仇、死亡、爱情、巫术、尊严、道义等等。阿来用《尘埃落定》为书名，有着无限的象征意义，从某种意义上说，城邦王朝、制度文化、生命万物，一切皆是尘埃，都在时代的风潮中，不断由矛盾走向和解，融合生成新的生命和力量。

这也意味着，尘埃永远不会落定，万物都在走向和解，世界永远都在重新命名。

“本来无一物，何处惹尘埃。”在这个纷纷扰扰的年代，很多人活得无所适从，找不到内心的清净，分不清到底活成了傻瓜，还是成为智者，或许这只是因为还不懂得尊重事物规律。

世间万物皆如尘埃，在时代的巨浪和风潮中，都可能被冲击得支离破碎。见天地，见众生，见自己，很多时候，需要放下欲望，放弃执念，选择和解。正如阿来在小说中感叹：

> 当有一天，我们都老了，
> 往事在风中飘散，
> 那时候，我们会发现，
> 其实人生没有那么多的计较，
> 一切都尘埃落定。

作品简介

第五届茅盾文学奖（1995—1998）获奖作品《尘埃落定》，是藏族作家阿来创作的长篇小说。小说描写一个声势显赫的康巴藏族土司，在酒后和汉族太太生了一个傻瓜儿子。这个人人都认定的傻瓜与现实生活格格不入，但却有超时代的预感和举止，并成为土司制度兴衰的见证人。小说展现了独特的藏族风情及土司制度的浪漫和神秘。

人生无常，谁又能躲过命运的暗算

评《暗算》

题记：隐秘地带，问题英雄；
人生荒诞，命运无常。

文学上的英雄形象，很多都是史诗式书写，以各色光环的照耀来衬托其圣洁高大。

抛开宏大叙事，普通人心中的英雄，很多时候更为独立具象，有的是踏着七彩祥云而来的天神，有的只是隐没于人间烟火的暖心伙伴。

在文化更加开放多元的时代，对英雄的定义，也应有勇气增加更多的时代元素；对英雄的礼敬，也同样需要不断拓展新的内涵空间。

有的人虽然创造丰功伟绩，却不能昭告天下；有的人存在各种问题，但在关键时候一招制敌，救民于危难之中。这样的人，是无名英雄，又是问题英雄。对他们，历史总是未能记录，教科书也鲜少展示。

还好有文学。只不过，文学表达问题英雄，既需要勇气担当，也要有创新能力，还得有开放包容的文化环境给予激励。

这些，都体现在《暗算》书里书外。

麦家站出来“解密”，“茅奖”评选也进行重大转身，接受他独特的作品《暗算》。市场认同和官方荣誉，让麦家完成了从“中国特情文学之父”“谍战小说之王”之类的市场身份，向主流作家的重要转变。

从读者反应来看，麦家笔下站出的问题英雄，也远比许多“三突出”“高大全”的英雄形象更具感染力。

不信，回望一下“茅奖作品”中的英雄形象，能想起清晰名字的，除了阿炳、黄依依、陈二湖、韦夫、林英，还能有几个?

这些特殊英雄人物，只属于麦家。

讲故事，永远都应排在好小说标准的第一位。最好的小说家，首先就应有超强的叙事能力，带着读者推开一扇通往新世界的大门，然后翻越千山万水。作者和读者都被小说中人物的命运包裹着，被切成无数的碎片，和故事中的人物相交相知，相爱相杀。

麦家无疑是一位“故事大王”，他打开一扇通往谍战世界的大门，然后成为主宰所有人物命运的主人。

最有深度是故事。真正的深度，是不需要用言语测量的，也不需要刻意找理论框架来对应。重新发现麦家《暗算》的价值，不论是写作技术，还是思维意识，抑或是“文学出海”之类的市场启示，都在重申：把故事留在心中，让观念改变未来。

介绍《暗算》这本书，其实并不容易。

因为这本书现在至少有三个版本，最初版本分为三个部分五个篇章，第一部分叫“听风者”，内容含第一章“瞎子阿炳”；第二部分叫“看风者”，内容含第二章“有问题的天使”和第三章“陈二湖的影子”；第三部分叫“捕风者”，内容含第四章“韦夫的灵魂说”和第五章“刀尖上的步履”。

后来，麦家对初版本的第二章“有问题的天使”进行了较大修改，成为第二个版本。而第三版，包括人民文学出版社出版的新版《暗算》，以及一些海外版本，均没有收录第五章“刀尖上的步履”。

麦家曾感慨：“《暗算》出现第三个版本，这是它的命。”

其实，《暗算》这本书的复杂命运，也可以作为透视当下文学生态的一个切入点。

其中，有封闭与开放的博弈，有保守与创新的较量。对《暗算》三个版本的优劣，各种评判猜想都有。或许，交给读者自行判断，最为合适不过。

一本《暗算》，能把作家和读者都放在某个支点，让其取舍选择，各得其所，各安其命，这体现的恰恰就是价值宽度。

当然，这本书也遭遇过各种批评，其中最猛烈的火力点是结构问题。

有人认为，麦家是把几个完全独立的中短篇拼凑成一个长篇，这种“各章独立”的结构太过简单，有些投机。

不得不说，这种认知有些浅薄，只见其表，未见其核。

《暗算》的文学创新，很大程度上就体现于结构创意。麦家设置了一个复杂的叙述系统，既有全书的主叙述者——“墨镜记者”麦家，又在每个章节设置各自的分叙述者。

分叙述者不仅有秘密机构701中的“安院长”“钱院长”，甚至还让“逝者灵魂”成为叙事主体。总之，复杂无比的叙述层级和主体，通过主叙述者麦家的巧妙统筹，形成了一个完整的叙事闭环。

这种叙事结构是极具匠心的。用心细察故事细节，不难发现不同章节中的人物、情景、事件时有呼应，贯穿全书成为一个整体。

搭建这种极具隐秘性和逻辑性的叙事结构，极有挑战性。难怪麦家针对《暗算》结构遭遇批评，表示“深有‘委屈’之苦”，还做出如此解释：“《暗算》是一种‘档案柜’或‘抽屉柜’的结构，即分开看，每一部分都是独立的，完整的，可以单独成立，合在一起又是一个整体。”

其实，《暗算》结构精巧不只体现在“形”，更多是在“意”。那些叙述者，像是在踩踏小说的节拍，让读者跟着一起奔跑，不知疲倦。

“风”是《暗算》中最重要的意象。这一点，从“听风者”“看风者”“捕风者”这三个主题也不难看出。

麦家还有一部代表作，叫《风声》，叙事视角也是在“东风”“西风”“静风”中交替切换。很多这种类型的小说，也都把“风”作为意象。比如，徐怀中的《牵风记》也像是对“听风”“看风”“捕风”的延展表达。

“风”代表一种力量，难以捉摸，极其神秘，具有不确定性。找准风向，迎风而上，不被大风吹倒，才能于狂风漫卷中找准落点。如此情形，与在茫茫电波中搜索敌台、破译密码、传送情报等情形何其相似！

《暗算》的最大价值，还是重塑英雄。麦家笔下的“问题英雄”，命运结局极其悲怆。

这种悲剧化人生，也让英雄形象的感染力更有穿透性。

瞎子阿炳，人傻、心善、听觉奇绝，不仅能辨识出庄稼地里蝗虫成灾，还能判断出狗的公母，知道谁的媳妇养了野男人。他为 701 工作，把一切奉献给国家，只提出这样的“两大要求”：一要解决母亲的“柴火问题”，二要让他妈妈做个奶奶。

然而，天才与傻子经常是合体的，功勋和悲剧往往捆在一起。这个听力天才帮助 701 找到了无数敌台，但也听辨出组织安排来的老婆，生出的孩子是“百爹种”。痛苦之下，这个至纯至善的天才触电自杀。

天才与疯子往往也是一体。黄依依是个海归数学天才。她虽有一颗报国心，但又总是情欲泛滥。尽管黄依依不缺乏真诚、热情、坦荡、专注、执着等品质，但她的自由放纵、玩世不恭，又与现实格格不入。

这个“有问题的天使”到了701，在两性关系上太过“随便”。也因此，她是破译出高级密码的“大神”，却又成为一个在厕所里被情敌害死的“苦主”。

在《暗算》中，还有像陈二湖、韦夫等人物。他们都不完美，多是过着被禁锢的人生，很压抑，甚至连健康权、生存权都难以保障。

他们以身许国，却并没有什么宏大的理想信念，有的只是为了利益，为了情欲，还有的就是个工作狂。

人生被推进隐秘地带后，命运也就脱离了自己的控制。他们成为暗算敌人的神秘力量，同时也被命运暗算。

以荒诞命运支撑英雄报国的主题，其中的偶然性和必然性、悲剧化和胜利感，带来了极大的艺术震撼力。由此，麦家彻底摆脱以往那种英雄形象的“脸谱化”表达，完成了英雄重塑，把文学真正接回到“人学”的轨道。

这些年，麦家也从一个“类型小说”作家，沿着文学的宽阔大道，像个朝圣者，不断进行孤独探索。这几年，麦家先后推出《人生海海》和《人间信》，同样以讲故事制胜，表达了如何与命运和解，如何理解人生价值，展现出一个严肃作家对文学的敬畏与追求。

人生在世，诱惑不断，同时也容易被时代的洪流所裹挟，被推入某个“不得已”的困境。正如麦家所说，人生就是一个不断选择的过程，每个人都要面对不同的选择，而这些选择往往会影响我们的一生。

不论选择走上平凡之路，还是成为问题英雄，唯有命运不遭暗算，才是值得托付的人生。

作品简介

第七届茅盾文学奖（2003—2006）获奖作品《暗算》，是当代作家麦家创作的长篇小说。小说反映了反间谍部门的核心机关侦听与密码破译工作，分为《听风者》《看风者》《捕风者》三部分。每部分含有若干故事章节，有七个叙述者，都以第一人称分别叙述了自己的故事，再以叙述者之一的记者“麦家”巧妙地将其串联起来。小说通过这种诡异迷离的叙事方式和变幻莫测的悬念情节，展示了一个有别于人们固有印象的特工世界，重新诠释了特工的悲剧宿命。

我来到这个世界　为的是看太阳

评《第二个太阳》

题记：红色赞歌，革命情怀；
追求光明，拥抱太阳。

每天醒来，太阳都会照常升起。但在历史的某些幽暗年代，很多人其实过着不见天日的生活。

所以，世界上有太多的作家都在赞颂光明，讴歌太阳。因为太阳就是希望、勇气和梦想的象征。

在小说《第二个太阳》“序曲”中，作者刘白羽就以等待日出来描写故事背景：“这时，太阳还沉没在黎明前的黑暗里：历史受着磨难、生命受着磨难、太阳受着磨难。谁要承受最初一线黎明的欣喜，谁就不得不先通过炼狱的熬煎。孕育才能诞生，呐喊才能前进，熔铸才能创造。谁能不说这一刻才是真正庄严、真正伟大的时刻呢？”

火光在前，胜利在望。这里的伟大时刻，就是新中国诞生之际，解放战争的硝烟尚未散尽之时。

这部小说开篇就从“暴风雨中的急报”开启铺陈，结尾以“白洁在太阳光里微笑”呼应主题，展现了黎明前那段血与火的艰苦决战，人们最终迎来了喷薄而出的壮观朝日。

刘白羽作为散文家的影响，本来也远比小说家更大。在文学史上，他曾和杨朔、秦牧被指称为“十七年”时期散文的“三大家”。这里解释一下，从1949年到1966年这一阶段的中国文学历程，属于中国当代文学的第一个时期，在文学史上被称为“十七年文学”。

这一阶段的作品，主要以歌颂党、领袖、社会主义、人民为主，通过回忆战争岁月，回忆苦难年代，来与帝国主义、资本主义、旧思想、旧观念进行斗争。整体而言，“十七年文学”艺术性不高，人物形象体现“高大全”特征，离思想性和艺术性的统一有着较大距离。

《第二个太阳》是刘白羽首部长篇小说，创作于1985年5月到8月，只有短短三个月时间。1991年，这部作品获得了第三届茅盾文学奖。

值得一提的是，这是“茅奖”评选比较特殊的一届，原本评选作品的范围是1985年至1988年出版的长篇小说，但一直推延到1991年3月才公布评奖结果。这部饱含革命激情的《第二个太阳》获奖之后，在文学界受到的关注并不大，甚至遭遇不少专业批评，但联系到特定的历史阶段，考虑到“茅奖作品”承担的国家主流价值引导功能，自然也应理解其中的逻辑。

事实上，这部小说以昂扬的基调、豪迈的激情表达了对革命英雄的深情礼赞，寄托了极其深厚的家国情怀，从主流思想宣传的角度来看，具有永恒的时代价值。

从文本体验上看，这部小说甚至更像是一部激情的散文诗，其中植入了大量诸如太阳、黎明、峡谷、冰山、大海、浪花之类的意象，来讴歌那些庄严、伟大、刚强、高贵、壮观、雄浑的人物形象和时代场景。这部小说文本有点像是刘白羽散文名篇《长江三日》的延伸与扩充；内容上，也像是他在创作这篇小说四十年前就发表的中篇小说《火光在前》的篇幅扩展。

以今天的文学审美和价值取向来看这部《第二个太阳》，在艺术创新上确实很难令人欣赏。事实上，回到当时那个创作年代，在艺术开拓上，这部作品也远不及同时期莫言的《红高粱》、朱苏进的《第三只眼》等新革命历史小说。特别是，这部作品并未对文学“五老峰”（即老题材、老故事、老人物、老观念、老方法）现象有所突破，从而未能使典型人物的塑造更加符合人性。这也是它如今被遗忘在历史角落的重要原因。

在叙事结构上，这部小说中规中矩，平铺直叙，以战争发展的时间线展开。显然，这样的小说结构是呆板的，是僵化的。长篇小说在结构上没有创新，自然也会显得平庸。

小说主线讲述了兵团副司令秦震受命赶往华中战场，指挥消灭国民党白崇禧部，从解放武汉到挺进鄂西，再到征战湘北，最终粉碎了敌人的反攻计划。

其间夹着一条暗线，就是“营救黛娜”。黛娜是秘密打入国民党高层的白洁，身份暴露后，先是被关入深牢大狱，后来被绑架并跟随敌人撤退。最后，白洁却倒在黎明前的血泊中。白洁，就是秦震唯一的爱女。只是，这条暗线显得太过刻意，内容也极为单薄。

值得一提的是，这部小说中也有一些人物的些许刻画，在努力摆脱过去那种“高大全”“脸谱化”的写作影响，呈现出复杂的人性和深刻的反思。

姚锡铭，野战军领导人。秦震去探望这个病中老人时，他正在聚精会神读书。秦震看到他读的是《鲁迅全集》，有些惊异。当时，姚锡铭放下工作讨论，专门给秦震讲述鲁迅的价值。

“鲁迅是一百年，也许是几百年都出不了一个的大思想家呀，他拿着一把解剖刀在剖析整个人生……他最恨那些混进革命队伍里，喊喊喳喳，从背后放冷箭的人……他给那些魑魅魍魉的小丑画下脸谱，因此，他们怕他、恨他、诬陷他、否定他，可是，鲁迅是伟大的，他的话，就像摩崖石刻一样是经历了千古风霜，谁也涂抹不掉……”

“现在，我们胜利了，我们要时刻警惕不要让那些肮脏的灵魂淹没呀！”

姚锡铭还笑着说，读完了鲁迅，他的病也就治好了。

这段围绕鲁迅的阐释，涉及人性、伦理、文明，涉及人格、志气、使命，给这部小说增加了厚重的思想价值，在当时无疑是难能可贵的。

吴廷英，在东北战场上是一个排长，带领战友在密集炮火中杀出血路，炸毁敌军指挥部。他救下一个婴儿，当时只能带在身边喂养。

有一次，一个俘虏群中的敌军官忽然拿起斧头朝婴儿劈去，危急时刻，吴廷英舍身护住婴儿，然后一刺刀把那个恶魔捅死。然而，此举却遭到与他有嫌隙的副指导员白天明挟私报复，在党小组会上举报吴廷英违反俘虏政策，理由是：“计未得逞，不应处死。”

当时，连素来敬爱吴廷英的战友张凯也参与了揭发，而缺乏细致调查的秦震也批准了处分意见，导致吴廷英遭受了处分，多年英勇作战屡立奇功却从未得到应有待遇，最后在保卫桥梁中壮烈牺牲，至死仍是排长。

后来，秦震等人对此进行了深刻反思：“为什么？为什么？在人生的道路上，总有那么些真正老老实实的人受糟害、受损伤呢？难道这公平吗？而这个不公平正是我所加给的呀！”

“我平生最厌恶那种鬼头鬼脑、游戏人生的人。他们有的是小聪明，察言观色，花言巧语……他们很会要点小权术呢！因为他们到哪里，哪里就有渺小、卑贱、耻辱、背叛的行为……民族的、国家的、革命的道德，他们可以捻着秤杆卖个干净。”

白洁的牺牲极其悲壮，吴廷英的战死又极为悲凉，有些出卖灵魂的小人反而得势，对制度和人性的矛盾进行反思，同样是这部小说呈现的亮点。

这一切悲情的基调和幽暗的底色，都需要有太阳来照亮和驱散。

小说以《第二个太阳》为书名，是取自于但丁的不朽诗篇《神曲》。但丁在描绘那段从地狱经过净界到达天堂后所看到的壮丽景象时这样写道：“突然间，我似乎看见白昼上又加上了白昼，仿佛万能的神用第二个太阳把天空装点起来。”

作家刘白羽作为热情奔放的诗人，他这样认为：“诗人应当是经常迎接太阳的人。”让阳光打在脸上，把温暖留在心里，也是文学的使命。

新中国、新社会、新时代、新生活，就是要让曾经受苦受难的人们摆脱沉重的苦难，让所有追求温暖和光明的人们走出历史的忧伤。所有向阳而生、逐光而行的人们，也都需要“第二个太阳”，正如诗人巴尔蒙特这样激情表达：

> 我来到这个世界为的是看太阳，
> 而一旦天光熄灭，
> 我也仍将歌唱……我要歌颂太阳
> 直到人生的最后时光！

作品简介

第三届茅盾文学奖（1985—1988）获奖作品《第二个太阳》，是曾经参加过抗日战争、解放战争和朝鲜战争的作家刘白羽创作的长篇小说。作者在人民解放军渡江南下的广阔背景下，用饱含激情的笔触抒写了秦震、陈文洪、梁曙光等解放军高级、中级指挥员和普通战士丰富的内心情感和坚定的革命意志。作者将其充满诗意的优美语言和起伏跌宕的故事情节融为一体，使作品呈现出独特的艺术风格。

硝烟散尽，谁是更可爱的人

评《东方》

题记：东方战线，历史突破；时代英雄，可敬可爱。

一代人有一代人的使命，一代人有一代人的征途。不论是在人生的哪一个战场，忠诚、勇敢、智慧、善良、宽容、悲悯等品质，都是弥足珍贵的力量支撑。

用一个词语来统括这些价值元素，来升华这些价值的意蕴，无疑是很考验修辞能力的。不过，作家魏巍做到了，而且是做到了极致，他提炼出的这个语词，叫“可爱”。

魏巍写的《谁是最可爱的人》，成为几代人铭记抗美援朝战士最重要的文化载体。“可爱”，是志愿军战士的形象符号，集纳了战士们身上各种美好的价值品质。

“可爱”这个词的意思是宽泛的，是可以延伸的：可以指令人喜欢的，令人热爱的，甚至是让人敬爱的；可以拿来形容小动物，用来赞美儿童，甚至用来赞叹老人归来仍是少年。真正可爱的人，不仅值得欣赏，更值得致敬。

魏巍就是从志愿军战士身上找到了“可爱”这个深度共情点。

作为一位从战火中成长起来的作家，魏巍的人生经历过四场战争：抗日战争、解放战争、抗美援朝战争和抗美援越战争。在抗日战争时期和解放战争时期，魏巍都是在战斗部队任职。抗美援朝战争爆发后，他就到朝鲜参加相关工作，后来，又留下来进行了三个月的战地采访，见证了志愿军战士的勇敢，体会到战争的残酷，读懂了这场战争的价值内涵。

没有什么比真实细节更加深刻、更能打动人。营地里，士兵们一个个嘴唇干裂，眼睛熬红，耳朵震聋，他们一口炒面一口雪；战斗中，井玉琢全身被汽油弹烧着，像一条火箭射向敌群，抱着美国兵滚下山去；战场上，邢玉堂和王健候身上燃烧着余火，身子压紧敌尸，牙齿和指甲深深地嵌进敌人的皮肉里……魏巍从几十个生动故事中，选定三个典型案例，写成了报告文学《谁是最可爱的人》。

这篇文章很快被送到《人民日报》，社长邓拓看完后，十分激动地说：“好几年没有见到这样的好文章了。它表达了我们这个时代对志愿军战士最崇高的奖赏。”1951 年 4 月 11 日，《谁是最可爱的人》被破例置于《人民日报》头版社论位置发表。

很少有哪篇文章像《谁是最可爱的人》这样，从上至下得到普遍共鸣。毛泽东主席读后，立即指示：“印发全军！”朱德总司令读后，连声称赞：“写得好！很好！”周恩来总理在 1953 年的第二次文代会上做报告时，深情地赞扬这篇文章是“刻画这些典型人物来推动社会前进”。这篇文章感染了国内千千万万读者，也传遍了整个朝鲜战场，让无数战士为之热血沸腾。

不过，文学记录抗美援朝这场伟大战争，仅仅靠《谁是最可爱的人》这种场景化、片段式的散文叙事，是远远不够的。要想全景式再现这场战争，显然离不开鸿篇巨制。魏巍曾于 1950 年、1952 年、1958 年三次赴朝，搜集了大量相关素材，不论是对英雄战士的思想感情，还是对这场战争的理解认知，都在不断提升。

从 1959 年开始，魏巍正式着笔《东方》，直到 1977 年，用时将近二十年，这部描写抗美援朝战争的长篇小说才正式出版。1982 年，《东方》获得首届茅盾文学奖。

不论是在内容叙事的体量上，还是在思想精神的挖掘上，长篇小说《东方》都要比《谁是最可爱的人》更为厚重和广博。这部小说在人物形象刻画和故事细节呈现上，相对于此前诸如杜鹏程的《保卫延安》、吴强的《红日》等同类革命历史题材作品，确实有一定的突破性。

小说较为全面地展现了中国人民志愿军在抗美援朝战争中创造宏伟业绩的历史画卷，同时，又将战争与当时国内的革命和建设结合起来。整个小说的场面宏大、人物众多、矛盾复杂，充满了画面感和启示性。

在那个刚刚经历“十年动荡”的文化贫瘠年代，《东方》无疑是出类拔萃的文学作品。刘白羽说：“《东方》为我国当代军事文学的创作打开了崭新的局面。”丁玲说：“《东方》是一部史诗式的小说”，“一百年后，有人想要了解抗美援朝，他们还得去读《东方》”。

对“茅奖作品”中很多革命题材或历史题材的小说，主流评论家历来喜欢用“史诗性”这个概念，喜欢作出“经得起历史考验”的预测。遇到篇幅较长的战争题材小说，甚至还有人赞扬其可以与《战争与和平》媲美。比如，对第一届“茅奖作品”《东方》和《李自成》，就不乏如此评论。

《东方》和《李自成》这样的作品，是在托翁写出《战争与和平》一百年后出现的，按照“文章合为时而著，歌诗合为事而作”的文化逻辑，依据爱国情感和现实情势，对这些作品给予褒扬是可以理解的。

但回到文学艺术层面，必须承认，世界上只有一个列夫·托尔斯泰，文学作品终究要接受岁月风雨漫长洗礼。

如今再看《东方》，不得不说，尽管有“茅奖”这样的文学荣誉加身，但这部小说在人们内心留存的影响越发稀薄，甚至远远不及《谁是最可爱的人》。围绕《东方》评判，不论是对“史诗性”的概念理解，还是对这类小说的价值评议，如果只是不加理性节制地赞美，就会形成严重的偏离和浮夸。

著名文学评论家王彬彬教授曾这样说：“《东方》这部小说，恐怕许多圈内人士都想不起来了。现当代文学专业考研究生时，如果出一道填空题，让考生填上《东方》的作者，恐怕没几人能答对。”

不得不说，按照今天的审美标准、表达技巧和价值认知，《东方》确实有太多的艺术遗憾。

从内容上讲，《东方》试图全面地展现抗美援朝战争的全过程，将各阶段的重要事件都罗列其中，对重要战役进行全景式扫描。显然，作者在信息搜集和结构创意方面，都支撑不了这样的创作。

抗美援朝战争覆盖东线与西线，很多重大战事在时间上是交叉的，小说里的主要人物无法出现于所有重要战场，而魏巍以传统的时空推进式叙事方式，试图展示一幅全景式的战争画卷，自然容易给人“流水账”式的机械呆板感。也许正是因为难以弥补素材搜集和表达能力的不足，魏巍对有些重点战事，只能采取缩略式描写的手段。

比如，对众所周知的“长津湖战役”，就几乎没有正面描写。

不得不说，比起散文那种情感叙事，魏巍以小说方式呈现这群“最可爱的人”，过于拧巴了，显得局促了，有些生硬了。

比如，《东方》无所不在地夹杂着作者的主观情感，还有太多的转述与评议，那些时刻提醒着读者的写作意图，显得太过冗余。这部小说受“三突出”原则影响很深，打上了那个时代强烈的意识形态烙印，穿插于故事情节中的各种议论，让小说带有强烈的“政治主体属性”，极大地消解了文学的审美价值。

这部小说还充满了口号式、标语式的语言。比如，体现在中心人物郭祥身上，诸如“离开了他们，离开了斗争，就不能生活下去”这样的表述，过多地带有政治色彩和道德说教。

从文本表达看，正面人物刻画得过于“伟光正”，反派人物则是处处体现“假丑恶”，前者只采用光明的语体色彩，后者只选取黑暗的词汇表达，这种“二元对立”的脸谱化描写，也一定程度上弱化了文学描写人性的深刻意义。

在人物形象刻画上，这部小说带有太多“血统论”的色彩，过度陷入“阶级斗争思维”。

正面人物杨大妈一家，似乎天生就带有强烈的革命热情和斗争意志；地主阶级的谢家所有人都是坏人和恶人。诸如陆希荣这样的“改造失败者”，身份也属于地主后代。哪怕是面对爱情选择，两位女性角色杨雪和徐芳也都深受阶级身份意识影响。比如杨雪这样想：“难道我能够同一个资产阶级的个人主义者在一起生活么？”团政委周仆给郭祥与徐芳“做媒”时，评价徐芳“虽然是知识分子家庭出身，总的看还是比较纯洁的”。

这种“泛血统论”和“阶级身份固化思维”也表明，这部作品存在着一定的思想局限性。

比起《谁是最可爱的人》这样小切口的抒情叙事，《东方》这样的鸿篇巨制确实给人空洞与苍白乏味的感觉。这也是很多主旋律作品普遍存在的问题。不过，正如魏巍如此解释《东方》书名的含义：“自从中国革命突破了帝国主义的东方战线之后，今日之东方已非昔日的东方了，人民在这里站起来了，他们显示了自己的力量，并还有未显示出的潜在力量，这个力量无穷之大。”

从这个意义讲，《东方》和《谁是最可爱的人》这两个叙事对象本身就存在大小差异，前者更多是站在国家层面，后者更多是基于个体视角。这或许就是《谁是最可爱的人》更能展现人性美、人情美的原因。

同样是这类革命题材小说，徐怀中的《牵风记》就没有选择宏大叙事，不仅摆脱了人物形象刻画脸谱化的旧模式，甚至还写出了先锋小说的味道，极大地展现战争中“人性之真、人性之善、人性之美”。

这也说明，小说是一门永远具有创新空间的艺术，只有真正回归艺术本质，通过故事细节，不断挖掘人性，才能真正释放小说应有的价值力量。

从《谁是最可爱的人》到《东方》，这样的家国叙事无疑给现实生活留下太多的启示。随着时代发展，“可爱”也成为一个更有包容性的词，可以涵盖天真、甜美、无辜、简单、坦率、温柔、博大、无私等精神品质，其价值内涵也在不断丰富升级。

硝烟散尽，人间烟火。不论在哪个年代，能够为社会做出贡献的人，都是可爱的人。

曾经那群最可爱的人，永远活在我们的记忆中。在今天，在社会建设的战场，在人生拼搏的沙场，每一个奋斗者和前行者，都在努力地活出真我的风采，都在获得各自的身份认同。因为个性和自由，他们也都是这个时代更可爱的人。

作品简介

第一届茅盾文学奖（1977—1981）获奖作品《东方》，是当代作家魏巍创作的长篇小说。作品以中国人民志愿军抗美援朝战争为背景，以中国人民志愿军的一个英雄团为中心，把前线和后方穿插交错起来进行描绘，通过对朝鲜战场和中国农村阶级斗争的描写，展现了中朝两国人民进行这场伟大的反侵略战争的必要性和重要性，深刻再现了那段火红的岁月。

冬天里的春天永远藏在人心深处

评《冬天里的春天》

题记：凛冬已至，早春不远；至暗时刻，黎明之前。

春天在哪里？儿歌里唱的是“春天在小朋友眼睛里”。而作家李国文在小说《冬天里的春天》中表达的，则是“春天在人民心里”。

不论是指自然环境，还是象征社会环境，春天都寄托着人们对生机的渴望、对美好生活的向往。

“没有一个冬天不可逾越，没有一个春天不会来临”，这是来自《南方周末》新年献词中的句子，是在用自然的规律，来鼓舞人们在困境中坚持。

只不过，有时候，熬过一个漫长的冬天，并不是一件容易的事。四季轮回，冷暖交替，而在冬天与春天之间，又并不是一道清晰的时间分水岭，特别是在“乍暖还寒时候，最难将息”。

越是在这样的时节，人越需要在希望中坚守。正如诗人雪莱所说：“冬天已经来了，春天还会远吗。”

冬去春来，乍暖还寒。在李国文的小说《冬天里的春天》中，冬天和春天，就是时代环境的象征，就是人物命运的隐喻。李国文要展现的是在那个历史交替年代，“冬天可以感受到春天的气息，春天里也会有冬天的严寒”。

《冬天里的春天》首次出版于1981年，1982年获得第一届茅盾文学奖。那时，“伤痕文学”“反思文学”“改革文学”都已经陆续兴起。不过，李国文并没有停留在“伤痕”文学的悲情控诉，也没有局限于“反思”小说的激烈叩问，而是以极具创新的艺术手法，为这部小说提供了经得起时间检验的价值厚度。

李国文也说，他是以“新意”二字为目标，作为“重新执笔、回到文学创作以来的始终追求”而进行的创作。这部小说不论是文本表达还是叙事结构，都在努力打破此前中国当代小说的传统写法，特别是蒙太奇、西方意识流的表现手法，将历史和现实连接起来，让梦境与真实形成交互，给当时读者带来全新的阅读体验。

特别是在小说结构上，《冬天里的春天》一改传统按照时间顺序叙事的模式，采取“忽而现实，忽而追想，忽而彼时，忽而此地，时空颠倒，空间交错”的非线性叙事结构，呈现出难能可贵的结构美，在当时具有“开先河”的意义。

只不过，许多年以后，李国文在那篇《我与茅盾文学奖 》中明确地说：“我的获奖作品《冬天里的春天》，自然属于平庸和泛泛之作中的一部，而且可以预料，随着时代的发展，文学的演化，作家和评论家的成熟，特别是读者的长进，估计对我这部作品，无论公开评价，还是背后议论，当会每况愈下，也是情理中事，可我并不因此恧颜。”

这是自谦，也是自省。任何作品都有其历史局限性。事实上，很多“茅奖作品”距离真正的不朽，也确实有相当遥远的路程。以今天的视角来看《冬天里的春天》，这确实也是一部未能完成经典化的作品，但李国文对特定历史年代的记录与批判，在今天依然是宝贵的文学财富。

这部小说以革命干部于而龙重返故乡石湖的三天两夜经历为主线，通过回溯抗日战争、解放战争、新中国成立后十七年到“十年动荡”长达四十年的斗争生活，来展现“从冬天走向春天”的心路历程，为历史提供了镜鉴。

小说的主人公于而龙抗战时是石湖游击队长，中华人民共和国成立后在某大型工厂任厂长。当年，他的妻子芦花是游击队指导员，却被人黑枪打死，成为历史之谜。动荡岁月结束后，依然铁骨铮铮的于而龙带着满身的伤痕，回到故乡，追查四十年前的真凶。

在人物形象刻画上，李国文已经在很大程度上摆脱了 20 世纪 80 年代以前的那种“高大全”“脸谱化”的影响，更加注重突出个性化和复杂性。

反派人物王纬宇，集狡猾、阴险、邪恶、冷酷、肮脏于一身，极其善于投机伪装，在现实中左右逢源，到处作恶。他本是地主大户的儿子，为混进游击队，骗取战友信任，竟刨掉父亲坟墓，用血书写入党申请书；他勾结汉奸出卖游击队的阴谋败露后，凶狠地向芦花开了黑枪；他的真面目即将被曾经的恋人四姐揭穿，就果断对其痛下杀手；他可以记住“将军”的每一次生日，言语表达极具煽动性和迷惑性；他甚至明知姗姗是自己亲生女儿，竟还突破伦理底线……

“如果需要，地狱的门也可以去敲！”这就是王纬宇的人生哲学。

王纬宇就是典型的两面人，在那样的历史年代，隐藏很深，如果不能及时将之铲除，势必会继续翻手为云覆手为雨。那样，即便是春天到来了，冬天也并未走远。

重返故乡的于而龙，在三天两夜的时间里，复盘了历史记忆，总结了经验教训，找准了方向目标，终于揭穿王纬宇这个具有“狐狸加上狼的双重天性”的真面目。

抚摸伤痕，反思追问。

寒冷漆黑的冬夜怎么会那么难熬，等待黎明的过程怎么会那么痛苦，生活在幽暗年代的人们为何那样无奈绝望。

《冬天里的春天》，展示了“十年动荡”期间的黑白颠倒，也展现了即便是生活在那样黑暗的年代，人们也在勇敢地奔向春天。

在那个不堪回首的动荡年代，于而龙尽管功勋卓著，却连女儿都无法保护。女儿于莲的专业是绘画，因作品被定性为“黑画”而惨遭迫害。

于莲的那幅画叫《靶场》，画的是原野上，实弹演习结束后，战士们虎虎有生气，周围硝烟未散，阳光和煦，白杨参天，一派春天生机勃勃的景象。

在创作这幅画的时候，于莲曾和父亲有过这样的探讨交流：

女儿说：“那是一个不可能有笑的冬天，爸爸！”

父亲说：“冬天孕育着春天的生机，你应该画出希望来。”

女儿领悟了父亲的观点，欢欣地说：“冬天里的春天，这大概是所有巨大历史转变时期，必然出现的自然现象。我要把它画出来。”

然而，在黑白混沌的年代，展现浓郁醇厚的春天气息，描绘绚丽缤纷的春天色彩，竟然被曲解为“敌意的嘲笑”和“末日的审判”。

对此，于而龙这样叩问：“一部艺术作品的好坏，究竟由谁说了算？我不明白，九亿人民是什么时候把艺术作品的生杀大权交给这些老爷的？以一些人的胃口，代表九亿人的食欲。十年，文化大沙漠吃够了苦。”

在乌鸦的世界里，天鹅都是有罪的。在暗黑者的心中，连色彩也是刺目扎心的。

这部小说里最刺痛人心的，是廖思源的出走。

廖思源在国外求学期间，靠自己在餐馆里洗盘子谋生。学成回国后，他成为动力学权威，担任厂里的总工程师。

在20世纪50年代，这个生龙活虎、豪情满怀的男人，因工作优秀曾受到中央领导接见；20世纪60年代苏联专家不告而别后，他更是夜以继日地奋战在厂里，身染重病，用大鞭子抽都不走，最终造出了具有中国风格的产品。

然而，在那个动荡年代，他不仅被剥夺了一切，而且失去了钟爱的妻子。

冬天过去了，春天到来了，但廖思源决定出国。他这样解释："心灵上的伤痕，是永远也不能愈合的。"

如何治愈心灵的创伤？在给廖思源的信中，于而龙这样呼唤："回来吧！生活的河流总是滚滚向前，而且也不会倒流，但是，有些时候会产生挫折，有些迂回，甚至在个别地方，和局部环节上要倒退一些，那也无关宏旨。春天已经来了，它就不会再退回到冬天里去。"

唯有理想信念，唯有家国情怀，唯有向阳而生，唯有逐光而行，才能卸下历史沉重的包袱，昂首阔步地走向未来。

没有一个冬天不可逾越，没有一个春天不会来临。正如李国文在小说中这样阐释："把心和老百姓贴在一起，才明白真正的春天，是在人民群众中间。"

作品简介

第一届茅盾文学奖（1977—1981）获奖作品《冬天里的春天》，是当代作家李国文创作的长篇小说。小说以某大型军工动力厂党委书记兼厂长于而龙回到阔别三十多年的游击根据地查找暗杀自己妻子芦花的凶手为线索，通过对他回故乡三天之中的经历、见闻、联想、回忆等的叙述，概括了近四十年间的社会生活内容。作品结构独特，情节曲折，细节丰富生动，具有令人荡气回肠的强烈的艺术感染力和深刻的思想内涵。

心中有爱，这边风景才能独好

评《这边风景》

题记：历史重量，时代局限；
前事不忘，后事之师。

人的一生要经历各种疼痛，不同历史阶段也有各自的时代局限。人生向前，时代进步，本应坦然抚摸过去的伤疤，正视曾经那些不堪回首的残酷。只不过，很多人看待过去生活，往往沿袭着阿Q精神胜利法的思维模式。

人生每一步都算数，历史的每个阶段也都有独特的风景。一个人选择如何看待自己的足迹，一个国家选择如何对待过去的历史，注定会对能否抵达光亮地带产生影响。

踏遍青山，纵然人老，只要敢于面对真实的过去，就可能展示自己“这边的风景独好”。作家王蒙的《这边风景》书里书外，都在呈现一个作家的人生风景，也在透视着隐匿于岁月深处的历史风景。

王蒙的写作生涯是极长的，也是跌宕起伏的；是极其复杂的，又是特别精彩的。王蒙有太多的身份标签，任过《人民文学》主编和文化部部长等职务。不过，比起其他官员身份，“作家王蒙”才是其身份符号中最具人生价值的注脚。

王蒙如今已逾九十高龄，写作已有七十余年，他的创作人生仍在持续，令人期待。王蒙出版作品近百部，涉及小说、散文、诗歌、学术专著等各类文体。处女作《青春万岁》早在 1956 年就定稿，直到 1979 年才出版第一版，跨时二十三年；1956 年发表的小说《组织部来了个年轻人》曾引起强烈反响和争议；1963 年，王蒙举家搬迁新疆，他在那里经历了“十年动荡”年代，一直生活到 1979 年；此后，历尽劫波归来，王蒙开始持续不断地进行时代书写，进入了创作的井喷时期。

从《青春万岁》《组织部来了个年轻人》这样极具历史年代标志的作品，到《笑的风》《霞满天》这些近年来的时代新作，王蒙的书写堪称中华人民共和国的文学版“心灵档案”。

不过，王蒙在新疆生活的十六年，一度让人们认为那是他的沉默年代。然而，2013 年《这边风景》横空出世，比尘封二十三年的《青春万岁》更神奇，被埋藏的时间竟然长达三十三年。2015 年，《这边风景》获得茅盾文学奖。

对这部作品，评论家王干这样说：“这部书的价值，第一个把王蒙变成一个完整的文学人，第二个让中国当代文学史变得完整，第三个让中国文学的历史这一段变得完整。”

《这边风景》开始写作的时间是 1974 年 10 月，完稿时间是 1978 年 8 月，如果以 1976 年 10 月“十年动荡”年代的结束为界限，不难发现这部作品创作时间恰恰处于两个时代的交界时期。从文学史的角度来看，以 1949 年为界，中国文学进入了社会主义文学的新阶段。其中，1949 年至 1966 年被称为“十七年文学”时期，此后即进入了“十年动荡”年代，然后才进入伤痕文学、反思文学、改革文学等阶段。

人们普遍认为，“十年动荡”时期是文学史的空白期。《这边风景》

重新面世，弥合了历史断裂，填补了内容空白，有着重要的文学史研究价值。

《这边风景》描写了1963年至1966年之间的人和事，通过梳理这些繁复的时间轴，不难发现本书主要内容还是在聚焦“十年动荡”的社会生活，表达对那个特殊年代的批评。

1979年至1981年间，王蒙三次试图对这部作品进行修改，然而，面对客观存在的历史真实，面对七十万字的鸿篇巨制，面对近百个人物形象，对这本书进行大规模修改几乎是不可完成的任务。无奈之下，这本书被束之高阁。

2012年，王蒙的儿子偶然发现了这部书稿。原来，它就存放在某个年代已久的房间门框上的顶柜中。再次面对这部作品，王蒙“觉得这个稿子也有很多可爱的地方”。

时代在进步，国家在开放，这一次，王蒙不用再像过去那样，试图对这部作品进行“起死回生的拯救”，而是“基本维持原貌，做了些简易的弱化”，并且在每章后面加了一些“小说人语”，效仿司马迁的“太史公曰”和蒲松龄的“异史氏曰”，来“向读者作一些必要的交代，也发发重读旧稿、重涉旧文的万千感慨”。

由此，这部书在时隔近四十年后得以“复活”，出版社对此书给出的广告词是：“七十九岁的王蒙对三十九岁王蒙的点评。”

这样的时间声明，也并不意味着《这边风景》就能摆脱被争议的宿命。事实上，现在人们对这部“重生之书”看法仍有很大差异，这正是由其“先天不足”决定的。作为一部顺应特定年代政治要求的作品，其话语方式当然会受到当时的影响，特别是涉及“十年动荡”的内容描写和价值判断，与当下时代有着较大的距离。

崔瑞芳回忆王蒙当年写作这部书的状态时说：“在生活中，他必须‘夹起尾巴’诚惶诚恐，而在创作时又必须张牙舞爪，英勇豪迈。他自己说，凡写到‘英雄人物’，他就必得提神运气，握拳瞪目，装傻充愣。这种滋味，不是'个中人'是很难体会得到的。"

正因如此，这部小说依然没能摆脱"十七年文学"时期的特征，依然遵循着"三突出"的创作原则，依然在塑造主人公伊力哈穆的"高大全"形象，依然充斥着各种政治口号，展示着"以阶级斗争为纲"背景下各种扭曲的人性。

这一切的存在，也让这部重生之作难以满足当下读者的审美风格和价值判断。不过，站在今天的审美和立场上对这部旧作的批评，也并不影响王蒙文学人生的高度。

换个角度看，这样的尴尬恰恰又是历史真实的反映。更重要的是，这样的作品在今天无疑是文化稀缺品。王蒙自己也说："反映上世纪六十年代、七十年代初期的作品在哪儿？我觉得这也给它填补一个空白。生活并没有空白，政策对也是生活，政策不对老百姓也得活着。该恋爱还得恋爱，该拥抱还得拥抱，该吃肉还得吃肉，该喝酒还得喝酒，该生气还得生气，该骂街还得骂街，该高兴还得高兴，也还得找乐，最痛苦的时候还得找乐。"

即便是在那样扭曲的年代，王蒙在小说中依然展示了爱情的美好，亲情的珍贵。人应该热爱生活本身，而不能只是关注生活的意义。特别是对于一些历史记录缺失的年代，从文学世界里看到生活和人，包含着更为深刻的价值。

如何理性看待文学与政治、与生活的关系，在今天特别重要。对待《这边风景》这样的作品，如果只是以时代的审美和价值进行苛责，显然是不公平的。更为理性的选择，是充分看到这部小说展示的内容在为历史祛魅和现实脱敏，从这个意义上讲，这部"保持当年面貌，适度地拉到新世纪来"的作品能够走进公共视野，更应视为一种文化幸事。

因为这样的文化风景，才是独有的、稀缺的、珍贵的。

遗憾的是，由此拓展延伸的表达空间，如今很多人依然假装看不见，以至于当下公共表达也存在着太多莫名其妙的尴尬。

在《这边风景》的后记中，王蒙这样表达对“伟大的生活”的看法：“万岁的不是政治标签、权力符号、历史高潮、不得不的结构格局；是生活，是人，是爱与信任，是细节，是倾吐，是世界，是鲜活的生命。”

正是在这样的价值观和生活方式驱动下，王蒙的爱与生活继续着，创作人生正青春。正如 2024 年 4 月，他在《当代》文学颁奖盛典上领取“年度致敬作家”时所说：“我爱这个世界，我写出来的一切都是给这个世界留下的情书。”

心中有爱，处处生情，人生何时何地，这边都有独好风景。

作品简介

第九届茅盾文学奖（2011—2014）获奖作品《这边风景》，是作家王蒙创作的长篇小说。小说描述了 20 世纪 60 年代前期新疆维吾尔自治区农村的生活，以一桩公社粮食盗窃案作为切入点，用层层剥开的悬念和西部独特的风土人情，展示了一幅现代新疆生活的全景图，也反映了汉族和维吾尔族人民在特殊历史背景下的真实生活，以及两族人民相互理解、友爱共处的深厚感情。

看清生活真相后
依旧保持热爱

评《许茂和他的女儿们》

题记：岁月伤痕，人性灾难；
向阳而生，逐光而行。

一个人凝望深渊太久，依然还能素心如雪，那是因为有着笃定的高洁品性；一个人与恶龙长期缠斗，归来依然还是少年，那是因为有着纯良的无私人格。

生活从来都充满着不确定性，正如作家周克芹在《许茂和他的女儿们》中所说："生活就像天上变幻着的云彩，永远不会是一个样儿。"

但看清生活真相，有时不仅要懂得和解，还要学会如何继续热爱。然后，在追求幸福的道路上，不畏艰难，执着前行。

经历岁月沉淀和时间洗礼，重新发现《许茂和他的女儿们》的价值指向，在今天特别重要。因为现实从来不缺教人做事的工具书，却永远缺少能唤醒人性人格走向至纯至美至善的文艺精品。

《许茂和他的女儿们》就是。它是"从生活中走来"的作品，是用生活技巧表达现实困境的作品，是抚摸着生活伤痕依然充满生活信念的作品。

1975年初，周克芹开始构思《许茂和他的女儿们》；1978年，周克芹正式动手创作，在1979年8月，完成全部创作。写完这部小说，周克芹“觉得好像大病一场，四肢无力，每一蹲下，两眼直冒金花，两耳嗡嗡直叫。他大睡了两天”，“去量体重，减轻了十二市斤”。

《许茂和他的女儿们》开始是在《沱江文艺》连载，很快引起了读者广泛关注。1979年2月，《红岩》杂志全文刊登了这部作品。1980年，这部作品由天津百花文艺出版社出版，并在中央人民广播电台连播。1982年，《许茂和他的女儿们》一书，获得了首届茅盾文学奖。

在20世纪80年代初，《许茂和他的女儿们》从图书到广播再到电影，在全国引起叫好声一片，堪称是现象级的作品。

这是因为，这部作品深深击中了那个年代人们内心的隐痛，被视为“伤痕文学”的代表作。

“伤痕文学”是20世纪70年代末至80年代初兴起的文学流派，主要以揭露“十年动荡”创伤为核心主题，得名于卢新华的短篇小说《伤痕》。“伤痕文学”集中展现了“十年动荡”对人民身心造成的深刻伤害，对否定和批判“十年动荡”做出了历史性的贡献，同时，又以强大的悲剧意识为中国当代文学拓展了新的表达空间。

《许茂和他的女儿们》呈现了1975年前后四川农村的生活生存图景，通过老农民许茂家庭生活的变迁，特别是以女儿们的婚恋遭遇为切入点，展现了“十年动荡”给乡村的经济社会生活带来的灾难性破坏，以及对农民造成的各种精神心理创伤。诚如文学评论家胡德培所言：“这部小说使我们看到了十年浩劫给我们国家和人民带来的灾难，对人民思想上、精神上，以及生活上、肉体上等各方面所造成的影响和损害，同时也使人看到我国人民对社会主义的坚强信念。”

不得不说，用今天关于小说创作的标准和理论来看这部作品，确实可以从文本、叙事、结构等方面找到一些不足，包括其中夹杂的说理内容有时都显得苍白多余。

但这部小说恰恰又深刻诠释了什么叫“重剑无锋，大巧不工”。这部小说没有任何写作的炫技，大道至简，大巧若拙，在平静叙事中传递爱与美，在静水流深中持久浸润着人心。

小说里的故事发生在1975年冬天，熟悉历史的人都知道这个节点的深刻意味。那时，离“十年动荡”结束已经不远，改革力量与守旧力量正处于交错缠斗状态，双方力量消长起伏，考验着人心人性。

“道路是曲折的，前途是光明的”，这句话是个趋势判断，但在现实中，往往又是尴尬的马后炮。因为越是在幽暗年代，越是心中有光、脚步坚定的人，越为难得，也越值得尊敬。

《许茂和他的女儿们》中许秀云、金东水等遭遇侮辱和损害的人物，坚持与魑魅魍魉抗争，守护良知伦理和朴素正义，以人性的温暖濡染人心，以人格凛然长存的力量，勇敢地走向更加开放的幸福生活，从而熨帖了无数读者的心灵。

有着九个女儿的许茂，本身就是一个被“十年动荡”年代伤害且有着心理创伤的人。他曾经是土改积极分子、农业合作化小组组长，但在那个风云变幻的年代，他遭遇巨大的羞辱，身上原本具有的勤俭、温厚、上进的品质，也渐渐变异成了孤僻、自私、冷酷。

一个人要完成救赎，往往也只能依靠制度与家庭。面对整顿工作组带来的切实纠错举措，面对女儿们为追求美好生活付出的努力和代价，许茂最终选择了和解，不仅回归人性温暖，还积极投入到生产生活，承担起作为父辈的责任与大义。

这部小说中最让人心颤的角色是许秀云，她是许茂九个女儿中的四姑娘，是个美丽善良的女性。作者这样描绘道：“她消瘦的脸上泛着红晕，淌着汗珠，像一朵风雨后迟迟开放的海棠……是只有在浓雾的早晨，行走在高高的崖畔上，才看得到的开放在石缝中的那种带露的鲜花，人们称她们叫野海棠。”

但这位四姑娘的命运又太过凄绝，太过伤怀了。她刚刚走过美丽善良、温柔贤惠的少女时代，就被品行极度低劣的郑百如侮辱，命运被推入泥潭。

四姑娘带着屈辱，隐忍地嫁给郑百如这个下作的男人，并且悉心地照料着这一家的生活。但没有武器的善良注定是要被辜负和伤害的。

郑百如不但与多个女人鬼混，还诬陷许秀云与大姐夫金东水有不正当关系，以此来逼迫秀云同意离婚。而离婚后的许秀云更是遭遇各种污蔑，就连家人也对她不理解，恨不得将她逐出家门。

特别是，工作组的到来让郑百如担心自己的恶行被许秀云揭发，就试图通过复婚堵住四姑娘的嘴。面对郑百如的诡计，面对工作组内部成员充当说客，面对家庭内部各种压力，许秀云孤立无援，陷入到生死存亡之境。

四姑娘也曾跳入河中寻死，关键时刻因为牵念死去的大姐留下的两个孩子，还是挣扎上岸了。比死更难的是活着，特别是要活出尊严和幸福。四姑娘照顾孩子的善行却招致谣言污名，甚至还被刚直的大姐夫金东水拒绝进门。

良知、理智、正义、责任以及浓得化不开的爱，最终让四姑娘更加清醒和坚韧，她选择反抗，勇敢寻爱，既履行大姐的嘱托，又完成精神的救赎，也赢得人们对她爱情的支持。

静默中也能获得美妙的新生，深谷幽兰总在无声地绽放，野海棠也有春天。四姑娘就是在苦难的缝隙中，就是在岁月风霜的侵袭下，完成了绝地反击，让生命再次绽放。

同样，任劳任怨、一心为公的金东水，虽遭遇卑劣的郑百如各种陷害打击，丢了职务，房屋被焚，人遭批判，但依然对工作保持激情，为新农村的发展殚精竭虑，最终也得到工作组的认同，洗清了背负的冤屈。

“当黎明还没有到来的时候，一天的日子就开始了。”周克芹在小说中这样描述当时人们的生活状态。

黎明之前，光明与黑暗交错，苦难未尽，幸福迟来，现实充满巨大的不确定性。越是在这样的时候，越是要内心宁静，信念坚定，要相信灯终究会在山那边亮起，即便没有光，自己也一样可以成为炬火。

正如罗曼·罗兰所说：

> 世界上只有一种英雄主义，
> 就是在认清了生活真相后依旧热爱生活。

作品简介

第一届茅盾文学奖（1977—1981）获奖作品《许茂和他的女儿们》，发表于《红岩》1979 年第 2 期。小说以 1975 年冬工作组来到四川农村开展整顿工作为背景，描写老农许茂和他的几个女儿悲欢离合的故事，反映十年动乱给农民带来的灾难及农民的抗争和追求。作品从他的四女儿许秀云的婚姻波折中透视出这个偏僻山村所发生的政治风暴，反映出深广的时代内容。小说富有浓厚的地方色彩和乡土气息，情节曲折起伏，引人入胜。

有一种光，是乌云永远遮不住的

评《将军吟》

题记：牛鬼蛇神，魑魅魍魉；生死考验，英雄悲歌。

手中有笔，是一种权力；笔落惊风，是文化的力量。

一个人，有没有担得起道义的铁肩，有没有写得出华章的妙手，并不拘泥于其身份，更多还是要看在万马齐喑之中，是不是具有发声的智慧和勇气。

最是文人不自由。写作承受各种风险压力，遭受各种迫害打压，古今中外有太多案例。有一部小说，在结尾处，作者赫然写了这样一句话——“一九七六年三月四日至六月二十六日冒死写于文家市。”这部“冒死之作”，就是作家莫应丰的“茅奖作品”《将军吟》。

一个作家，给自己的写作行为贴上“冒死”这样沉重的标签，乍看上去，容易让人觉得是在故弄玄虚。但真正了解莫应丰写作《将军吟》经历的人，就会对他的勇敢执着充满敬意，觉得以“冒死”形容他所经历的写作环境，毫不夸饰。

《将军吟》初稿创作于 1976 年的 3 月至 6 月间。当时，莫应丰已是一位转业军人。此前，他参加过“十年动荡”的那场运动，并亲身参与过各种迫害行为。现实让他内心充满痛苦、担忧和忏悔。回到湖南老家后，莫应丰决心把经历过的残酷现实用文学方式表达出来，呈现过往罪证，控诉那场运动的罪恶。

牛鬼蛇神横行，魑魅魍魉游荡。在那种环境下写这样的作品，无疑是极其危险的。后来，莫应丰就跑到文家市，独自居住在一个小阁楼里，秘密进行创作。

那时，莫应丰生活艰苦，衣食简单，躲避着各种风险，终于写出了《将军吟》。这部小说，也被很多人视为中国第一部正面批判“十年动荡”的长篇小说。作品完成后，莫应丰最担心的不是自己被抓，而是忧虑这部小说会遭遇雪藏。

为此，莫应丰将这部小说包裹好，装进木盒，深埋在地下，藏匿起来，希望能等到政治乌云散去，让其重见天日。

对历史趋势的判断，莫应丰是正确的。“十年动荡”结束后，他的这部小说发表在《当代》杂志上，不过，内容还是遭到大量删减。随后，莫应丰又将这部小说投给人民文学出版社。

当时，如何评价那段历史，仍然是个尖锐而复杂的问题，人们在认识上仍有分歧。时任人文社总编辑韦君宜敢于担当，力排众议，坚决主张发表这部作品。考虑到小说中存在大量锋芒毕露的内容，出版社把莫应丰请到北京一起研究改稿，大家提出了很多修改意见。

不过，在莫应丰离京后，编辑们发现，他并没有接受改稿意见，作品几乎保持原貌。

这时候，韦君宜再次站出来，对莫应丰的坚持选择了尊重和默许，并且把《当代》编稿时删去的大量文字重新恢复。1980 年 7 月，《将军吟》终于由人民文学出版社正式出版。韦君宜曾说：“文学创新难，作家坚守文学的道义更难，莫应丰坚决不同意修改《将军吟》，是需要一种精神支撑的，正是他对自己作品灵魂捍卫的精神，深深地打动我，我才有勇气坚持了自己的决定。想起来，我还得感谢莫应丰呢。”

对此，莫应丰则感叹：“我只是珍惜自己的作品，不愿被人磨去锋芒，而韦老师推出原汁原味的《将军吟》，则表现出前辈的道义和担当。她是我文学道路上的贵人和福星。”

作家与编辑，有如此良缘，实属文化之幸。

1982年，首届茅盾文学奖公布，《将军吟》和《东方》《芙蓉镇》《冬天里的春天》《李自成》《许茂和他的女儿们》同时获奖。除了《李自成》外，其他几部作品也都有涉及“十年动荡”的内容，但都没有做到像《将军吟》那样，从头到尾都是在直接描写。

如今再读《将军吟》，甚至会觉得这部全面深刻反映那段特殊历史的经典小说，更像是一部非虚构作品。它无论是历史价值还是文学价值，无论是作品情感还是作家情怀，都值得被重新发现。莫应丰如此感叹：“含辛茹苦愤无私，百万雄兵纸上驰。泪雨濯清千里目，将军一梦醒其时。”

其实，古华的《芙蓉镇》也遭遇过与《将军吟》相似的命运。相较于莫应丰的坚持不删稿，古华还是忍痛遵命删去《芙蓉镇》里很多关于“十年动荡”的原生态表述。后来人们比较前后两个版本，也都认为删节后所谓“干净”的文本，反而缺乏神采，有很多遗憾之处。

与古华有着类似删改经历的是张洁，她的《沉重的翅膀》出版时也经过大量删节修改，虽然作品获得了第二届茅盾文学奖，但学术界也认为比初版少了太多气韵。

熟悉中国当代文学史的人，都知道从1949年至1966年的“十七年文学”时期，到十年动乱结束后开启“新时期文学”，这期间出现一个文学“断裂”的年代。《将军吟》的创作正处于这个过渡期。如果把当代小说视为一个完整体系，《将军吟》无疑在弥合这个重要的“断裂地带”；如果把历届茅盾文学奖作品串起来看，这些作品就是通过文学来呈现中国社会变迁的历史脉络，而《将军吟》的存在，无疑让这样的线索更加完整。

当然，比起很多“茅奖作品”，《将军吟》后来并没有在读者市场获得较大关注，这背后有着值得深思的文化问题。

不可否认，当前文学形态已经与20世纪70—80年代完全不同，“伤痕文学”“反思文学”也早就成为一种文学的历史概念。从艺术表达的成熟程度来看，近几届“茅奖作品”确实远远领先于改革开放初期那些较为生硬苍白的政治小说。《将军吟》无论是在大学使用的文学史教材中，还是学术界的研究论文中，都鲜少被提及，个中原因除了作品本身艺术表达有时代局限，恐怕也是因为对相关内容复述的空间相对逼仄。

能够如此极致真实还原那段不堪回首的年月，本身就是极为稀缺的文化产品。更何况，从艺术表现来看，《将军吟》也有太多可圈可点的东西，远远领先于“十七年”时期文学作品，在很大程度上摆脱了那种“五老峰”的文学老调。甚至，与同届“茅奖作品”相比，《将军吟》无论是人物形象刻画，还是价值批判与反思，都有着太多的创作突破。

小说的主角彭其是一位将军，在“十年动荡”中遭受到各种政治构陷和道德污名，但他始终捍卫真理和正义，对牛鬼蛇神进行抗争和反击。在恶劣的政治环境下，将军始终坚守人性的底线，对普通人进行力所能及的保护。

莽汉胡连生，保持着参加红军时的初心，敢说真话，疾恶如仇，不畏权势，敢于向牛鬼蛇神叫板，但因为缺乏斗争策略，被揪斗出来，面临被迫害的危险。彭其通过信任的医生，将其诊断为疯子，送出魔窟；小战士杨春喜念稿子时，不小心读错了一个字，被造反派关押起来。面对巨大的政治压力，杨春喜几乎到了精神崩溃的地步。彭其为其送饭，悉心安慰，引领他走出恐惧。既高风亮节，又宽仁坚忍，这样的将军形象，也在不断传递冲破黑暗的希望。

即使是在那样不堪回首的年代，人性仍在散发着令人动容的光辉。

老工人赵丌发质朴厚道。他在金水桥下救起彭其，背回家后发现其断腿伤势严重，要送往医院治疗。这时候，儿子赵大明和造反派范子愚要用绳子捆了彭其。赵开发情急之下，打了儿子一巴掌，坚持将彭其送到医院，每天前去探望，进行开导。老农民朱大娘大爱无私。彭其的妻子许淑宜和女儿受到牵连，从司令部搬到潮湿的新家。朱大娘作为邻居，担心患有严重风湿病的许淑宜难以忍受这种环境，主动将自己的房间让给许淑宜。

作为将军陈镜泉的女儿，陈小炮面对父亲的懦弱和犹豫，戏称其为“糯米团长”，说他是在纵容那些宵小奸邪之人。陈小炮爱憎分明，追求个性，热爱自由，自立自强，乐于助人，代表着独立清醒的年轻人，承载着未来的希望。

人格的力量、人性的温暖、独立的判断、自强的精神，在那个魑魅魍魉横行的时代无疑是弥足珍贵的，犹如一道道冲破层层乌云的光芒，在引领和陪伴着人们艰难前行。

一部《将军吟》，书里书外的事，无不在阐释鲁迅先生那句“真的猛士，敢于直面惨淡的人生，敢于正视淋漓的鲜血”。文学是传递文明的重要载体，这部“冒死之作”能让人们识破那些“多面人”的阴险狠毒，激赏那些孤勇者的无畏坚强，笃信邪恶永远战胜不了正义，阴暗终会被阳光驱散。

因为总有一种光，是乌云永远遮不住的。

那样的光，就是正义，就是人性。

作品简介

第一届茅盾文学奖（1977—1981）获奖作品《将军吟》，是当代作家莫应丰创作的长篇小说。作品通过对三位将军不同命运的描述，真实地反映了现实生活中极其复杂的、尖锐的矛盾斗争。作者以饱满的政治激情，塑造了老一代革命者彭其坚持革命原则、与错误路线作斗争的英雄形象，也刻画了赵大明、陈小炮、彭湘湘等在斗争中成长起来的青年一代形象。作品故事引人入胜，富有生活气息，语言清新。

题记：荒诞年代，社会失序；
灵魂扭曲，底层互害。

荒诞年代，总有一些人不被洪流裹挟

评《芙蓉镇》

世道变坏，到底是从哪里开始的呢？对此，网络上有各种各样的说法，不过，从来就没有一个标准答案。

事实上，单一事件或孤立现象，并不足以支撑“世道变坏”这样的宏大叙事。真正变坏，往往是在政治、经济、文化等各种力量夹击下，社会出现全面溃败，人性出现重大扭曲，人的命运随时被推入可怕的黑洞。

这种情形，出现在了动荡的十年。

但历史记录者的目光游移和叙事轻简，又很难支撑起对某些事实细节的全景呈现，自然也不利于后来者更加深刻地汲取教训。

还好，文学的存在，可以通过解构历史，以更加独特的记录方式，对历史拐点处进行精细回望，来深度发掘那些隐匿在幽暗深处的罪与罚。

古华的小说《芙蓉镇》就是这样的好作品。这部“反思文学”

的代表作，获得首届茅盾文学奖，后来又被拍成同名电影，由谢晋执导，影片曾拿下金鸡奖、百花奖、金熊猫奖等国内外各种奖项。

从文学到电影，《芙蓉镇》收获了大量荣誉，产生了深刻影响，在当代中国的文艺作品中实属罕见。

这些荣誉不仅赋予了这部作品至高地位，更重要的是，也成为其价值正当性的现实证明，让这部作品成为永久流传的文学经典，让人们拥有对其不断进行深度剖析的空间。

有些反思是永远不会过时的，因为谁都不想让不幸的历史遭遇再次出现在未来。

尽管有学者认为《芙蓉镇》的价值“只有放在特定时间环境及文学、社会特殊发展阶段中看才有意义”，而“特定时间”恰恰就是那种值得警惕的“十年动荡”。

以史为鉴，不断挖掘《芙蓉镇》的社会意义，才能为后世带来更多警醒。

在《芙蓉镇》扉页上，古华写下一句“唱一曲严峻的乡村牧歌”作为自序。古华还将这部作品概括为“寓政治风云于风俗民情图画，借人物命运演乡镇生活变迁”，以此来表明这是一部“大历史、小切口”的文学作品。

事实上，小说也并没有将过多笔墨放在那个历史阶段的政治风云上，而是将之作为一种背景和底色，通过描写一座小镇在特定历史阶段的世风日下和人心不古，来奏响这曲极其悲情而又沉重的乡村悲歌。

从结构叙事上讲，《芙蓉镇》按照具体年份分为四章，把人物命运放在这一年最重要的历史背景下，让人物与时代的命运形成互映。

第一章写的是 1963 年，全国经济正在复苏，胡玉音的豆腐摊生意很好，乡村社会也一片人间烟火；第二章写的是 1964 年，“四清”

运动开始了，胡玉音建起新房，却被划为“新富农分子”，丈夫自杀，她受欺辱，小镇经济逐渐停摆，人心越发冷漠；第三章写的是1969年，“十年动荡”进入高潮阶段，胡玉音和同受迫害的秦书田相依为命，苦难生活；第四章写的是1978年，“十年动荡”结束，冤案平反后，小镇开始复活。

《芙蓉镇》书中的世道变坏，是从抛弃商品经济的逻辑，违背市场的规律开始的。

中华人民共和国成立后，芙蓉镇曾是万人集市，一月九集，四方客商慕名前来，街市繁华，万头攒动。胡玉音的米豆腐摊子非常红火，就是靠市场的源头活水，就是靠质量和服务。

而李国香的国营饮食店则与之形成鲜明对比——店虽大，但卫生差，服务态度恶劣，门可罗雀。国营竞争不过私营，李国香上门刁难，越权要查“营业证”遭到乡邻嘲讽。特别是她嫉妒“米豆腐西施”貌美受到欢迎，内心更加失衡，不断举报告密。

“国以民为本，民以食为天，总要给小摊贩一碗饭吃嘛！”小镇开明人士的反对让李国香被调离，但祸根也由此埋下。

1964年，县委“四清”工作组进驻芙蓉镇，李国香作为工作组组长又“杀”回来了，她利用“运动根子”王秋赦，实施疯狂的迫害，制造各种罪名污蔑。

特别是在那个疯狂的年代，李国香和王秋赦狼狈为奸，他俩“白天作报告、晚上开侧门”，通奸苟合，无耻至极。他们在狂热权斗中使出狠辣的手段，不断地破坏社会秩序，制造人性灾难和伦理危机。

善良朴实的勤苦劳动者胡玉音被划为“新富农”，正直仁厚的谷燕山被陷害失去公职，满腹才华的知识分子秦书田被打成“右派”，军人出身的黎满庚出卖了信任自己的干妹妹……

曾经的芙蓉镇，安宁祥和，民风淳朴，集市兴盛，邻里互爱，维持着“人人为我，我为人人”的公序良俗。

然而此时，世风变得极其冷漠，市场不断凋敝，民生越发艰难，人们活在对立互害中，变成了“人人防我，我防人人”的紧张局面。

在妖魔鬼怪横行的年代，活着，对有些人来说都是一种奢侈。

胡玉音和秦书田这对“黑夫妻”经历了多年的苦难生活，遭遇过各种身心残害。李国香甚至对胡玉音行使了如此灭绝人性的镇压:“来几个民兵！拿铁丝来！把富农婆的衣服剥光，把她的两个奶子用铁丝穿起来！”

在审判台上，秦书田和胡玉音面对被扣上的各种罪名，静默无声，心意相通，彼此鼓励：“活下去，像牲口一样地活下去。”

即使是在那样荒谬扭曲的年代，也总有一些人不被历史洪流裹挟，依然坚守着独立而清醒的人格，甚至勇敢地站出来进行反抗，来捍卫人间应该遵守的道德伦理和公平正义。

谷燕山这个“北方老兵”就是这样的坚守者。尽管受到胡玉音的“牵连”失去了前途，但在秦书田和胡玉音结婚时，在几乎所有人都在躲避、嫌弃、排斥的时候，谷燕山主动去喝喜酒，送贺礼，做证婚人，用尽办法保护胡玉音母子平安。

这位不愿随波逐流的干部如此感叹对现实的遗憾:“如今有的人，心肠比铁硬，手脚比老虎爪子还狠！他们是吃得下人肉啊！……可、可是上级、上级就看得起这号人，器重这号人……人无良心，卵无骨头……这就叫革命？叫斗争？”

甚至，谷燕山还在大街上激情表达对李国香的愤怒：“你、你把镇子搞成什么样子了，搞成什么样子了？街上连鸡、鸭、狗都不见了！大人、娃儿都哑了口，不敢吱声了！……老子和你拼了！……”

不论在怎样的混沌年代，也总有一些人选择清醒和抗争。

历史不是任人打扮的小姑娘，文学也可以揭开历史残忍而真实的一面。

《芙蓉镇》写于党的十一届三中全会之后，作者直面社会真实，对荒唐年代大胆进行反思，深刻地揭露了一些所谓的“政治能手”，只不过是借助“运动”的幌子，来满足自己的权力欲望，来掠夺他人的利益权利，不断制造牺牲人性释放兽性的恶，也让整个社会飘荡着人文的挽歌。

小说结尾，崭新的时代来临，芙蓉镇又重新焕发了活力。但旧的阴影并未从人们心中消除，特别是那个“运动狂魔”王秋赦疯了，每天叫喊着诸如“阶级斗争，你死我活啊！”凄凉的声音，飘荡在街上，像幽灵和鬼魂一样，徘徊在芙蓉镇，让无数人心生恐惧。

对此，书中见多识广的知识分子用这样的话安抚大家：“如今哪座大城小镇，没有几个疯子在游荡、叫喊？他们是一个可悲可叹的时代的尾音。”

尾音永远不是主旋律，文明才是永恒的追求。

如今，我们在市场的通途上昂首阔步，在文化的大道上自信自尊，在社会的航道上温暖互爱。回望历史，那些活在荒唐年代不被洪流裹挟的人，活得如此悲苦，如此艰难，却又如此洁净，如此高贵！

世道变好，一定是从面对时代洪流，越来越多的人能够保持独立清醒开始的。

作品简介

第一届茅盾文学奖（1977—1981）获奖作品《芙蓉镇》，是古华在1981年创作的小说，描写了生活在湘南一个偏僻乡村小镇上卖米豆腐的“芙蓉仙子”胡玉音的命运故事。作者以独特的表现手法，把富有奇丽色彩的风土人情与政治风云糅合在一起。《芙蓉镇》在描写手法上充满着民族化的特色，结构上吸收了中国古典小说的优点而又不受其拘束，使作品呈现出一种以土为主、土洋结合的艺术形态。1986年，《芙蓉镇》被谢晋改编成电影。

让沉重的翅膀变得无比轻盈

评《沉重的翅膀》

题记：观念交锋，人性纠葛；利益缠绕，权力博弈。

每一部伟大的改革史，都记满了孤勇者的伤痕累累，都描绘了改革家在风浪中凛然屹立的英姿。

“改革难。写改革也难。”张光年在小说《沉重的翅膀》的序言中，第一句就这样感慨。“改革难”最形象的表达，就是明明拖着沉重的翅膀，还必须勇敢起飞，平安落地。

飞得低了，翅膀擦到海水，会因变湿而更沉重，落入深海；飞得太高，羽毛会因离太阳太近，被晒得零落，造成折翼。这样的飞翔，是痛苦的，是艰难的，是危险的。结果，要么是一首挽歌，要么是一份荣光。

作家张洁，就是一只在文学天空飞得很高的大雁，她用写作和生命诠释了什么叫真正的“人如其文，文如其人”。

对张洁极具魅力的文字，王蒙曾如此惊叹：“有时坦率得近乎愚傻，热烈得近乎爆炸，忧郁得近乎自戕，勇敢得近乎以身试陈法陋习。”这样的文本特点，又何尝不是张洁整个人生的写照呢?

这位充满跳跃和变幻的女作家，不仅写作风格是不断变换的，而且，她的人生也从来不被定义。

张洁在1978年拾笔写作，那一年，她四十一岁，改革开放也已经起步。从文学生涯上讲，张洁的创作属于一开始就风华正茂，一下子就从文学少女进入成年世界，似乎没有抚摸伤痕和经历反思，就站到改革文学的潮头，写下了《沉重的翅膀》这部经典。

作为唯一两次获得茅盾文学奖的作家，张洁这个文学宠儿后来却突然选择与叙事本能进行割裂，放下了文字利刃，拾起了画笔，来寻找与世界对话的新路径。

面对潮流，她一直追求自我革新。不论是作品，还是人生，张洁都曾遭受种种争议。而时间会说话，总是在最后给出公正的评判。

张洁外在形象的美丽、精神气质的优雅、生活方式的孤冷、文化品位的前沿、公共表达的尖锐，已然成为文学界一道永远独特的风景。王安忆的母亲茹志鹃以“赤子”二字评价张洁，这应是最准确和凝练的概括了。

世界上真正的改革者，往往也都有一颗赤子之心。

《沉重的翅膀》的获奖版，是经过反复修订的，这本身就是一场改革与守旧的博弈。把其中的细节故事写出来，也完全可以成为一部精彩震撼的改革小说。

四十多年过去了，对这本书曾经的争议早已风轻云淡。不少文学评论家对初版本和获奖本进行比照后，都感慨那改掉的三分之一，是文学不应承受之重。现在获奖版书籍的最后附录，是蔡葵重读这本书写下的《沉重的话题》，其中对修订也表达了遗憾：“初版本犀利而感伤，震撼力强，修改本则有磨平了的感觉。”

但在改革开放初期，张洁在文学上的一小步，恰恰也体现了改革的一大步。张洁因为这部小说遭受的指责、非议和压力，本身就说明改革总是要遭遇各种困难和挑战。

改革是在迂回曲折中前进的，不仅需要勇气，也需要妥协。

改革永远在路上，永远会遭遇新阻力。推进改革，就是要不断进行观念较量，不断进行方法论的智慧比拼。

“偏见比无知离真理更远”。张洁也在书中表达了对偏见的痛恨，对改革来说，首先要去除的就是落后的观念和意识。

在这部小说中，郑子云、陈咏明等坚定的改革者，就被一张“无形的网”牢牢包裹着。保守意识、世俗观念、庸人哲学、懈怠心理等等，无处不在，无时不在，不停消耗着他们的斗志和勇气。正如张洁这样感叹：“这些旧观念有时真像一张罗网，把所有的人都紧紧地罩住、捆住。要活一块活，要死一块死。要是这里面有一个人死去了，腐烂了，谁也别想松动一下手脚把这腐烂的尸体处理掉，谁也别想把鼻子伸到罩子外面去呼吸一下新鲜空气，大家就这么臭着、熏着。”

与改革阻挠者或犹疑者进行斗争，则需要科学思维，要讲方法创新。

《沉重的翅膀》是工业改革题材的故事。当时，企业连年亏损，干部懒散自私，职工生活艰难……这些改革难题可谓千头万绪。陈咏明临危受命，担任厂长，他顶住压力，破除了各种形式主义，并且通过改进奖励和考核的办法，不断创造一个更加公平公正的竞争环境，让工人更有信心和尊严。

这些改革做法，与后来的制度改革形成了呼应。比如，后来推行的“厂长负责制”，以及在企业管理中植入更多科学化和人性化的制度规范等等。

在改革初期，新旧势力矛盾冲突无处不在。田守诚、孔祥、宋克、何婷等人，玩弄权术，见风使舵，挖坑设陷，扣帽污名，使尽一切丑陋手段，给改革本就沉重的翅膀捆上一块块巨石，也给改革者的命运笼罩上浓厚的悲剧色彩。

在工业改革的宏大叙事中，张洁还以婚姻、爱情、家庭作为切入点，细腻地展示改革者的情感心理。

郑子云、夏竹筠所谓的“模范夫妻”，只是表面形象，因为观念不同，丈夫唯实唯新，妻子虚荣虚伪，彼此都在装着，在演着，内心并没有真爱；而陈咏明与郁丽文这对夫妻，彼此充满爱与尊重，那种默默陪伴和全力支持，令人动容。

改革者很多时候都是孤独的，经历“蝉蜕”的过程更是痛苦的。

初版本卷首语中的“蛟龙失水被蛇欺”，就反映了作者对改革者遭遇命运不公的愤怒。而获奖版则改为“谨将此书献给为着中华民族的振兴而忘我工作的人”。这体现的正是对改革的信心，是对改革者的鼓励。

在这本书中，张洁还这样写道：“对于在各种逆境中备受作践、蹂躏、摧残……从而变得残酷、冷漠的心来说，再没有什么比‘温暖’这种东西更强大、更能征服它了。”

文学也就是要通过传递温暖的力量，让冰冷的心热起来，让悲观者更有信心。

张洁是一个理想主义者，是一朵“带刺的玫瑰”。曾经的锐利和深刻，并没有影响她后来的人生走向温和而从容。

她曾在散文中写过契诃夫死前那个著名的场景——一个宁静的午夜，在合欢树的清香中，久病的契诃夫接过妻子克尼碧尔递来的香槟说：“我就要死了。”然后露出微笑，留下了生命中最后一句话：“我很久没喝过香槟了。”

在大时代的风暴到来之前，在品位和优雅永远消失之前，契诃夫从容地离开了这个世界。这样的场景，让张洁为之庆幸。

后来，张洁说起人生最后的愿望，也就是“期待一个完美的死亡”。2022 年 1 月 21 日，八十五岁的张洁在异邦悄然离世。多日之后，消息才传回国内。

如此灿烂，如此静美。现在回顾张洁勇敢、独立、不羁、孤冷的一生，不由想起契诃夫年轻时写给克尼碧尔的情书中那句：“一只大雁飞过去了。”

告别张洁，仰望改革的天空，勇敢而又悲怆的领头大雁，划破苍穹的壮美，以及刺痛人心的悲鸣，也成为天空对大地最有价值的回响。

相信所有沉重的翅膀，都终将因改革春风而变得无比轻盈。就像那首《隐形的翅膀》所唱：

每一次　都在徘徊孤单中坚强
每一次　就算很受伤也不闪泪光
我知道　我一直有双隐形的翅膀
带我飞　飞过绝望
……
我终于看到　所有梦想都开花
追逐的年轻　歌声多嘹亮
我终于翱翔　用心凝望不害怕
哪里会有风就飞多远吧！

作品简介

第二届茅盾文学奖（1982—1984）获奖作品《沉重的翅膀》，是中国反映“四化建设”、工业改革的第一部长篇小说。该小说着重描绘国家重工业部及其所属曙光汽车制造厂的改革进程和纠葛纷纭的矛盾，表现了党的十一届三中全会后，党的工作重心转移到“四化建设”的轨道上所经历的复杂而艰巨的斗争。小说对改革的紧迫性与艰巨性以及所面临的尖锐复杂的社会矛盾进行了深入描绘，对改革大潮之下的种种人情世态有着全方位透视，笔墨饱满，议论精辟，独具风格。

高贵的爱情不应变得满目疮痍

评《穆斯林的葬礼》

题记：雁归潮来，玉碎月残；
爱情挽歌，圣洁诗篇。

人是万物之灵，是高级生物。

这里的性灵和高级，是指向情感和智慧的。人类有丰富的情感，但不是所有情感都是高贵的；人类也确实很聪明，但并不是所有聪明都叫智慧。

爱情是人类最圣洁的情感，很多时候却被世俗观念吞没了；宽仁是人类必需的品质，很多时候却被功利欲望侵蚀了。爱得荒唐，死得潦草，如此庸常的生命状态，就是在书写人间不值。

爱情的高洁、死亡的价值，有时在现实中难以体验和提炼，那不妨到文学世界来感知吧。比如，读《穆斯林的葬礼》。因为这部小说是“圣洁的诗篇”，在“唱出一曲人生的咏叹”。

如此审美价值，源于作家霍达的才情和努力。她曾这样表达这部小说：“把爱和死写到极致。”

作者写到极致，读者才能领略到爱的极致之美，感受到死的极致之痛。

年轻时读《穆斯林的葬礼》，可能觉得这只是“才子佳人”的故事，只是“纯洁凄美”的古典爱情。年岁渐长，再读此书，就会觉得这书是在写被时代洪流冲走的自我，在写被庸常生活辜负的爱与信仰。这是爱情之书，更是生命之歌。

有人说，《穆斯林的葬礼》是中国当代最有读者缘、最纯净的书。1988 年，这部小说出版；1991 年，获第三届茅盾文学奖；2023 年，出版三十五周年，销量突破五百万册。《穆斯林的葬礼》受到读者喜欢，是靠口碑。在各种平台上，有大量读者对这部小说进行评论，说得最多的是“看哭了”。

泪水是有重量的，泪水也是有深度的。这样的阅读之泪，有少年情怀的清泪，也有岁月沧桑的浊泪。

霍达曾说：“面对文学，我有着宗教般的虔诚。我在写作中净化自己的心灵，并且希望我的读者也能得到这样的享受。”读这本书，信仰的力量带来的感动，总是那么真、那么纯、那么深。

“爱情，是一种信仰。”小说中楚雁潮这样说。

人活一世，总会尝尽悲欢。有一种众生迷茫，是追问我们的爱到哪里去了；有一种共同悲伤，是细数变得满目疮痍的高贵爱情。

荒芜乡村、欲望都市，指向的不应只是经济民生，还有情感文化。再美丽的田园，没有真爱也还是荒凉的；再繁华的都市，缺乏真情仍是冰冷的。当村里的小芳不再是古典爱情的主角，当城里的红男绿女在纸醉金迷中难以自省，当人性情感在利益裹挟和欲望吞噬中悄然消隐弱化，爱情就会渐渐失去高贵的底色。

越是在真爱稀薄的年代，越要重新固化人们对爱情的信仰。

《穆斯林的葬礼》就是一个文化入口，可以打开一条通往高贵爱情之路，让人们在诱惑满满的年代，懂得选择在共同的价值理想轨道上，从相知走向真爱。

写于20世纪80年代的《穆斯林的葬礼》，在艺术表达创新上，至今仍然释放着独特的魅力。

这部小说不论是叙事视角的切入，还是清澈精练的文本，抑或是深沉绵长的情感，还有匠心独运的意象，都展现出经典文学作品极高的水准。正是因为饱满而又独特的艺术张力，这部作品才会被读者持久喜爱。

在叙事构架上，《穆斯林的葬礼》是有创新和开拓价值的。小说整体由序曲、尾声以及正文十五章构成，通过奇数章与偶数章来形成两条叙事线索，以“玉”和“月”作为意象来对应韩子奇与韩新月父女两代人的故事，两条时空线索在平行推进过程中形成交叉点。同时，作者通过倒叙和插叙，不断切换时间场景。如此结构，既新颖又紧凑，也便于设置悬念。

后来很多小说包括一些“茅奖作品”，比如《繁花》《回响》等，也是沿袭这种奇偶章节的双线交错叙事结构。

新月难满，美玉残缺。这部小说以“月”和“玉”为意象，与小说人物的性格命运形成贴切的对应，可谓是极具匠心。

韩新月清新脱俗、纯真善良、热情向上，但困于家庭伦理，遭受命运摆布，陷入情感与疾病的痛苦折磨，带着遗憾早早离开了人世；梁冰玉冰清玉洁、超凡脱俗、独立自由，但受制于宗教约束，被迫弃子飘零，多年流落异乡。

“月”代表阴晴不定、变化莫测，“玉”代表圣洁纯粹、冰冷孤独。梁冰玉和韩新月是母女，“玉中有月，月中有玉”，这种实物意象带来的表现力和感染力，将小说的艺术水准提升到一个高度。

霍达曾说：“伊斯兰文化和华夏文化的撞击和融合，这种撞击和融合都是痛苦的，但又是不可避免的。”这正是主人公韩子奇的痛苦人生根源。

韩子奇跟着老人吐罗耶定走上朝圣之路，后被做玉器的梁亦清收养。他既恪守着伊斯兰文化，也汲取了汉文化，后来结识了英国商人沙蒙·亨特先生，接触到更为开放的西方现代文明。作为梁亦清唯一的徒弟，为复兴“奇珍斋”，韩子奇与师妹梁君璧结为夫妻，既有报恩考虑，也有感情因素。

这样的婚姻，既要遵循伊斯兰教规，又要恪守传统伦理道德，还要面对时代动荡的冲击，这一切，都为后来的命运悲剧埋下了伏笔。

爱情是需要被激发和唤醒的。抗日战争爆发后，为保护玉器不被掠夺，韩子奇到英国避难，同行的有梁君璧的妹妹梁冰玉。后来，伦敦陷入战火，异国生活充满绝望。在血与火的日子里，梁冰玉炽热的爱，终于让韩子奇内心沉寂的爱苏醒了。梁冰玉独立、开放、知性，爱情让他们生命绽放出灿烂光芒。

十年之后，亲情和责任将他们的生活拉回到从前。当韩子奇和梁冰玉携带女儿韩新月回到朝思暮想的家，梁君璧的反击和报复开始了。

一边是责任，一边是爱情；一边是家族，一边是信仰。韩子奇的懦弱和沉默伤透了梁冰玉，让她弃夫失女，孤独而去。这个走向觉醒的女性发出这样的控诉：“我是一个人，独立的人……不是你们可以任意摆布的棋子！女人也有尊严，女人也有人格。”

而长大后的韩新月，长期活在“母亲”梁君璧的蛮横霸道阴影中。高贵的爱情，有时就是对苦难生命的救赎。韩新月到北大上学后，刚从家族压抑的环境中走出来，却又陷入了另一个困境，她被查出患有严重的心脏病。在生命危难关头，楚雁潮的爱与呵护成为支撑她活下去的最后力量。

但这份回族少女与汉族少年间的高贵爱情，还是遭到梁君璧这个宗教极端主义信奉者的阻拦。尽管韩新月和楚雁潮彼此情深，相依为命，但爱情还是在梁君璧的打击和束缚下变得支离破碎。失去爱的支撑，韩新月很快便离世了，留给人间一场悲伤的“穆斯林的葬礼”。

梁君璧的蛮横、独断、自私、任性制造出太多悲剧：她的精神虐待让韩子奇活在抑郁之中，她的设计挑拨让儿子韩天星失去真爱，她的嫉恨与冷漠让韩新月病发离世，她的蛮横与暴力将妹妹梁冰玉驱逐远走。

可怜之人必有可恨之处，可恨之人也有可怜之因。梁君璧背负着生活之苦，经历过离亲之痛，丈夫韩子奇在临死前说出自己不是穆斯林而是汉人，让她又遭受信仰破灭。如此复杂悲剧人物的产生，既要从历史背景进行追根溯源，又要从宗教文化进行分析梳理，还要以现代文明视角进行审视判断。

没有人可以活在真空中，政治、商业、战争、文化等因素都是随时改变人生的变量，也是冲击守护美好的情感品性的要素。

在《穆斯林的葬礼》中，梁君璧是宗教极端主义的工具人，韩子奇因对玉的痴迷而失去自我，楚雁潮因父亲遭遇不明原因的逮捕而失踪陷入历史问题不清的人生困苦，谢秋思因父亲是上海大资本家而遭遇身份歧视，郑晓京过度热衷政治生活却因父母问题遭受反噬……人活一生，总会遇到各种不可抗拒的外力，这时候就需要像梁冰玉对女儿韩新月期望的那样，“有一颗坚强的心，在布满迷雾的人生中能牢牢地把握自己的命运，闯过一道道的难关”。

《穆斯林的葬礼》包含着深层的隐喻。神圣、纯洁、庄严的葬礼，不只是生命的葬礼，也是家族的葬礼，还是爱情的葬礼。

小说多次描写穆斯林人物的葬礼细节，特别是梁亦清和韩新月这祖孙两代人着笔最多。不仅写葬礼，还写到婚礼。比如，对韩子奇和韩天星父子各自的婚礼就进行了细节呈现。这两段婚姻是在责任捆绑下举行的，是在族权干预下进行的，这样无爱支撑的婚礼，无异于一场葬礼。

韩子奇和梁冰玉生死相恋从未有过婚礼，韩新月和楚雁潮为真爱活着也没有仪式。可以说，“葬礼”和“婚礼”的价值反差，让《穆斯林的葬礼》传递出深刻的思想内涵。

《穆斯林的葬礼》是信仰者的虔诚，也是教条者的殉葬。现代人普遍过着没有宗教的人生，不同的文化观念和价值选择也同样面临着融合和碰撞的痛苦。唯有文化开放，唯有价值包容，人类才能守护高贵的情感，让生命免于走向庸常贫乏。正如霍达所说：“我认为应该把宗教当成一种文化，宗教信仰应该是奉献，是发自内心的，而不只拘泥于形式。”

哪怕尝尽悲欢，也不能永失我爱。谈及《穆斯林的葬礼》里的那些悲剧人生，霍达也这样感叹：“我觉得人生在世应该做那样的人，即使一生中全是悲剧，悲剧，也是幸运的。因为他毕竟完成了并非人人都能经历的对自己心灵的冶炼过程，他毕竟经历了并非人人都能经历的高洁、纯净的意境。人应该是这样的大写的人。”

雁归潮来，玉碎月残。大雁失偶的悲鸣最是凄惨，潮来潮往淹没过多少无情岁月，宁为玉碎不为瓦全是不忍直视的命运残酷，残月清冷地掩映着太多的人生寒凉。

别再让原本高贵的爱情变得满目疮痍，别再让已经相爱的人们走向劳燕分飞。

作品简介

第三届茅盾文学奖(1985—1988)获奖作品《穆斯林的葬礼》，为当代作家霍达所著。它是一部以回族手工匠人梁亦清的玉器作坊奇珍斋的升沉起伏为主线，跨越60年的长篇小说。小说通过梁家三代人的命运变迁，展现了穆斯林文化在中国社会变迁中的独特风貌和深厚底蕴。小说中，两个发生在不同时代、有着不同内容却又交错扭结的爱情悲剧贯穿始终，让读者在感受家族兴衰的同时，也深刻体会到爱情、信仰、家族、生命等主题的复杂与深刻。

好好活着，就是要找到自己的人生节奏，
你可以转身回看，但绝不能后退。

第四章 春水方生

风吹过繁花，那么醉那么凉那么醒

评《繁花》

题记：繁华一时，平淡一生；
繁花之下，废墟之上。

“曲终人散皆是梦，繁华落尽一场空”，这是网上流传的句子，是现代人根据古典意象拼接出来的仿古诗，用以表达对人生无常、繁华易逝的感叹。

每一种人生都不同，有各自的精彩，也有各自的悲伤。但活着的意义，从来又不只是为了活着而活着。哪怕世道再难，普遍的人生仍是逐光而行。正如鲁迅先生所说：“绝望之为虚妄，正与希望相同。”

悲欢交替，命运轮回。小说《繁花》作者金宇澄说：“繁华繁花，物极必衰，人生就是这样。”只是，有时要看透人生，就像要读懂一本深厚的书，常会遇到一些迷茫与阻力。

《繁花》就是一本深刻而厚重的好书，如果没有静气，如果难以静心，面对晦涩含混的方言、两线交叉的结构、上海话本的叙事、琐屑繁杂的铺陈，就很可能不知道风往哪一个方向吹，不知道怎样打开这本书的思想大门。

不过，这部小说一旦读通了，不论是顺着读，还是跳着读，甚至是倒着读，都会深深地陷进去，而且后劲特别大。

文学批评家李敬泽曾说：“得到《红楼梦》真正精髓的其实不是很多，金宇澄做到了。”《繁花》这本书，不仅有《红楼梦》的博大，有《金瓶梅》的深厚，还有《海上花列传》的气韵。

总之，读《繁花》，会深深感受到，时代与命运，社会与生活，就像是风吹过繁乱的花丛，散发出奇异的味道。

这味道，让人那么醉，让人那么凉，又让人那么醒。

这部小说有两条时间线，一条线背景主要铺展于20世纪60年代，另一条线则重点聚焦于20世纪90年代，两条线通过单双章节穿插交替，随着时间推移最终合拢归并，把历史的动荡和人生的变迁连接在一起，在上海这座城市演绎出一首首命运之歌。

最有深度是故事，最能动人在细节。《繁花》的叙事，主要围绕阿宝、沪生、小毛等人展开，讲述一座城市的众生相，讲述各种人物的命运在繁盛和凋零之间轮回流转。其中，太多的场景片段和故事细节，震撼人心。

黎老师，一个被侮辱和被损害的人。

“十年动荡”之后，阿宝父亲恢复身份，他让阿宝去探望黎老师。黎老师的丈夫是个读书人，在动荡中遭受迫害，悲苦离世。当黎老师知道丈夫的战友还活着，感到格外意难平。

于是，黎老师又深情地怀念起曾经的浪漫岁月。

当年，黎老师一心嫁给了那个读书人，她奏竹笛，读书人吹洞箫，守护静好岁月。结婚时的帐子、门帘、椅靠，用的都是苏绣。他们曾走在夜上海的马路上，唱唱跳跳想象着光明世界的到来。他们曾一起听《莉莉玛莲》德文唱片，喝一些洋酒，在花园里转圈子，在地毯上打滚……

然而，丈夫被抓走了，黎老师从此活在思念中。帐子落满灰尘，门帘破洞无数，她皆不换，要一直用，用到死为止。

唯有明月可寄相思，于是，黎老师就看月亮，看到失明，看到眼里只有黑色。

生活已成废墟，回忆仍是优雅。面对阿宝的安慰，黎老师一句“桃花赋在，凤箫谁续”，感叹做人多少尴尬。长相思，生死别离，余生再无琴瑟和鸣。

那一刻，沪上的风吹过岁月繁花，有醉人的气息，过后又是那么凉，那么痛。那是不堪回首的历史年代带来的隐痛。

姝华，一个被剥夺诗意和梦想的人。

她是沪生邻居家的女孩，喜欢读书，热爱摘抄，特别爱读西方诗歌。沪生到姝华家做客，姝华总是念诗给他听。有一回，姝华读穆旦这首诗：

静静地，我们拥抱在
用言语所能照明的世界里，
而那未形成的黑暗是可怕的，
那可能和不可能的使我们沉迷。
那窒息着我们的
是甜蜜的未生即死的言语，
它底幽灵笼罩，使我们游离
游进混乱的爱底自由和美丽。

这诗，有对压抑的不满，有对自由的渴望，是叛逆，是挑战，是向往。

在“十年动荡”中，这样的诗无疑极具震撼力。

诗带来了精神的启蒙，也成为相爱的催化剂。沪生和姝华，相爱了。

然而，命运安排，姝华只能到吉林插队。后来，在寄给沪生的最后一封信中，姝华这样说："人和人，无法相通，人间的佳恶情态，已经不值一笑，人生是一次荒凉的旅行。我就写到这里，此信不必回了。"

这个明朗活泼的诗意少女，只能嫁给当地的农民，生了几个孩子。

少女情怀总是诗，浪漫之后是悲怆。只是，诗没了，人在远方，疯了。

姝华，就像是《红楼梦》里"林妹妹"那样的人物。繁花落尽，人生一片苍凉。这是无情岁月有情人的悲凉。

李李，一个"本不爱风尘，反被风尘误"的人。

年轻时，李李误入风月场，万番抗争仍惨遭虐待，身上留下的印记纵然可以抹淡，但心理阴影却一直浓得化不开。

李李和阿宝，都经历过太多人间情感纠葛。当阿宝觉得李李已成灵魂伴侣时，李李却看破红尘，决然出家。

庵堂剃度，剪断青丝。李李与阿宝作别。李李转身踱远，阿宝凝视不动。人在下风，若嗅微芳，身影渐远，微缩为一只鸟，似张开翅膀飘向远方。

那一刻，沪上的风，带着梅雨季节的闷热，在阿宝心中却是那么凉。浮躁现实，人心离乱，总有一种凉意植入人心。

描摹世态，见其炎凉。《繁花》里的大量人物，身上刻下的岁月印记，都成为命运的推手。

阿宝的地下党员父亲曾被剥夺身份处境艰难，小毛身患重病至死都不知与银凤分手的内幕，小琴机关算尽骗婚成功却乐极生悲，梅瑞曾经风光体面最后还是负债累累，汪小姐浪荡人生游戏情场却怀上不确定生父是谁的畸形怪胎……岁月更迭洗涤旧迹，都市繁华湮灭废墟，灯红酒绿麻醉心灵，这些故事正如书中所说："讲得有荤有素，其实是悲的。”

物是人非，人性嬗变。人生几度秋凉，命运太多无奈。对这一切的求解，金宇澄清晰写在《繁花》的扉页上——“上帝不响，像一切全由我定……”

“不响”这两字，在全书出现了一千五百次。“不响”，是一种沪语思维，是一种处世态度，是人生智慧，折射的是无力抗争，是温和接受，是不我执，是不极端，是孤独承受，是心灵自渡，是看破看不破都不说破，是求真求稳求淡求拙。

在小说结尾，作者写到梅艳芳唱“重谈笑语人重悲，无尽岁月风里吹”，黄安唱“不应该的年代，可是谁又能摆脱人世间的悲哀”。

繁华繁花落尽，书中众生不响。但文化的价值与思想，却在无数读者人心之中激荡。

生活美学，人文理想；社会人性，批判反思……金宇澄讲述的这一切沪上人生往事，正如吹动繁花的风，使风月、风情、风雨、风云、风格、风骨，濡染着人心。

这沪上的风吹过繁花，就是那么醉那么凉那么醒。

作品简介

第九届茅盾文学奖（2011—2014）获奖作品《繁花》，是金宇澄创作的长篇小说，2012年发表在《收获》杂志上。故事以10岁的阿宝开始，以中年的小毛去世结束，起于20世纪60年代，终于20世纪90年代。重点描写了两个时间段，一是20世纪60—70年代，一是20世纪80—90年代，这两个历史时期上海人的生存状况。此外，金宇澄还将笔调触及太平天国时期，甚至远古的传说时代，展现的并非上海这座城市的历史记忆，但又与上海的文化背景息息相关。体裁上，《繁花》充分借鉴和吸收了话本小说的优势，呈现出一种新的韵致。

生命册上，你将如何存在？

评《生命册》

题记：故土难离，精神漂泊；时代孤儿，挣扎人生。

人这一辈子，从出生的那一刻起，就从某个原点，沿着地理和精神的两条线，走向高远处。不论是到世界去，还是构建精神家园，对很多人来说，走得再远，想得再深，还是绕不出一个村庄。

于是，也就有了“回不去的故乡，融不进的城市”。当故乡装不下肉身，当他乡容不下灵魂，人的生存状态，就一定会漂泊无依、颠沛流离、无所适从。

“我是一粒种子。我把自己移栽进了城市。”这是李佩甫小说《生命册》开篇的第一句话。原本生长于乡土的种子，栽进了钢筋混凝土的都市丛林，往往很难生根发芽，更难长成参天大树。

因为“人与环境”的联系和“植物与土壤”之间的关系，有着极大的相似性。当一个人难以挣脱乡土的羁绊，来到城市之后，也就很难拥有让生命自由呼吸的空间，让心灵得到雨露滋养，让生命变得生机勃勃。

离乡者对待故乡，既有守望情结，又有反叛精神；既有依恋不舍，又有抱怨憎恨。《生命册》就把目光更多聚焦于这样的乡村逃离者身上，来观照这种“背负着土地行走”的人生。

作为《平原三部曲》收官之作，《生命册》是继《羊的门》《城的灯》之后，李佩甫写出的一部优秀世相小说。在“乡村—城市”之间，李佩甫随时调动场景转换，来展现农村“熟人社会”和城市“陌生人社会”的人间百态，来展示城市化进程给离乡漂泊者带来的心理压力和精神折磨。

这部小说的叙事结构，被称为“分叉式树状结构”。“我”作为叙事主角，是树干。通过“我”的记忆，延展出一个个故事。作为枝丫，故事中的细节则如同枝条叶片。由此，枝干分明，彼此连通，繁茂生动。

这种大故事套小故事的手法，以及以第一人称作为视角，让这部小说诸多情节既独立又连贯，让作者拥有表达观点和情绪的更大空间。由此，这部小说显得既宏大又细密，既厚重又灵动。

小说中的主人公“我”，大名叫吴志鹏，是个孤儿，从小由老姑父抱着，一家一家寻奶喝。村口、场院等乡村坐标，都是各家女人给“我”喂奶的场所。“我”吃着百家饭长大，被视为一只饥饿年代“吃遍全村的蝗虫”，在村里“劣迹斑斑”。因此，“我”被村里人推荐上大学，以此来甩掉累赘。

“我”读了研究生，满怀着扎根城市的梦想，想把自己的生命移栽进城市的新土壤，从而拥有体面的人生。

然而，村里各种要办的事儿，都通过老姑父的“指示性字条”，像雪片一样飞来。每一次，还以幼童时期的“给口奶吃”和老姑父手写的“见字如面”，来作为“记忆引线”，进行道德捆绑。

一边是苦涩的乡村记忆，一边是沉重的责任与回报，离乡者的人生路，又苦又长，时常迷茫，找不到定位和归属。

小说中这样描述：“有时候，我又觉得我是一个楔子，强行嵌进城市里的一只柳木楔子。虽然我满身是芽儿，可我不知道自己能不能在水泥地上扎下根来，长成一棵树。因为，家乡父老还等着植下的阴凉呢。”

“背着土地行走”，就是如此沉重，如此无奈。

《生命册》中故事发生年代，从20世纪50年代开始，几乎跨越了半个世纪。可以说，李佩甫就是在呈现一部跨越历史时空的“年代剧”，就是在展示一幅小人物在乡村和城市之间挣扎的“浮世绘”。

因为历史禁锢，因为人性残忍，因为精神迷失，很多人都活在社会夹缝里，成为时代孤儿。

虫嫂，应如鲁迅笔下祥林嫂一样，成为被人们普遍记忆的底层女性文学形象。虫嫂个子矮小，只能嫁给失去劳动能力的残疾人士老拐。这个女人虽然很机灵，也很勤劳，但在那个特殊年代，光靠她一人挣工分，很难把三个孩子养大。“一屋嘴，怎么办，也只有偷了。”因为偷盗，虫嫂被各种手握权力的男人玩弄。后来，为了家人吃食，她甚至主动跟男人“鬼混”。

后来虫嫂被游街批斗，差点被村里女人们折磨死。不仅村民侮辱她，连丈夫老拐也嫌弃她，甚至孩子都不喊她“妈”。但哪怕刚遭受过羞辱和殴打，她仍然选择去偷，把好吃的给家人，自己只吃又硬又苦的。当孩子被人欺负，她如同母狼，为护犊发出惊人的怒吼。

后来，虫嫂只能卖血给丈夫看病，卖血来贴补孩子上学。终于熬到改革开放年代，随着最小的女儿到县城上中学，虫嫂离开了令她受辱蒙羞的村庄，到县城收废品。为了不给子女丢人，她送钱送粮，只能定时定点进行“地下交接”。长子工作后，依然不认她这个母亲，从没让她进过家门。她把三个子女都送上大学，都有了工作，自己也老了、病了。原本指望能得到三个儿女轮流照顾，然而，三九寒冬还是被晾在门外。这个孤独的离乡女人，只能回到来时的村庄。

虫嫂的复活与救赎、勤劳和善良，释放出母性的勇敢与伟大，也赢得乡邻的尊重。

虫嫂黯然死后，村民们给她办了隆重的丧事。听闻虫嫂有存款，儿女们急忙赶来，被村民阻挡在村外，这是乡村合乎伦理和尊严的朴素态度。

在《生命册》中，每一次离乡和归来，都是一种情感碰撞和价值取舍。

比如，下放到村里改造的杜秋月，与寡妇刘玉翠组成家庭，过着卑微的人生。后来，杜秋月平反，用欺骗手段和刘玉翠离了婚，到城市开始新生活。刘玉翠如影随形，百般纠缠，让杜秋月丢了工作。

在长期追踪杜秋月的过程中，刘玉翠看清了城市面目，听懂了城市隐秘心跳，扎根下来当了老板，和杜秋月完成了强弱身份的轮换。

离乡者的荒诞人生，映照出小人物的人生步伐只有和时代列车同频共振，才可能行稳致远。反之，如果灵魂跟不上脚步，就很容易掉进现实的黑洞之中。

比如，豪爽侠义的"骆驼"因为人生太"抢"走上歧路，跳楼自杀；聪明能干的梁五方遭遇不公，成为"上访专业户"后，渐渐异化为靠敲诈勒索为生的流氓；"爱惜羽毛"的高官范家福和主持人夏小羽，最终还是被卷进权钱交易的漩涡；在城市做了风尘女子有了原始资本积累的蔡苇香，返乡开了公司带领村民致富，为洗净心灵污垢，连姓名都改为"蔡思凡"……

这些人物的命运起伏，都暗合《生命册》扉页上泰戈尔的诗句："旅客在每一个生人门口敲叩，才能敲到自己的家门；人要在外边到处漂流，最后才能走到最深的内殿。"

"生命册"，是圣经神学语词，指记载世人之名及其应得祸福的册子。《圣经》认为，人的善恶行为皆为上帝所记录，将来必得报应。其中，有一个关于灵魂审判的规则是"若有人名字没记在生命册上，他就被扔到火湖里。”

显然，李佩甫的《生命册》就是在记录生命的本质和价值。有的值得致敬，有的则应被扔入火海。每个人的生命既是宽阔和深广的，也是复杂与危险的，关键是自己如何才能发掘出其中“埋藏的光耀”和“真正的洁白”。

对此，小说在最后，也借“我”之口，如此真诚而坚定地表达心志：“我真心期望着，我能为我的家乡，我的亲人们，找到一种……‘让筷子竖起来’的方法。如果我此生找不到，就让儿子或是孙子去找。”

这是忧思，也是期待；这是批判，也是重建。

要让离乡者迎来真正具有价值的精神返乡，唯有树立信仰，找到更为适宜的生活方式。

生命册上，你将如何存在?

作品简介

第九届茅盾文学奖（2011—2014）获奖作品《生命册》，是作家李佩甫2012年出版的一部长篇小说。《生命册》是其继《羊的门》《城的灯》之后，《平原三部曲》的收官之作。这是一部自省书，也是一个人五十年的心灵史。这部作品追溯了城市和乡村时代变迁的轨迹，书写出当代中国大地上那些破败的人生和残存的信念。在时代与土地的变迁中，人的精神产生了裂变，走向了自己的反面。在这些无奈和悲凉中，在各种异化的人生轨迹中，又蕴藏着一个个生命的真谛。

题记：边缘人生，民间英雄；苦难叙事，价值正名。

边缘人生，置身于阳光与苦难之间

评《天行者》

有的人，一出生就是边缘地带的种子，默默承受着岁月风雨的侵袭，尽管一直努力地昂扬向上，但生命似乎从来没有风华正茂。

他们，常被称为“边缘人”。边缘人，在人类社会发展的各个阶段，都以不同身份存在着。

边缘，是相对于主流而言。边缘人群在权利上往往是缺损的，在经济上多是贫弱的，在文化上常常是较为落后的。

这决定着边缘人群和主流社会之间存在着巨大的隔阂和疏离。他们经常处在挣扎状态。

人类要通往文明，就必须不断消减边缘人群与主流社会之间的矛盾和不公，消解不同主体之间的隔膜或对立。给予不同人群权利平等、民生保障和文化自由，是人类社会的共同责任。文学，自然要承担起这样的责任。

中国现当代文学中有大量反映边缘人群的优秀作品。鲁迅的《故乡》《阿Q正传》《孔乙己》和老舍的《茶馆》《骆驼祥子》等，就展示了太多边缘人苦难且失语的人生。时至今日，闰土、阿Q、孔乙己、祥子等人的名字，仍被很多人用作人生自况的身份标签。

在获得茅盾文学奖的作品中，也不乏书写边缘人的优秀作品。毕飞宇《推拿》中的盲人群像和刘醒龙《天行者》中的民办教师，就是典型的边缘人。

边缘人的迷茫与坚守、挣扎与反抗、苦难与救赎，应该被及时听见和看见。

文学，也应有介入社会的勇气和担当，以批评与反思来设置议程，推动社会走向真善美。正如刘醒龙所说："在好的小说中，所描写的某种行业，只是背景与载体，目的是让思想的舟驶向远方。"

界岭，是《天行者》的故事发生地。顾名思义，界岭就是边界地带、崇山峻岭的意思。书中这样描述："界岭是这一带山区中最远、最深、最高的那一片，站在家门口抬头往那个方向看上一眼都觉得累。"

从地理环境层面讲，界岭是一个荒芜偏僻的所在。但更荒凉的是世道人心。小说中，有位老师对学生这样告诫："死在城市的下水道里，也胜过活在界岭的清泉边。"

留守或逃离，是活在边缘地带那些人的痛与醒。而界岭小学的几位民办教师，置身于阳光与苦难之间，选择逐光而行、向阳而生。

如今看来，民办教师是一个消失已久的职业身份。但作为边缘群体，它曾是这片广袤土地上的重要存在。

改革开放之初，中国教师队伍中仍有三分之一的民办教师，他们曾为乡村教育撑起一片湛蓝澄澈的天空，让无数农村孩子摆脱阶层固化，实现代际流动。

"民办"这个前缀，就是在标注与"公办"的区别。民办教师，看似体制内，其实是体制外。这个群体并不列入国家教员编制，只是作为师资不足的补充。

身份差别体现在权利和待遇上。民办教师没有编制，不但失去很多体制内职称职务晋升的机会，而且工资只能由乡镇集体经济组织或农民承担，往往都少得可怜，甚至难以为继。

但在特定历史阶段，民办教师既是卑微的，又是伟大的。面对苦涩艰难的生活，他们还是坚守初心，为下一代扛起沉重的闸门，以薪火相传的方式，送孩子到光明的地带去。

正如《天行者》中的省报王主任所说："在荒芜的乡村，如果没有一大批民办教师勉力支撑二十年，乡村之荒漠将更加不堪设想！"王主任原本欲将民办教师报道为当代民族英雄，但又害怕犯忌讳才改为民间英雄，从中不难看出他对民办教师的高度认同和节制表达。

在《天行者》的题记中，刘醒龙这样写道："献给二十世纪后半叶中国大地上默默苦行的民间英雄。"

大地微凉，英雄悲歌。边缘主流，谁主沉浮?

面对三次转正机会，界岭小学的民办教师，展示出的边缘人的人格力量令人动容。

第一次转正机会，是因为张英才发表的文章《大山·小学·国旗》获奖，为全县教育事业增光添彩，上面破例给了一个转正名额。这个名额推来推去，大家都推给了余校长。不过，余校长又将机会推给了瘫痪在床的妻子明爱芬。

于是，一场非常隆重的"签字仪式"开始了。"明爱芬用肥皂细心地洗净了手，擦干朝余校长要过一支笔，颤颤巍巍地填上：明爱芬，女，已婚，汉族……突然间，那支笔不动了……"明爱芬未能完成转正签字，生命就走到尽头。这一生，她没能得到梦寐以求的公办教师身份。

第二次转正机会来临时，余校长恰好不在学校。刚来的年轻人蓝飞以权谋私，私自填写了自己的名字。

得知真相后，邓有米、孙四海等老民办教师怒火中烧，而同样是受害者的余校长则说：“蓝老师的事虽木已成舟，想要翻出那些脏东西，譬如造假证明，以权谋私等，抹黑他，也不是什么难事，甚至完全可以翻盘。可翻盘之后怎么办？蓝老师连恋爱都没谈过，就要背上这些脏东西，岂不是生不如死吗？”

向前看，莫回头。容忍比自由更重要，悲悯比苛责更有力。

退让和原谅，最终也释放出巨大的救赎力量。心怀愧疚和感恩的蓝飞逃离界岭，进入县级机关工作后，通过不断努力，来回报界岭小学。

第三次转正机会是一次政策普惠。界岭小学的民办教师终于看到红头文件上明确写着“将全中国的民办教师全部转为公办教师”。

但条件是交一笔昂贵的转正工龄费。对民办教师来说，有时活着已经用尽全部力气。他们就算拿出人生积攒的所有积蓄，也不够交纳这笔费用。这样的转正普惠，惊喜感极大，伤害性更强。

为此，邓有米不惜铤而走险，收取建校的两万元工程回扣，来解决大家转正资金难题，不料施工方交付的是豆腐渣工程，在“村阀”举报之下，邓有米被开除公职，孙四海因无钱转正，只好轻轻放下教鞭，离开界岭小学。

迟来的公平正义，难以落实的善意制度，让民办教师在挤进主流社会的路途上，步履沉重，滞重难行，代价巨大。边缘人群遭受的苦难，既源于制度，也与权力掠夺有关。

《天行者》的村长余实，高度集权，既蠢又坏，像个土皇帝，物质上贪婪，精神上愚昧，人格上猥琐。界岭小学校舍破烂，民办教师工资被拖欠，都与这种权力野蛮和腐败有关。

对这样的“村阀”，刘醒龙如此愤怒地表达不满：“在乡村，熟用无赖与野蛮，可以轻而易举地取得眼前利益。”

哪怕是在极端糟糕的境遇下，也总有一种大爱无私凛然长存。

每天早上，界岭小学都在笛子吹奏的国歌声中升起国旗；每天放学，也要举行严肃的降旗仪式。邓有米说："界岭小学就这么一点凝聚力，若不是天天升旗，外人还以为这里是座破庙。"

仪式感满满，这样的场景在《天行者》中有很多。明爱芬死后降半旗、余校长在省城某实验小学进行"自我师资培优"的讲课、孙四海竞选界岭村村长时的监督流程……

作者设置这些仪式，就是表明边缘人群在努力融入主流话语，在试图步入主流社会，在把工作生活纳入"公办"体制模式下。

这样的仪式，充满了悲壮感。很多时候，也被理解为中了"界岭小学的毒"。

界岭偏远，小学破旧，但教师的崇高与奉献、村民的淳朴和善良，都在释放绵绵不绝的力量。这种"毒"，犹如民办教师们经常吹奏的《我们的生活充满阳光》，浸染人心，给人力量，让人们面对现实的残酷，也不丧失对美好的期盼，让所有在此停留过的人，都永远为之魂牵梦萦，奋斗不息。

尽管刘醒龙在《天行者》中的情感表达有些不够节制，过于直白热烈，没有做到静水流深和收放自如，但是，面对那些生活在苦难之中的逐光者，或许也不必过度掩抑自己的感动，面对那些欺辱和掠夺社会底层的恶权，也不妨直接勇敢地表达愤怒。

不由又想起了阿尔贝·加缪在《置身于苦难与阳光之间》中说的话：

> 爱是没有界限的。
> 如果我能拥抱一切，
> 那么爱得笨拙一点又有什么关系呢？

作品简介

第八届茅盾文学奖（2007—2010）获奖作品《天行者》，是当代作家刘醒龙创作的长篇小说，讲述了一群在贫苦生活中无私为乡村教育事业做出贡献的民办教师为求转正而发生的辛酸故事，也反映出被人们遗忘已久的乡村民办教师曾有过的艰难历程。小说反映了 20 世纪 60 年代末至 80 年代末存在于中国二十年之久的民办教师现象及他们的生存状态，运用双线结构、写实、象征、对比等多种手法刻画人物，塑造了一群栩栩如生的民办教师形象。

何以为家，一只孤雁失群以后

评《无字》

题记：爱情悲歌，婚姻咒语；
灵魂流浪，自我实现。

人的一生，有很多事是说不出的，有时是因为微不足道，有时是因为太过沉重，只能积压于心中。不适合口语表达的，文字会成为一种选择，来完成诉说所需要的理性、冷静和深刻。不过，即便是文字，也会遭遇误读或曲解。

于是，人世间，不只有无言人生，还有无字作家。张洁就是这样的作家。2005 年，张洁再次获得第六届茅盾文学奖，作品就叫《无字》。七十岁时，张洁不再写作，改为挑战油画。油画之上，也无题字。

评论家李敬泽对此视为《无字》之后的“无字”：“张洁老来作画，不作中国画，作油画。当然是这样，很难想象一个提着毛笔画几根竹子涂几笔山水的张洁，画油画的张洁才是张洁，她是不交响的交响乐而绝不是丝竹；而且国画难免要写字，要题跋，张洁垂老，惟求无字，油画至少让她不用跟这个世界再费口舌解释或者争辩。”

这世界上有太多事，确实不值得解释和争辩。

比如，迄今面世的五十三部“茅奖作品”，唯有张洁独享两部，这自然更容易催发人们去掂量张洁的作品价值。作家是靠作品说话的，但有时候离开作家的人生看待作品，视角和思维也容易走偏。“文如其人”，这并非顾名思义的简单词汇，有时，将作家的非凡人生与作品中的人物故事进行比照，就会交相辉映，衍生更大价值。

《无字》被看作是张洁的自传体小说，因为这部小说中很多故事就是张洁的人生写照。张洁也说：“作家的每部作品，都可以看作是他们灵魂的自传。”“小说除了名字是假的，其他的都是真的。”艺术真实是高于生活真实，《无字》堪称张洁的灵魂袒露。

这位两获“茅奖”的作家那独特而复杂的内心世界，何尝不是一部深刻厚重的大书呢?

张洁曾是个以血为墨的作家，对文学有过诸如“写作是我生命的存在方式”“从来没有爱过一件事像热爱写作这样”的深情表白。然而，2014 年，张洁在中国现代文学馆举办的个人画展后记中，如此表达对文学的决绝告别：“我心目中崇拜的那些大师，人家那才叫文学。我算什么，包括有些跟我一样扮演文学的人，您又算什么！好在文学已近消亡，我也不必勉为其难地扮演文学。您也不必了，对吧？”

这是“带刺”的张洁，也是深情的张洁。张洁的人生和写作，总是以这样的“反差”，体现“情到深处情转薄，无情正是多情处”。

写作改革小说《沉重的翅膀》时的张洁，是狂热的，是激情的，是冲动的。特别是对政治充满狂热，全身心地投入。她这样说：“我小时候就想当一个坚贞不屈的革命者，你懂吧。怎么说呢，牺牲，献身。就喜欢这个，不管对爱情还是对一个合理的社会，献身。我觉得‘献身’这两个字特别棒。”

写作个人心灵史《无字》时的张洁，是悲情的，是隐痛的，是自责的，是忏悔的，甚至是卑微的；弃笔从画的张洁，则是特立独行的，像是一位仗剑走天涯的孤独侠士。不论如何，张洁每一次的文化亮相，也都是在踏浪而来，跟随时代潮涌的潮流。

早期小说《爱，是不能忘记的》，张洁是想为爱建造一座神庙，对爱发出最为神圣的宣言，却被某些批评家视为离经叛道，背离伦理；改革文学《沉重的翅膀》收获了读者强烈反响，也引来了巨大的政治压力；透视女性命运的《无字》被视为文学对女权精神的早期引领，也因裸露的情欲和尖锐的控诉遭遇不堪的谩骂。

从某种意义上讲，《无字》是张洁把自己内心掏空了，把灵魂扒光了，发出祭奠过去、祈求未来的呼喊。

对张洁的文学阐释，一直是远远不够的。这或许是因为她长期生活在国外，与国内文坛保持着疏离的关系。

其实，张洁获过的文学奖有很多：1989 年，她在意大利接受了马拉帕蒂国际文学奖；1986 年，她和巴金成为诺贝尔文学奖的候选人；1992 年，张洁当选美国文学艺术院荣誉院士，中国作家获此荣誉的只有她和巴金。对这些荣誉，张洁几乎绝口不提。

大音希声，大象无形，张洁的书里书外，有太多重新发现的价值。《无字》就是张洁锥心的泣血叩问，值得用灵魂去倾听。

很多人从传统文化的角度拆解张洁“无字”的语义。在古代，女子许嫁谓之“字”，未嫁即为“未字”，故有“待字闺中”之说；“无”在古汉语中通“毋”，现指“不要”。由此推论，张洁的“无字”，就是在发出“不要嫁人”的呐喊。

从小说故事到张洁人生，这种“不要嫁人”之说，似乎也不无道理。

《无字》讲述了一个家族祖孙三代女性的故事——外祖母墨荷、母亲叶莲子和吴为。吴为无疑承担着叙事主体“我”的角色。而这三代女性在婚恋中均属于被残害的、被掠夺的、被背叛的。直到第四代的禅月，才意识到女性既要精神独立也要经济独立，以摆脱婚姻的“咒语”，才能拥有幸福的婚姻和温暖的家。

对女性悲剧的透析，对女性权利的诉求，对女性尊严的关照，对女性解放的诉求，是张洁通过《无字》发出的沉痛呐喊。张洁的表达是无比激烈的，是声嘶力竭的，既极具引领价值，又具有终极反思意义，正如小说中所写："吴为对待爱情的态度，可以说是二十世纪的绝唱，也是所有古典情结的一曲挽歌。"

也正因如此，张洁的写作经历才让人想到勃朗特姐妹写出《简·爱》和《呼啸山庄》，才让人将她的创作人生与萧红写作《呼兰河传》来类比。不过，张洁的"刺"要更锋利，砸碎女性的枷锁更有力度，也更能产生沉浸式和感染力的心灵体验。

外祖母墨荷是地主家的小姐，嫁到叶家后变成整日劳作的"长工"，既要听候小姑子发号施令，还要服侍奶奶抽大烟，更要忍受丈夫逛窑子，承受着丈夫准确"投篮"造成的"每年生育一个不能成活的孩子"的苦命，最后在三十四岁时死于难产；母亲叶莲子被叶家认为命硬，克死了家中兄弟，嫁给"兵痞"丈夫顾秋水后，又遭遇残酷家暴。顾秋水极其肮脏、残忍、粗鄙、龌龊，甚至当着叶莲子母女的面和保姆发生关系；吴为是一名作家，遇上大她二十多岁的老干部胡秉宸，如同飞蛾扑火般地爱上这个道行很深的老男人，同样遭受各种威胁、侮辱和伤害，成为被玩弄和被戏弄的对象。最终，吴为清醒地明白她选择这种畸形的婚恋，只是源于错位的革命崇拜，没有认识到那位革命者的本质。

不得不说，吴为的感情遭遇与张洁的现实人生有太多相似性。吴为与胡秉宸的故事，有些像是张洁闹得满城风雨，经过漫长诉讼，"上刀山、下火海、波澜壮阔、九死一生"嫁给那位副部长的翻版。小说和现实的结局也是一样的，也都是从"爱，是不能忘记的"变成"爱，是不能指望的"。

《无字》中的男主角几乎都是卑劣的、猥琐的、虚伪的、自私的，他们人格低下，阴险刻毒，好色贪婪，抛弃妻女。张洁通过吴为这个作家视角，从人性、社会、文化、历史、政治等层面，对这些男人的品性人格进行追根溯源，剖析他们为何走向精神扭曲和人性残忍。小说还结合特定年代的军事、政治、党务等内容进行宏大叙事，描绘出玫瑰和枪炮背后那个时代女性肝肠寸断的表情。

在《无字》中，张洁用很多意象来隐喻女性的命运，比如，“篮筐”和“窗子”等等。“篮筐”隐喻旧式妇女是传宗接代的工具，过着随时被摆布的人生；“窗子”象征着女性的心灵世界与外部世界是隔绝的，坐在窗前就是活在孤独和渴望中。张洁写尽了女性追求真爱最终只有失落的悲情，刻画了男权世界的粗鄙冷酷，展示了“爱到无字”的绝望，发出了“不要嫁人”的呼唤。

王蒙曾说：“这是一部豁出去了的书，是一部坦白得不能再坦白、真诚得不能再真诚、大胆得不能再大胆的书，是如同极限运动般的极限写作。”然而，这样的极限写作也招来一些批评家极其肮脏刻薄的谩骂攻击。面对书里书外满世界的风雨，张洁始终以高昂的姿态，展示着精神的洁癖，像一个孤独的侠士，消隐于天地之间。

张洁现在已经离开这个世界了，她像一只大雁飞过文学天空，留下只有少数人才听得见的回响。张洁在《你是我灵魂上的朋友》中写道：“天边，一只孤雁在低飞，奋力地往前伸着长长的脖子，被淋湿的翅膀紧贴着身体的两侧……唉，它为什么还要飞，它这是往哪儿去？在这种天气，这种天气！”

天气变化，孤雁失群；躲避猎手，冒险低飞。

这是痛苦的，也是艰难的，更是勇敢的。这样的孤雁，永远不会偏离方向，永远在以充满危险的低飞，来惊起酣睡的雁群，找到属于自己的同类。

作品简介

第六届茅盾文学奖（1999—2002）获奖作品《无字》，是当代作家张洁创作的长篇小说。小说分为三部，以女作家吴为的人生经历为主线，讲述了她及其家族几代女性的婚姻故事，描摹了社会大动荡、大变革中各色人等的与世浮沉、坎坷人生，展现了中国近百年间的风云际会，对20世纪的中国进行了独特的记录与审视。

题记：世事浮沉，名利争缠；
欲戴皇冠，必承其重。

做主角
注定是一场孤苦的修行

评《主角》

在自己人生舞台上，每个人都是主角，不到谢幕的时候，谁都不知道自己的生命有多么精彩，或是有多么黯淡。人生到底是喜剧，还是悲剧，活着的时候，是难以定论的。所以，生命的过程，也只能是场悬疑剧。

因为，人生剧本不是全由自己来写，导演有时是不受自己控制的他者。到了更大的舞台，很多人只能做配角，甚至是微不足道的小角色。戏剧家莎士比亚在《皆大欢喜》中这样说："全世界是一个大舞台，所有的男男女女不过是一些演员；他们都有下场的时候，也有上场的时候。一个人的一生中扮演着好几个角色。"

场上场下，人里人外。向内求索，向外生长。向内，就是要练好自身本领；向外，就是要到更大的舞台上做主角。

当然，在不同的场域，有人争做主角，也有人退避归隐，人生选择很多时候并不适合做是非判断。不过，舞台越大，虽然可以演绎出更大的精彩，但也注定要经受更难的挑战。正如小说《主角》的作者陈彦这样感慨：“谁让你要当主角呢，主角就是自己把自己架到火上去烤的那个人，你需要有比别人更多的牺牲、奉献与包容，有时甚至需要有宽容一切的生命境界，惟其如此，你的舞台，才可能是可以无限延伸放大的。”

作家陈彦，如今不仅是中国戏剧界的主角，也是小说界的主角。这些年，从剧作家到小说家，陈彦的转身是从容的，也是华丽的。

“文学陕军”的实力众所周知，迄今为止，拿过“茅奖”的陕西籍作家有五位，在数量上仅少于河南。不过，陕西“茅奖作家”的艺术高度，相较于很多地方，又有种高峰区别于高原的意味。特别是陈忠实、路遥、贾平凹这“三驾马车”，在漫长的一段时间内，在中国文学界具有某种“踏山河”的气象，他们都是中国文坛的主角。特别是陈忠实的《白鹿原》，其价值和影响或许会是中国文坛难以超越的“百年孤独”。

2019 年，以《主角》拿下“茅奖”的陈彦，也在证明自己是这样的文学主角。做主角注定是一场孤苦的修行。陈彦的写作生活，也是极为孤独和辛苦的。陈彦曾说，他从二十几岁起就没有休过周末，不是在读书就是在写作，连大年初一也要开工写作。写《主角》那两年，他更是专注到了极致，大年三十也写到傍晚六点，随后才和家人吃饭。陈彦像是个有“社恐症”的人，不把时间花在喝酒应酬上，就连拿到“茅奖”之后也拒绝大量采访，把时间花在伏案读写中。这样的苦行僧式的写作人生，和陈忠实、路遥的经历极为类似。好作家可能辜负亲朋，但不会辜负读者。

《主角》中正大气，犹如三秦大地的宽广厚重。这部小说的时间跨度与改革开放四十多年相吻合，场景布局沿着主人公忆秦娥的事业发展和人生足迹展开，从乡村到城市，从县城到省城，从国内到国外。陈彦将目光聚焦于自己极为熟悉的剧种秦腔，通过对几代秦腔演员人生命运的书写，从舞台到生活，从世道到人心，从传统到现代，展示了从 20 世纪 70 年代末以来中国传统文化发展遭遇的坎坷和机遇，为当代文学呈现出一部极具品格的文化小说。

陈彦表示，写作《主角》是有野心的，“力图把演戏与围绕着演戏而生长出来的世俗生活，以及所牵动的社会神经，来一个混沌的裹挟与牵引”。小说要有强大的牵引力，离不开具有强烈代入感的叙事能力，离不开极具匠心的结构艺术。

这些方面，陈彦表现出了罕见的艺术功力，在主题、情感、叙事、结构等方面形成了完美的艺术闭环。

这部现实主义小说的叙事方式非常亲切自然。叙事主体像是一个无所不知的说书人，随时会从不同角度切入故事中，与读者形成及时的互动交流，扫清可能存在的一切阅读障碍。这种回归传统的叙事风格，让这部小说极为顺畅、格外生动。虽然小说内容包罗万象，读起来却丝毫不显烦冗疲惫。

小说整体分为上、中、下三部分，按照时间和空间的线索，以点、线、面进行扩展推进，整个叙事过程有着极为匀称的节奏感，在故事讲述中形成“戏中戏”的嵌套结构。语言、故事、结构上的协调自然，令人叹服。正如《人民文学》主编施战军所说：“《主角》有一种‘整全之美’。”

主角忆秦娥，艺术人生也是一场苦修。出场时，她还不到十一岁，在家中放羊，父母为她取的名字叫“招弟”，是希望她能招引来一个弟弟。后来，舅舅胡三元将她带到县里剧团，改名为“易青娥”。在经历各种痛苦磨砺之后，易青娥名气渐盛，被剧作家秦八娃改名为“忆秦娥”，从一个舞台走向另一个更大的舞台，她一步步抵达艺术巅峰，成为人们心中的“秦腔皇后”。

荣誉成绩常遭嫉恨怨怼，善良正直难避宵小恶行，淳厚悲悯难敌贪婪奸诈。忆秦娥的主角人生，是光亮璀璨的一生，也是被羞辱被损害的一生。正如陈彦在《后记》里评价："一个主角，就意味着非常态，无消停，难苟活，不安生。""我的忆秦娥就这样光光鲜鲜、苦苦巴巴、香气四溢，也臭气熏天地活了半个世纪。"

舞台就在那里，但不会永远属于某一个人。角儿相争是常态，甘当配角是无奈，认清自我是境界。角儿与角儿之间的角逐，是一种文化宿命。

主角的竞争无处不在。忆秦娥和楚嘉禾这两人的矛盾，贯穿小说始终。尽管忆秦娥专注自我，但并不能改变楚嘉禾将她视为"眼中钉、肉中刺"，穷尽阴暗、刻毒、下流、无耻等手段，对其进行陷害和污蔑；胡三元和郝大锤之间的相斗是血淋淋的，胡三元敲鼓技术极好，但个性太强，不仅遭受领导排斥，还遭到技术平庸的郝大锤各种打击报复，甚至遭受牢狱之灾；胡彩香与米兰之间的竞争也如同针尖对麦芒，最终，随着米兰嫁给富人才化干戈为玉帛；廖耀辉和宋光祖是剧团的炊事员，为了争大厨之位，廖耀辉也使出各种卑鄙手段对其打压……

戏剧小舞台，人生大舞台，主角与配角之间的相爱相杀，现实中无处不在，无数人也因此迷失本性。

"夫唯不争，故天下莫能与之争。"老子这句话有着深刻的智慧。很多时候，正是因为不与他人争，才没有谁能与之相争。忆秦娥能成为"秦腔皇后"，很大程度上是她长期处于"不争"的状态，只专注自我。在小说中，忆秦娥的"瓜"与楚嘉禾的"灵"形成鲜明对比。在很多人看来，忆秦娥是个傻瓜，甚至在遭受楚嘉禾污蔑时，还跑到医院检查，开出处女膜完好的证明，要求领导在大会上宣布，从而掉进了"自证陷阱"。而楚嘉禾虽然是灵光的，但也极其圆滑投机，而且还在攀比和嫉妒中逐渐"变形"为一株恶之花。最后，楚嘉禾不惜出卖肉体，勾结宣传干部在网络上写文章抹黑忆秦娥，其人格之低贱，丑行之恶毒，令人发指。这样的人，在现实中也无处不在。

大智若愚，大巧若拙。抵达至高的艺术境界，往往就要求淡、求拙。忆秦娥的“瓜”其实是一种大清醒，她的“不争”其实是在夯实自我修行的基础。只不过，现实之中丑恶无处不在，没有谁能够独善其身。正如小说中的秦八娃所说：“什么都是有代价的，优秀的代价更大。这是人性之恶。”“秦娥，你是因为太优秀，而遭人嫉恨、围堵、恶搞。记住：能享受多大的赞美，就要能经受多大的诋毁。”

面对种种伤害和污名，特别是在经受失子之痛后，忆秦娥进入尼姑庵，参禅打坐，修佛静心，想要剃度出家。后来，住持对她说：“修行是一辈子的事：吃饭、走路、说话、做事，都是修行。唱戏，更是一种大修行，是度己度人的修行。”忆秦娥走出尼姑庵重回秦腔舞台，是艺术人生修行的一种表征。而所有的人生也都是一场修行，都需要挣脱精神伤痛，找到实现自我之途。

在《主角》中，有许多老艺人在用生命呵护着艺术的尊严。忆秦娥之所以能够成为主角，很大程度上得益于“老戏”的复活，让忠、孝、仁、义四个老艺人得以重新起用，来完成传承。“十年动荡”，文化扭曲，这些艺术家早已远离了舞台，有的成了食堂伙管，有的成了看门老汉。而随着时代新风吹来，他们“突然跟变戏法一样，从旮旯拐角里钻了出来”。原来，不管身处怎样的环境，他们从来都没有放弃对艺术的修炼和坚守。

最感人的是苟存忠，他不论身处多么恶劣的环境，都在苦练自己的绝技。苟存忠在舞台上演出《鬼怨》《杀生》时，三十六口的连珠火吐完，也为秦腔耗尽了自己的生命。在累死于舞台的最后一刻，他仍然不忘向忆秦娥传授绝技奥秘。除了这些老艺人，还有为忆秦娥写作原创剧本的民间知识分子秦八娃等，都是艺术的守望者、传道者、布道者，在秦腔的大舞台上，扮演着各自的角色。在他们人生舞台上，就是绝对的主角，因为活着那么真、那么善、那么美。

时代是个大舞台，每一种人生都有适合自己的舞台，每一个人也都可以成为主角，问题是，你将如何修行?

作品简介

第十届茅盾文学奖（2015—2018）获奖作品《主角》，是当代作家陈彦创作的长篇小说。在《主角》中，一个秦腔艺人近半个世纪的际遇映照着广阔的社会现实，众多鲜明生动的人物汇合为声音与命运的戏剧，尽显大时代的鸢飞鱼跃与中华民族自强不息的精神品格。作者继承古典叙事传统和现实主义文学传统，立主干而擅铺陈，于大喜大悲、千回百转中显示了他对民间生活、精神和美学的精湛把握。

生命不应迷失于制度与人性之间

评《蛙》

题记：善恶转瞬，是非交错；
他人有罪，我也有罪。

每个时代都有狂风暴雨，每个生命都有权利和尊严，可很多时候，人们并不知道时代的风在往一个方向吹。不经意间，总有一些生命会被狂风带至一个荒凉地带。正如作家莫言所说："人生之路，天天都在刮风。"

显然，莫言这是在以自然之风隐喻社会之风。最近，莫言这样劝慰年轻人："卷也好，躺也好，不被大风吹倒就好。"那些吹倒人生的大风，究竟是从哪里来的呢？莫言的小说《蛙》，就提供了一份极好的分析样本。

2011年，莫言凭借《蛙》获得"茅奖"；2012年，莫言获得诺贝尔文学奖，《蛙》作为代表作被隆重推荐。诺奖的颁奖词这样说："莫言的小说，将魔幻现实主义与民间故事，历史与当代社会融合在一起，在人性的批判中寻找和发现生命的真实，表达了对未来的美好期盼和坚定信念。"

不难看出，莫言作品体现的时代性、民族性、世界性，让中国文学在世界文学之林中拥有了一片独特的光亮天地。

莫言是唯一拿到诺贝尔文学奖的中国作家，给国家带来巨大的文化荣誉。获得诺奖以后，莫言得到了赞誉，但质疑和谩骂也如同狂风漫卷。对此，莫言这样形容："虽然不是龙卷风，也是八级以上的大风了。"

当然，莫言的价值观是笃定的，对这个国家、这片土地以及广大人民的深情爱意，是毫不动摇的。所以，他为自己总结出八个字，叫"心若巨石，八风不动"。

大风吹来，能够岿然不动，说到底，还是价值观在支撑。莫言既是文学创作的牵风者，也是文明遭受侵袭时的挡风者。中国文学拥有莫言这样的探索者是幸运的，社会上谩骂攻击莫言的反智人士是可悲的。

从 20 世纪 80 年代开始，莫言就一直站在文学的"风口浪尖"上，每隔一段时间，他总能拿出一部轰动文坛的代表作，在技惊四座的同时，也总会引发争议。比如，《红高粱家族》《檀香刑》《丰乳肥臀》《生死疲劳》等，每一部都在引领文学风潮，每一部也都让他站在舆论风口。

《蛙》这部作品，带来的风更急，浪更大。

不得不遗憾地说，对作家的定义和作品的评判，很多时候已经严重偏离文学艺术的轨道，掉进了民粹主义的陷阱。莫言就是这样的受害者。

作家余华曾说："从文学的标准来看，莫言起码可以拿十次茅盾文学奖了。"如此说法，当然不乏浮夸，但真正研读过莫言作品，真正通读过现有的五十三部"茅奖作品"，又会觉得莫言作品在整体上确实抵达了一定的价值高度。这里面有个最重要的原因，就是莫言一直在创新。

莫言用深厚的中国传统文化来打底，从西方和拉美的文学潮流和表现手法中汲取养分，把魔幻现实主义、结构现实主义、印象派等艺术表现手法与中国叙事进行融合。莫言在小说文本、结构、思想上进行的各种创新实验，也一次次得到了回报。《蛙》这部作品从选题到结构，从文本到思想，都展现了莫言不断突破自我的能力。

单凭这部小说的选题，就足以令很多作家望而却步，因为这部小说内容聚焦于中国人的生育问题，集中描写了计划生育政策执行过程中出现的种种人性惨剧。小说叙事从20世纪50年代开始，对包括“十年动荡”在内的很多历史时刻，都有细节场景还原。《蛙》不仅有深刻的记忆，还有强烈的批判，以及沉痛的反思与忏悔。驾驭这样的题材，不仅需要勇气，更需要能力。

相较于《白鹿原》全景式历史描写，《蛙》更加聚焦于某个具体领域，不及《白鹿原》的中正厚重。莫言自己也说过，《蛙》的整体篇幅显得相对单薄。但从另一个角度看，《蛙》所释放出的艺术价值和批判精神，又是难以复制和替代的。

作家的所有尊严都应该来自作品，作品的所有价值只能依赖于创新。《蛙》在结构上堪称匠心独运。这部小说前四部分采用书信体，引出小说叙事，最后部分以话剧形式收尾，在书信、小说、话剧三种文体中自由切换，形成互文关系，构建起一个有机的整体，给这部作品增添了高级感。

这样极具独创性的结构，扩展了从乡村到都市、从国内到国际的广阔叙事空间，便于以更加开放的视角来审视历史和人性的复杂。最后，小说又以话剧形式与前面内容形成互文，进行完善和补充，以强烈的画面感和触及灵魂的对话，有力地唤醒了人们对人性和伦理的深度反思。

21世纪以来，关于计划生育政策的讨论空间不断得到拓展，这为莫言写作《蛙》提供了环境支持，而《蛙》的面世和获奖，又为相关制度反思延展了空间。毕竟，这部小说出版于 2009 年，中国全面放开二胎政策都到 2016 年了，这段时间正是《蛙》不断获奖并且引发热议的高峰期。这从一个侧面说明，莫言小说对文化表达空间带来了扩展的价值。

生育是人类的基本需要和权利，是人类社会得以延续的保证。人口问题关系到家庭伦理，关系到社会经济发展。莫言以文学的方式记录客观存在的历史真实，体现的是一种文化责任。

叙事主体“我”的姑姑曾被人们称为“活菩萨”“送子娘娘”，在 20 世纪 50 年代，这个极有天赋的妇产科医生成功接生过上千名新生儿，展现了善良、真诚、正直的品性；20 世纪 60—70 年代，针对人口急剧增长的压力，计划生育政策出炉，女人上环、男人结扎等措施遭到民间抵制，让政策收效甚微；20 世纪 80 年代，随着这项政策从严收紧，姑姑也成为政策的坚定执行者，带领计生“小分队”对违反政策、计划外超生的孕妇围追堵截，在诸如“喝毒药不夺瓶，想上吊给根绳”等粗暴残忍的“土政策”驱动下，成为令人闻之色变的“活阎王”“女魔头”。

莫言是个讲故事的超级高手。情节的跌宕、矛盾的冲突、场面的渲染，让这部小说有着强大的冲击力。姑姑在执行政策过程中，如同一位战场指挥官，对孕妇搜捕和追逐的场面，紧张到令人窒息。

比如，姑姑坐在船上，看着凫水逃走的张拳老婆在水中沉浮，像是在玩着一场猫鼠游戏，不料，孕妇因心脏病突发惨死水中；为了把“我”的老婆王仁美从藏身处逼出来，姑姑采取“连坐”方式，用大型机器毁损邻居的树木和房屋，最终，王仁美只能接受引产，却死在了手术台；陈鼻的妻子王胆乘坐筏子逃跑，姑姑开着机动船在后面追捕，随后，王胆急于在筏子上完成生产，孩子虽然活下来了，母亲却含恨而亡……

当时姑姑总是显得觉悟很高，一脸正义，摆出一副“神挡杀神，佛挡杀佛”的姿态，被她亲手毁了的孩子就有两千八百多个。制度与人性之间，她本应有“一厘米的自主权”，让更多孩子来到这个世界，发出第一声“哇”的哭声。

姑姑退休那天，正值农历七月十五，是民间风俗中的鬼节。那一晚，姑姑喝完酒回家路上，周遭全是凄惨的蛙鸣，像是“无数受了伤害的婴儿的精灵在发出控诉”。大大小小各色鼓着眼睛的青蛙，从洼地中，从芦苇丛中，跳到姑姑身上、背上、耳朵上，成群结队地对她进行追逐、拦截、袭击，这种似梦似真的场景令姑姑无比恐惧与痛苦。由此，姑姑的悔意被唤醒，赎罪也成了她余生最重要的事。

忏悔和赎罪是要有仪式的。后来，姑姑拼命地通过记忆复原那些婴儿该有的面貌，让民间艺术大师郝大手来捏成泥娃娃，然后给泥娃娃上供、烧香。在姑姑看来，“一个有罪的人不能也没有权利去死，她必须活着，经受折磨、煎熬，像煎鱼一样翻来覆去地煎，像熬药一样咕嘟咕嘟地熬，用这样的方式来赎回自己的罪，罪赎完了，才能一身轻松地去死”。

值得强调的是，莫言并没有把造成历史悲剧的原因简单归咎于制度或某个群体，而是构建起一个“他人有罪，我也有罪”的救赎闭环。

小说不加掩饰地写出“我”的欲望性、功利性和虚伪性，毫不回避地指出“我”在妻子王仁美之死中应负的责任。正如莫言所说：“在一个特定的历史环境下，每个人都有可能是刽子手，每个人也都可能是罪犯。人要认识到自己灵魂深处的阴暗面，认识到自己的多面性，才可能产生真正意义上的谅解和宽容。”

“蛙”，就是这部小说的中心意象。莫言也借“我”之口进行了这样的阐释：“（剧本）暂名青蛙的‘蛙’，当然也可以改成娃娃的‘娃’，当然还可以改成女娲的‘娲’。女娲造人，蛙是多子的象征……”

显然，“蛙”就是“娃”的隐喻，在指向孩子，指向生命。生育关系到人性和伦理，关系到人的权利和尊严。孩子就是一个社会的最大公约数，对无数缺乏信仰的人们来说，把孩子作为信仰，或许才能进入精神危机的解救之途。

从“听取蛙声一片”的庄稼丰收传统美景，到“听取娃声一片”的普通家庭幸福场景，人们对自然与生命只有充满敬畏，才能拥有美好生活。

遗憾的是，“人定胜天”的狂妄造成太多破坏自然的悲剧，而在制度和人性之间，也总有人陷入迷失，被时代的狂风轻易裹挟，或是迷途难返，或是靠忏悔和赎罪来找回心灵的宁静。

作品简介

第八届茅盾文学奖（2007—2010）获奖作品《蛙》，是当代作家莫言创作的长篇小说。《蛙》以新中国近60年波澜起伏的农村生育史为背景，通过讲述从事妇产科工作50多年的乡村女医生“姑姑”的人生经历，描述国家为了控制人口过快增长、实施计划生育国策所走过的艰巨而复杂的历史过程，成功塑造了一个生动鲜明、感人至深的农村妇科医生形象。

每一种人生都是白昼与黑夜的斗争

评《钟鼓楼》

题记：晨钟暮鼓，岁月无声；
市井百态，悲欢离合。

在一个热衷于讲述大历史的年代，很多人会习惯于宏大叙事，缺乏在时间缝隙里找寻小人物喜乐悲伤的耐心。

于是，历史有时就成了一面光滑的镜子，很难看到其中值得抚摸的年轮褶皱。

还好有文学存在，它总是能撕开历史表层的那些保护膜，让人们在岁月的精细纹理中，触摸到大历史背后普通人的命运起伏，感受到世道人心的细微变化。

《钟鼓楼》既有时间的印记，又是空间的构造，二者延展出来的概念就是历史。

刘心武的小说《钟鼓楼》，透视的正是历史大转折之下小人物的秘密心脏。作者刘心武在扉页这样写道："谨将此作呈献，在流逝的时间中，已经和即将产生历史感的人们。"

《钟鼓楼》把时间聚焦于1982年12月12日早5点到下午5

点的十二个小时内，讲述了北京离钟楼鼓楼不远的一座普通四合院内的故事。小说以薛家的一场婚宴为主干，在上面生长出众多枝蔓，把四合院内九户人家以及相关联的四十多个人物连接起来。

这种小说结构曾被比喻成“剥橘式”，就是整体上像是一个橘子，人物情节就是其中一瓣又一瓣的橘肉。橘瓣貌似分离，可以独立存在，又能组合在一起，成为完整的橘子。不过，结构上的“剥橘子”观感，并不影响内容上有着“剥洋葱”的功效——打开被深厚历史包裹的市井生活，总有一种人情的滋味，总有一种人性的力量，在不经意间就能濡湿人心。

《钟鼓楼》的人物性格命运交织在一起，像是一幅有着浓郁京味的《清明上河图》。

刘心武使用了大量的北京方言，介绍了很多老北京的风土人情，带着读者一路走过银锭桥、什刹海、后海等地方，讲述了钟鼓楼的历史、计时方式，以及北京的一些传说故事，为人物的差异和冲突铺上特有的文化底色，让历史的暗影和时代的光亮形成交错衬托。

从大时代背景来看，1982 年离“十年动荡”结束已经六年，以刘心武作品《班主任》等为代表的“伤痕文学”逐渐隐退，文学步伐从“反思”向“改革”转身，昔日伤痕也正在成为具有“历史感”的记忆。

从具体时间符号来看，12 月 12 日是历史上的一个重要节点。小说最后一章写到张秀藻与荀磊邂逅，在对表校准时间，荀磊感慨地说：“十二月十二！双十二！唉呀，你看，我差点忽略了——这是爆发‘西安事变’的日子啊！多少周年啦？”

那一刻，两个年轻人彼此对望，灵魂碰撞，意识到历史才是那种无形而坚实的东西，能够超越生命和情感。

价值共鸣让他们感叹时间的流逝，思考自己应该奔赴的位置和承担的责任，也决定要和更多同代人来深聊这个主题：“时间——

历史——命运——使命。”

这就是强大的历史感，能唤醒人的责任与使命，也能提升人的审美价值。

比如，那一刻，张秀藻就觉得，以往喜欢维克多·雨果的爱情诗，现在觉得雨果弥留之际留下的这句话更动人心魄：“人生便是白昼与黑夜的斗争。”

雨果，是一位用“伟大”来形容都显得黯淡的作家。他经历过波旁王朝复辟、七月革命、雾月政变、1848年欧洲大革命以及巴黎公社革命等大历史的动荡转折，但不论在历史的哪个阶段，他始终坚守着人道主义和民主思想，与封建落后势力不懈斗争。

严重的迫害，让雨果经历长达十九年的流亡生涯才回到祖国。为庆祝雨果八十岁寿辰，政府宣布那一天为全国性假日。雨果则安坐于寓所窗前，向走过的六十亿仰慕者挥手致意；雨果逝世后，两百万巴黎人涌上街头送葬，政府决定重新启用先贤祠来安葬，并刻上这行大字：“伟大的人物，祖国向你们致敬。”

“人生便是白昼与黑夜的斗争”，确实是雨果一生的写照。但即便是普通人的命运，也注定要在幽暗与光明的地带徘徊选择。这正是《钟鼓楼》所阐释的生活真相。

历史不是命运安排的包袱。同样在社会底层，有的人从阴沟爬出，从此向阳而生；有的人却沉迷于幽暗，长久陷于泥潭。路喜纯，出生于底层家庭，屡遭歧视，被撕开伤疤，他没有自轻自贱，反而格外自重，不自卑，不屈服，不放弃，终于迎来命运向好；荀磊，一个内心始终有光的人，在特殊年代，别人都觉得没有希望，他仍然坚持学习，通过自我的横向对比，来寻求人生突围，最终因成绩优异被外事部门录取。

反之，像卢宝桑那类深受“丐帮文化”影响的小混混，没有自省也不愿反思，不仅未能祛除身上的劣根性，反而不断放大人性的恶。

时间往往让人们活在巨大的落差中。澹台智珠，一位极具才气与名气的京剧演员，在动荡年代背负不应有的污蔑罪名，不堪侮辱，自杀未果，经过了呆滞、麻木、消沉、绝望之后，又渐渐回转到冷静、认命、无求、开通……在人生最落魄，对艺术最绝望的时候，澹台智珠嫁给了憨厚强壮的车工李铠，二人一度相亲相爱，彼此搀扶依靠。1977 年春天，澹台智珠也迎来自己的春天，她嘶哑的嗓音恢复了洪亮，僵硬的身体又变得轻柔，于是决定重返舞台。然而，丈夫李铠对她开始怀疑，日渐粗暴，以各种伤害来阻挠她拥抱艺术。

文化差距拉大心理裂痕，观念分歧带来人性伤害。

人生有迷茫，爱情有荒唐。慕樱在中学即将毕业前，读到抗美援朝伤残军人的光辉事迹，在盲目崇拜中写信进行疯狂追求。与英雄结婚后，也曾有过短暂的幸福时光，但当她遇到有艺术气质的葛尊志后，就坚决放弃英雄，投向艺术家的怀抱。再婚后有了孩子，葛尊志不再欣赏艺术，而是投身于家务俗世，这让慕樱掉入新的失落中。很快，她又爱上一个丧偶的老干部……

这是堕落还是觉醒？是自我还是自私？

《钟鼓楼》里众多的小人物，也都站在那个社会转折点，身后是历史漫卷的风，面前是发展开阔的路。新旧观念碰撞出怎样的世道人心，刘心武选择了开放式的结尾，对书中的人物命运走向都给出疑问，留给读者猜想。

这一切，只有“钟鼓楼将成为社会历史和个人命运的见证而永存”。

历史摆出问题，时间给出答案。个人命运与时间的碰撞到底能产生怎样的历史感，形成怎样的价值观和使命感，值得去永远厘清或坚守。

每一种人生也都是白昼与黑夜的斗争，唯有逐光而行，才能走出幽暗，看见一片无比光亮的天空。

作品简介

第二届茅盾文学奖（1982—1984）获奖作品《钟鼓楼》，讲述了20世纪80年代初发生在北京钟鼓楼的故事，通过十二个小时的时间，描写了社会各个阶层的丰富的生活场景，充分展示了20世纪80年代的北京生活和社会变革，个人的悲欢离合相互交织构成了北京市民的生活图。小说中还包括北京钟鼓楼、四合院的变迁，饭馆、结婚风俗的变化，武术方面的知识等，还介绍了很多老北京特色，例如“什刹海”“豆汁”“地安文化大街”“老人岛”“荷花市场”等。

是谁在故乡沦陷时还心怀悲悯

评《湖光山色》

题记：乡村失序，利欲熏心；人性嬗变，文明挽歌。

“重新打量乡土，你会看见震颤中的裂缝，当然也看见这裂缝中的生机。”这是作家迟子建在《是谁在遥望乡土时还会满含热泪》中写下的句子。迟子建还感叹说，当我们欣赏所谓的壮美时，有看不见的生灵在呻吟。

乡村从来就不只是陶渊明、孟浩然们写下的田园诗，也不全然鲁迅笔下的沉重与凋零。乡村是复杂的，也是变化的；乡村是明丽的，也是幽暗的。透过乡村的裂缝，既要看到生命勃发，也应听到生灵哀叹。

正因如此，故乡既是无数人心中的诗与远方，又让“故乡都在沦陷”成为共同的痛感。这一切，在周大新的小说《湖光山色》中体现得淋漓尽致。

这部小说是较早反映“逃离北上广”现象的文学作品，铺陈的内容就有“异乡容不下肉身，故乡装不下灵魂”的尴尬。

不过，面对故乡沦陷，又总有一些人永远心怀悲悯，总有一种力量永远在坚守捍卫，在持续推动乡村重建和发展。主人公楚暖暖就是这样的仁善者和孤勇者。

在叙事结构上，周大新思维跳脱，另辟蹊径。《湖光山色》全书分为乾卷和坤卷，以“金木水火土”五行的概念来划分，天地乾坤，因果轮回，与书中人物命运形成对应关系。乾卷主要写暖暖与开田夫妻相爱，同心发展，在村主任的权力踩踏下，经历各种苦痛，向上挣扎；坤卷则写开田上位，手中握权，与进村资本同流合污，在欲望驱动下人格变异，走向罪恶。

从刻骨铭心的爱到刻骨铭心的恨，这是暖暖和开田之间的人生纠葛，也是文明和野蛮之间的乡村之战。

暖暖因为母亲病重，不得不放弃在北京打工，回到家乡楚王庄。她不顾父亲强烈反对，执意嫁给青梅竹马的开田。因为“除草剂事件”，暖暖四处奔走，最后在村长詹石磴的胁迫下牺牲贞操，才让开田免于牢狱之灾。此后，暖暖凭借勤劳和智慧，抓住乡村旅游机会，不仅改变了家境，还带领全村人致富，也将开田推上了村主任之位。

然而，拥有权力之后，开田不再像过去那样朴素单纯，而是变得飞扬跋扈。他与资本勾结，欲望不断升级，索取乡邻钱财，抢占村民土地，大兴土木扩建赏心苑，拉拢官员前来度假消费，极大地破坏了楚王庄生态。村里的姑娘萝萝禁不住物质诱惑去做按摩小姐而意外怀孕，连寺院的僧人也在物欲洪流冲击下心灵变得不再宁静……

面对权力和资本疯狂污染下的乡村生态，暖暖进行了坚决的反击，她不断地上告，但都被开田拦截下来了。在人性和文明面前，她与开田站在相反的两极。他们的婚姻，也彻底走到了尽头。

对权力的疯狂迷恋，是楚王庄的一种集体无意识。有着悠久历史文化的楚王庄，何尝不是乡村社会的一个缩影？

楚王庄吸引游客的情景剧《离别》，里面的楚王只能由村主任开田演。开田越演越上瘾，乐此不疲，连过年无人时也要全村人来陪演。他那种颐指气使、凶狠霸气，也越发逼真，不分戏里戏外。开田不仅出轨村里的悠悠，还在外厮混常常不归家。因为记恨“绿帽之仇”，他甚至让人用担架把穷病缠身的詹石磴抬到赏心苑，来看别的男人买这个老村长女儿的初夜。

权力带来的疯狂，不只是荒淫无耻，甚至是灭绝人性。

书中有一段开田毒打暖暖的场面是这样描写的：“你知道我是谁么？我是主任，是楚王庄的王！老子今天就让你知道知道我这个村王的厉害！暖暖哪经得起他这样踹，只几下就被踹倒在了地上。暖暖倒地之后，旷开田仍觉不解气，又上前没头没脑地踢，暖暖先还想用手抓撕旷开田的脚，渐渐地，就一动不动了。最后，是暖暖口中和身上流出的血才让旷开田从暴怒中冷静下来……”

曾经的爱的承诺，都变成了恨的报复；曾经的人性自卑，都变成了极度自负。在城市化浪潮的冲击之下，权力和资本的合谋，在乡村社会弥漫着一首首人性和文明的挽歌。

《湖光山色》中暖暖的命运，和哈代《德伯家的苔丝》中的苔丝有一定相似性。

19 世纪中后期的英国，传统乡村文明遭受现代工业文化冲击，曾经的乡村田园诗意之美也陷入零落，农民破产失地，不得不给大资本家和农场主打工。

苔丝是个美丽的女孩，到德伯家打工后，不幸被少爷亚雷占有，失身怀孕后，她不愿就此换取享乐安逸的生活，而是远走他乡。后来，苔丝遇上意中人克莱尔，两人一往情深，跌入爱河。在新婚之夜，苔丝决定向克莱尔坦陈往事。

然而，克莱尔接受不了苔丝的“不纯洁”，失控之下，选择离开，也把苔丝推向了命运的深渊。

漂泊无依的苔丝，后来面对亚雷的再次纠缠，面对克莱尔归来的骚扰，在种种艰难纠葛之下、在愤怒和绝望中，将亚雷杀死。

哈代笔下那个渐渐走向消亡的田园世界和乡土社会，与苔丝被判死刑的悲剧命运形成呼应。

苔丝和暖暖都生活在城市化冲击乡村文明的大背景下，都因为“无奈失贞”而陷入被嫌弃的命运。但二者的最终选择又有不同，苔丝是沉沦，暖暖是觉醒。

这正是周大新《湖光山色》带来的温暖和希望。因为每一个人的故乡都可能沦陷，人性是有凶残、贪婪、无耻、肮脏的一面，农民也有狭隘、自私、自卑、自负的人性弱点。但对这一切，如果只是简单停留在批判层面，而不是心怀悲悯，不是诉诸文明之光来驱散野蛮之恶，努力以启蒙精神祛除愚昧人性，那样的乡村文学，也就很难再向前一步。

故乡可能沦陷，但你绝不应该沦陷。

乡村只要能多些像暖暖这样的人，在遥望乡土时能始终心怀悲悯，一直坚守着朴素正义，就一定能让个人实现和乡村发展形成同频共振，让故乡的沦陷走向新的山乡巨变，让所有的山清水秀之地，都成为可以永远安放乡愁的所在。

作品简介

第七届茅盾文学奖（2003—2006）获奖作品《湖光山色》，是中国当代作家周大新创作的长篇小说。小说以曾进城打工的乡村女青年楚暖暖为主人公，讲述她回到家乡楚王庄之后自立自强，不断开拓进取，通过乡村旅游带领全村脱贫并坚持抵制权钱腐蚀的故事。小说融人周大新对中国乡村生活的独特理解，既书写了乡村表层生活的巨大变迁和当代气息，同时也展现了乡村中国深层结构的坚固和蜕变的艰难。

如何安妥那些破碎了的灵魂

评《秦腔》

题记：精微叙事，价值摇摆；赤子情怀，乡土挽歌。

人到底活成啥样子，才算是真活明白了？

有时候，就是能对一些简单问题做出回答。比如，最爱的人到底是谁？到底如何安妥自己的灵魂？

这样的问题，与爱情有关，和生命有关。这也是文学的母题。一个人，不知真爱是谁，活得远离自我，生命是挺没意义的。文学是人学，是人性学，能教人如何去爱，让人懂得如何活出真实的自我。

“要我说，我最喜欢的女人还是白雪。”这是贾平凹在《秦腔》开头的第一句话。

说这话的，叫引生，是这部小说的叙事主体。引生的真情独白，如此直接，如此笃定，有很强的代入感，能引领人们去想爱的答案。

引生对白雪痴恋无比，然而白雪嫁给了夏风。那一刻，引生甚至在想：“老天！咋不来一场地震哩？震得山摇地动了，谁救白雪哩，夏风是不会救的，救白雪的只有我……”

在《秦腔》中，处处都有爱而不得，处处都是人生错位，处处都是焦虑痛苦。原因就是文化的差异、身份的尴尬、价值的迷乱。

这背后，是乡土社会和城市生活的文化冲突。在《秦腔·后记》中，贾平凹这样感叹："我不知道该赞歌现实还是诅骂现实，是为棣花街的父老乡亲庆幸还是为他们悲哀。"

棣花街，是贾平凹的故乡，是《秦腔》中清风街的原型。小说中的很多人物都能在贾平凹的故乡找到原型。比如，夏家是作者贾家的缩影，夏天义的原型就是作者的二伯，夏风，这个从乡村进城的大作家，正是作者自己。

写作这部植入自己大量生活经验和灵魂思考的小说，贾平凹曾长久陷入"惊恐"与"痛苦"中。

在中国文坛，贾平凹是个极有影响力和标志性的存在。当然，他也是一位较有争议的作家。这种争议，或许就与贾平凹在文学艺术上极致的创新探索有关。有时对贾平凹其人其文，评价是正反双向的两极，一边是激赏，一边是痛斥。贾平凹的代表作《废都》和《秦腔》的命运，均是如此。

看待贾平凹的创作人生，很难绕开《废都》。这部小说对主人公庄之蝶的过度性描写引发关注，其中以"空格子"方式进行意犹未尽的表达，也成了许多人的文学记忆符号，以至于后来总有人把贾平凹作品中相关描写都归为"庄之蝶情结"。

不过，随着时代发展，人们重新审视这部当初的争议性作品，又渐渐形成一种共识，认为这部反映知识分子精神颓废的小说，不论是艺术水准还是思想价值，都有着值得正视的深度与高度。

写作《废都》时，贾平凹正陷入婚姻破裂、父母病重、单位是非等生活困境之中。写作《秦腔》时作者也同样面临着精神困境。只不过，那时贾平凹面临的痛苦是"行将过去的棣花街，故乡啊，从此失去记忆"。

故乡，是亲人的生养栖息之所，是作家的精神栖息地。面对城市化冲击带来的乡土文化凋敝和乡村社会衰败，贾平凹的《秦腔》无疑要比《废都》思想更为深刻。

《秦腔》是一部典型的“寻根”小说，是一次关于乡愁的灵魂叩问。茅盾文学奖的授奖词专门对贾平凹这部获奖作品的叙事细节提出赞扬：“他的《秦腔》，以精微的叙事，绵密的细节，成功地仿写了一种日常生活的本真状态，并对变化中的乡土中国所面临的矛盾、迷茫，做了充满赤子情怀的记述和解读。”

对于《秦腔》的写作特点，贾平凹自己用的一个词语常被引用，它叫“密实的流年式的叙写”。这个生造的概念虽然有些晦涩，但还是能让人感受到《秦腔》的叙事是绵密的，是细腻的，反映其对故乡的情感，是深厚的、绵长的，是复杂的、深刻的。

在中国当代小说家中，贾平凹的文艺创新表达是有建树的，风格个性也极有辨识度。贾平凹自称“我的天资里有粗犷的成分，也有性灵派里的东西”。他的文本显然深受沈从文、废名、孙犁等老作家的影响，但又找到了摆脱传统艺术风格弊端的办法，从而形成了自己独特的美学风格。

在创作上，贾平凹早在20世纪80年代就主张“重精神，重情感，重整体，重气韵”，并且对这样的“大境界”孜孜以求。比如，从《废都》到《秦腔》，可以清晰地看出，贾平凹对《金瓶梅》《红楼梦》等传统经典作品的表达手法，既有继承又有创新。

《秦腔》是贾平凹为故乡树起的一块文学之碑，也是为自己的创作人生建起的一座里程碑。

不得不说，贾平凹“生活流”式的作品叙事，虽然在整体上能符合普适的审美艺术标准，但偶尔总会有突破常规的表达，特别是一些“粗鄙化”的语言。

尽管《秦腔》汲取了《废都》文本表达的教训，但在传递乡村土味和描绘乡村性事方面，也还是会让有些读者觉得用力过猛。有少数为批评而批评的作者，仍会把《废都》当年的罪名平移过来，甚至还将之视为贾平凹之女的诗歌中“屎尿屁”的原罪。

对贾平凹及其作品，不应神化，而应祛魅，回到文化艺术规律本身来看待。

遗憾的是，近年来，以社会批评的价值视角看待贾平凹作品，很多时候都走向审美偏狭，甚至污名化，这在很大程度上消解了贾平凹的文学价值，不能不说是一种巨大的现实遗憾。

秦腔，是深度理解贾平凹文本价值的最好切入点，也是代表《秦腔》这部小说思想内涵的最重要意象。

秦腔不同于京派风格，也不像是海派清口，更不同于吴侬软语，甚至和川江号子的粗犷也不同。秦腔是一种带有西北土风的民间唱腔。“秦腔，又名秦声，是我国最早形成于秦地的一种梆子声腔剧种……净角俊扮，生角净扮”，从作者这些介绍不难看出，秦腔是地域源头的，是有文化包容性的。秦腔起源于西周、成熟于秦代，秦是盛极而衰的短命王朝，“秦人自古是大苦大乐之民众”，这一切，都表明秦腔适合用来表达“伤逝”，适合用来排解乡愁，而且能够产生强大的情绪张力。

问题是，曾经慷慨激昂的秦腔，曾经苍劲悲壮的秦腔，曾经一唱起来就让干活的人觉得浑身有劲的秦腔，逐渐成了一曲文化的挽歌。

在城市化浪潮席卷之下，流行歌曲以压倒性优势取代了秦腔。不仅城市里的秦腔式微，就是在小说中的清风街，秦腔也迅速失去存在空间。夏雨酒楼开业，上午演秦腔的时候，门前冷落，一片萧条；下午和晚上唱流行歌曲时，场景是“清风街的年轻人都跑了来，酒楼前的街道上人挤得水泄不通”。

小说中有一段写夏天智去看失意的二哥夏天义的细节。当时，收音机放的一段秦腔戏，是《斩单童》："我单童秦不道为人之短，这件事处在了无奈其间……你言说二贤庄难以立站，修一座三进府只把身安。"显然，这是在借戏文中单雄信的尴尬命运，来表达农民难以安身立命的尴尬。

白雪是一位秦腔演员，相貌美丽，品性端庄，内心仁善，对秦腔充满深情，能够领会到其中的艺术魅力。白雪嫁给了从农村挤进城市的作家夏风，曾被视为郎才女貌、才子佳人的完美结合。然而，完成从农民到知识分子转变的夏风，却成了乡土文化的"叛逆者"，对秦腔充满嫌弃。

这对夫妻对待秦腔的不同观念，也在暗指乡土和城市之间的文化差异。夏风虽然功成名就，但他在婚姻爱情上失去了白雪，在家庭伦理上也失去了父亲，成为被驱逐在外的"浪子"。

白雪与秦腔的命运有着某种相似性。这个近乎完美的女人，生出一个畸形儿。从某种意义上讲，这隐喻了城市文化和乡土文化强行结合，只能产生畸形的结果。

深爱白雪的引生，为遏制欲望选择自我阉割，这种决绝的反抗，也像是在为守护乡土文明付出残酷代价。这样的人性之痛和文化之苦，在特定的社会转型期有着某种普遍性。作者在评价《秦腔》时这样说："是我对中国大陆在世纪之交社会巨变时期所做的一份生活记录，也是对我的故乡我的家族的一段情感上的沉痛记忆。"

废都已荒，秦腔渐远。

城市化进程为传统的乡土文化奏响了安魂曲，而故乡永远是治愈游子内心创伤的避难所。

解决人们的精神困境，让破碎的灵魂得以安妥，还是要在寻常生活中让人心靠近人心，让人与人多些温暖与关爱，少些冷漠与功利。诚如《秦腔》中戏楼上这副对联所写：

名场利场无非戏场做得出泼天富贵；
冷药热药总是妙药医不尽遍地炎凉。

作品简介

第七届茅盾文学奖（2003—2006）获奖作品《秦腔》，是当代作家贾平凹创作的长篇小说。小说以两条线展开，一条线是秦腔戏曲，另一条线是农民与土地的关系。这两条线相互纠结，在一个叫清风街的村庄里演变着近三十年的历史。小说以细腻平实的语言，采用“密实的流年式的书写方式”，集中表现了改革开放年代乡村的价值观念、人际关系在传统格局中的变化，字里行间倾注了作家对故乡的一腔深情和对社会转型期农村现状的思考。

看见平凡并不是人生的唯一答案

评《平凡的世界》

题记：城乡交叉，体制鸿沟；平凡之路，苦难人生。

每个人都在向上生长，却很少有一帆风顺，生长往往要经历各种坎坷。不论是工作还是生活，大多数人都会遇到磨难。如果是在历史的艰难年代，很多磨难就会成为苦难，甚至是灾难。

接受平凡的生活，让平凡的人生不平庸，让平凡的情感不平淡，需要走出“我执”，迎来觉醒。正如路遥在《平凡的世界》中这样写道：“少平现在认识到，他是一个普普通通的人，应该按照普通人的条件正正常常地生活，而不要做太多的非分之想。当然，普通并不等于庸俗，他也许一辈子就是个普通人，但他要做一个不平庸的人，在许许多多平平常常的事情中，表现出不平常的看法和做法来。”

少平是《平凡的世界》里的主角孙少平，他走向平凡之路的思维转换，看起来并不高级，但确实是认清生活残酷真相后的选择。这种选择是无奈的，也是理性的。永远不要怠慢平凡的人生，永远不要轻视平凡的世界，平凡往往是由苦难造成的，但平凡很多时候也是伟大的铺垫。路遥写作《平凡的世界》的经历，也是由平常转为经典、平凡通往伟大的生动写照。

1982 年，路遥的小说《人生》在《收获》上发表，很快被拍成电影，主人公高加林的人生给亿万读者和观众带来强烈的心灵震撼，也让三十三岁的路遥迎来鲜花和红地毯。不过，盛名之下，喧嚣之中，路遥没有忘记自己的梦想："这一生要写一本自己感到规模最大的书，或者干一生最重要的一件事，那一定是在四十岁之前。"很快，路遥就投入到《平凡的世界》的写作中。

这是一场以生命献祭的方式进行写作的苦旅。路遥去世前，躺在医院病床上，写下了记录这段人生的创作随笔《早晨从中午开始》，讲述了写作《平凡的世界》的苦难过程。为写这部作品，路遥阅读了上百部长篇小说，把十年来的《人民日报》《光明日报》《陕西日报》《延安日报》《参考消息》等报纸合订本全部找来，仔细翻阅记录，"眼角糊着眼屎，手指头被纸张磨得露出了毛细血管，搁在纸上，如同搁在刀刃上，只好改用手的后掌（那里肉厚一些）继续翻阅"。路遥还深入煤矿体验生活，写作时昼夜不分，每天工作长达十八个小时，一度写到五官溃烂，大小便不畅。那时，路遥饮食毫无规律，极其简单，中午吃些馒头咸菜，晚上下点面条，累了困了就靠香烟和咖啡提神。

1986 年春天，路遥的弟弟接到转来的电话，说路遥让他速回榆林。他赶了三百公里见到路遥，路遥哭着对他说："田晓霞死了……"田晓霞是小说里的人物，是孙少平的恋人。不难看出，路遥写作投入了怎样的情感。写完第一部，路遥身体已经严重透支；写完第二部，路遥大病一场，严重吐血，差点死去；写完第三部，路遥形容枯槁，两鬓斑白，双手如同鸡爪。那是 1988 年，路遥还不到四十岁，却像个白发驼背的老人。

这部作品曾遭多家出版社退稿，被一些文学名刊拒绝刊发。勉强出版后，市场反应冷淡，文学评论圈更是多有否定和批评，一些用语非常刻薄。后来，路遥偶遇中央人民广播电台资深编辑叶永梅，这部作品被搬上央广《长篇连播》节目，打动千百万听众。由此，这部作品幸得重生，并在1991年获得第三届茅盾文学奖。不过，这场以透支生命为代价的六年写作，只给路遥带来三万元的稿费回报，其中一万元还是向出版方争取的补助。1992年，四十三岁的路遥英年早逝，留下将近两万元账单。生前如此贫苦，实在令人唏嘘。三十多年过去了，这部作品已经销售两千多万册，遥遥领先于其他“茅奖作品”，创下了文学的市场奇迹。《平凡的世界》完成经典化，是典型的民选行为，是市场投票的结果。

当然，直到今天，《平凡的世界》的“两极评价”现象仍然存在。文学界有太多的不以为然，学术界有太多的否定批评，对此，应该辩证看待。经典并不意味着就没有缺点，从艺术审美和价值判断角度来看，《平凡的世界》确有很多不完美之处。比如，存在一些诸如文本较弱、叙事凌乱、议论尴尬等现象。文学评论界对这部作品有太多的批评，也与20世纪80年代文学思潮有关。当时文化意识潮流是激进的，有反叛性和颠覆性。一些文艺评论家太过“精英式的自负”，对西方兴起的技术流派更为推崇。

而路遥完全沿袭传统现实主义之路，力图建构起一个由孝、悌、仁、义等传统道德伦理交织的世俗社会，不论是艺术表达还是价值呈现，都很传统。当时，先锋小说开始流行，一些以“新潮批评”自居的文艺批评家热衷于追新猎奇，对路遥这种现实主义作品缺乏兴趣和耐心。对此，路遥也曾这样抱怨：“说实话，对我国当代文学批评至今我仍然感到失望。我们常常看到，只要一个风潮到来，一大群批评家都拥挤着争先恐后顺风而跑”。

作品是要接受时间检验的，三十多年过去了，现实主义不但没有式微，反而显示出更为强劲的价值力量。《平凡的世界》得到读者认同，说明文学创作未必就要追逐令人眼花缭乱的新兴潮流，文学价值也未必就由一帮“圈子化”严重的学院派批评家来决定。当然，《平凡的世界》受到读者欢迎，是因为内容锁定的是追求个人成长与幸福爱情的最大公约数的人群。这部作品的读者是卜沉的，阅读门槛也是较低的，体现了文学的人民性。而且，这部作品反映的成长难题和爱情困境，在今天依然是严峻的社会问题。

所以，理性看待《平凡的世界》的“两极评价现象”，既要回到文学艺术轨道上正确看待这部作品的价值与不足，也要理性认清当下文学整体阅读水平的基本面，看到这部作品反映的社会痛点依然亟待解决。

让人们走出苦难，需要一些精神激励，需要提倡努力奋斗的精神。但必须清醒地认识到，很多苦难是由历史造成的，是由特定年代的制度带来的，是由一些社会不公现象导致的。

路遥《人生》里的高加林和《平凡的世界》里的孙少平，代表着 20 世纪 60—70 年代无数农村知识青年的尴尬人生，尽管他们善于思考、积极进取、无惧苦难，但成长之路是极其艰难的。面对侮辱，尽管高加林内心有着“我非到这里来不可！我有文化，有知识，我比这里的年轻人哪一点差”的信心，但最终还是选择回乡。孙少平属于被“十年动荡”耽搁的一代，结束高中生活只能回乡务农，尽管后来大学恢复了招生，“少平和他高中时的同班同学都去应考了，但一个也没考上。他们初、高中的基础太差，无法和老三届学生们匹敌，全部名落孙山了……”活在历史夹缝中，承受着这样的苦难，当然应该反思。

后来，书中的孙少平被推荐担任团委暑期夏令营辅导员工作，赢得各种好评，但仍被拒绝招进团委工作，担任领导的武惠良无奈感叹：“政策不允许啊！现在的情况就是如此，吃官饭的人哪怕是废物也得用，真正有用的人才又无法招来。”

完善的社会，不应让制度的缺陷羞辱个人。显然，孙少平生活的年代，才是他遭遇苦难的原因。孙少平特别能吃苦，也注重通过阅读提升自己的文化素质，拼尽力气也才挤进大牙湾煤矿这个城乡结合地带，“这是一个奇特的生存部落，先进与落后，文明与野蛮，高尚与卑俗，新的与旧的，全部混杂并存，交织在一起。”对孙少平来说，这几乎就是他人生的天花板了。这样的成长经历，让他如此教导妹妹：“不要怕苦难！如果能深刻理解苦难，苦难就会给人带来崇高感。”显然，作者对苦难的这些认知，体现了一定的局限性。

《平凡的世界》还讲述了年轻人错位的爱情。孙少平与田晓霞的爱情看上去很美，他们一个是煤矿工人，一个是地委书记的女儿、省报记者，但路遥设计了田晓霞意外死亡的情节，让不平凡的爱情变成了悲剧，暗含着难以跨越阶层的宿命。后来，大学生金秀也对孙少平表达了爱意，但孙少平还是选择回到矿上，走向头上包着红纱巾的惠英，隐喻选择师父的遗孀，仍属底层与底层结合；有着公职的田润叶深爱着孙少安，但被这个自觉卑微的农民拒绝了，只能依照父母之命嫁给李向前，夫妻长期分居，彼此极度痛苦；金波在入伍期间爱上了一位藏族姑娘，私会行为被政委发现，只能复员。此后他再也没有找到那位姑娘，只能陷于长久的悲伤与孤独。这部小说里的太多爱情，都是不如意、求不得、伤离别，背后都有复杂的社会原因。

爱情是圣洁的，是跨越阶层的，没有爱情的人生注定是平淡的。路遥也认为“真正的爱情是心甘情愿地与爱人一起奋斗并不断地自我更新的过程”。但无论过去还是现在，人们离爱情成为人生救赎和支撑这样的美好愿景，依然还有遥远的距离。

《平凡的世界》讲述了太多的苦难与苦情，讴歌了那些坚忍、温厚、善良的人性，在今天依然能够给年轻人带来治愈和激励。但是，苦难就是苦难，它并不崇高，更不伟大。苦难不值得感恩，更不应该讴歌。苦难中可能开出一些花，但这并不能改变苦难的本质。告别苦难，收获爱情，才是新时代青年值得追求的生活。

给平淡的日子增添更多精彩，让平凡的世界拥有更多伟大，需要以反思和抗争来拒绝平庸，拥抱生活。从这个意义上讲，接受苦难并不是绝对的理性，看见平凡也并不是人生的唯一答案。

作品简介

第三届茅盾文学奖（1985—1988）获奖作品《平凡的世界》，是路遥创作的一部全景式表现中国当代城乡社会生活的百万字长篇小说。全书共三部，以中国20世纪70年代中期到80年代中期的近10年间为背景，通过复杂的矛盾纠葛，刻画了社会各阶层众多普通人的形象，深刻地展示了普通人在大时代历史进程中所走过的艰难曲折的道路。特别是主人公面对困境艰苦奋斗的精神，对今天的人们仍有极大影响。

真正的救赎，是带着爱；真正的觉醒，要追着光。
从此，见众生，见自己。

第五章 奔腾年代

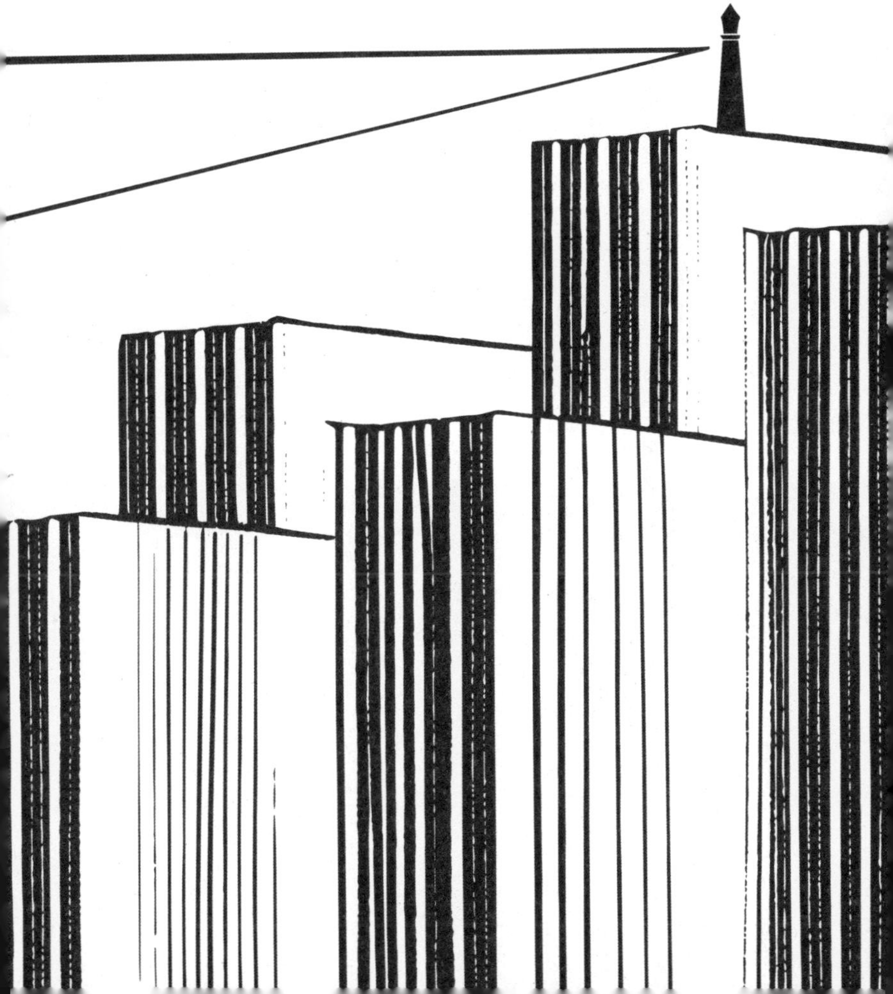

在理智塌方的年代更需要『做个好人』

评《人世间》

题记：悲喜自渡，冷暖自知；人间烟火，道义担当。

世道人心是有深度的，很难进行探测估量。很多时候，人们只是把生活的某个片段作为切入点，来找个角度进行分析判断。

这样切片式的观察，容易失之偏颇。比如，社交媒体上有个流行的标题句式，叫“世道变化，是从……开始的”，乍看上去，这很容易带来情绪价值，仔细思考，就会发现观点失去理智。

历史是有连贯性的，社会也处于复杂变化中。用孤立视角看待某个年代，有人会觉得那是如其所愿的盛世，有人则认为那是历史的垃圾时间。其实，世道人心的复杂深邃，一直隐藏在生活之中。

从某种意义上讲，历史学的铺陈和社会学的思考，往往不如文学更能让人看清生活的真相。梁晓声的《人世间》就是雕刻生活的现实主义佳作。

“人世间”，是民间习惯用语，是一个可以涵盖世间万事万物的词汇，意思与高尔基的《在人间》近似，都在以更加开阔的视角观照人间世事，展现生活的深度与广度。

梁晓声是文坛“常青树”，代表作有《这是一片神奇的土地》《今夜有暴风雪》《雪城》《返城年代》《年轮》《知青》等等。他喜欢聚焦某个历史年代的现实场域，对生活进行深度透视；他也是文学界的一位思想者，他的《中国社会各阶层分析》《郁闷的中国人》《我们的时代与社会》《我相信中国的未来》等非虚构作品，充满人文关怀，凝结着他对社会的思考。

《人世间》这部作品，从1972年开篇，到2016年收尾，时间跨度长达四十四年，它像一面岁月的镜子，映照着时代的辙痕。比起梁晓声以往的作品，《人世间》刻画的生活场景更为广阔悠远，提供的思想力量更为厚重深刻。因此，这部作品以最高票数获得了第十届茅盾文学奖。

“尽最后的努力对现实主义的一次致敬”，梁晓声如此表达写作《人世间》的心愿。创作这部作品时，梁晓声已经六十三岁。这个早就著作等身的老作家，似乎在用这部作品作为自己的“封笔之作”。对历史和现实都曾有过太多激愤与忧思的他，最终选择回归生活本身，在人间烟火中寻找安抚人心的力量。

针对这部作品的内容，梁晓声这样概括——既要写“人在现实中是怎样的”，也要写“人在现实中应该是怎样的”。

人得活在现实中，人应活在真实中。人是个体的人，得有坚守的独立人格；人也是家庭的人，应有守护的责任伦理；人还是社会的人，有必须履行的社会责任。活在人世间，悲欢各不同。但人是高贵的生物，要活出人的样子，只能以价值坚守来捍卫人格尊严。《人世间》描写了大量人物，时间跨度近半个世纪，这部作品对“人在现实中应该是怎样的”给出的答案，就是“做个好人”。

大道至简，大巧若拙。“做个好人”，这个主旨看似轻简，其实凝重。

真正走进这部作品，走进书中残酷的世界，就会明白“做个好人”并不是个矮化要求，而是一个既有普适性又属高标准的期待。不论是在那是非颠倒、黑白不分的历史年代，还是在今天依然充斥着戾气的现实社会，总有一些人活得或如同扭曲的蛆虫，或如同凶猛的野兽，以至于有一个社会流行语，叫“做个人吧”。

“做个好人”显然比“做个人吧”要更加高级和高贵。这也意味着《人世间》主张的“做个好人”，正是时代最为需要的价值观。

道德从来不是靠喊口号得来的，法律有时也只是对人的最低道德要求，世道人心要真正变好，归根到底，还是得由生活教化。在生活面前，很多人活到老，依然还是个孩子。《人世间》正是通过大量令人动容的生活场景、细节故事，凝聚起“让人成为好人”的文化力量，让人性返璞归真，让生活更加温和而理性。

做好人不仅需要仁善之心，也需要勇气和挑战，梁晓声的现实主义叙事，也是如此。比如，如何展现“十年动荡”走向结束的社会场景，如何讲述党的十一届三中全会之后的人心变化，如何表达20世纪80年代末的“清除精神污染”，如何呈现一次次历史风波对个体人生的连带打击，都需分寸拿捏，做好迂回包抄。

文学记录历史，对作家来说是一种综合能力测试。在《人世间》中，梁晓声巧妙地通过社会场景描写，对历史事件进行暗示。比如，梁晓声这样书写周秉昆去找楠楠的沿途场景：“市中心区情形反常……人们似乎要去参加什么大型集会，或是去看什么热闹。”显然，相较于梁晓声在《年轮》《知青》等作品中关于历史幽暗年代的呈现，《人世间》更为克制和内敛，却不失真实感和反思性。生活永远离不开妥协与平衡，写作也不例外。

《人世间》聚焦一个叫“光字片”的地方展开叙事。不过，这里只是一个城市边缘的狭窄地带，曾经的生活很少有欢乐，街巷也没有多少光亮。作家通过对这里的工厂、商店、粮店、洗浴中心等地标建筑进行一次次探照，把街坊邻居和城市面貌都集纳成为遥远生活的记忆。与此同时，梁晓声还将视角移向光字片之外的电影院、和顺楼、北普陀寺等城市空间，通过更宽广的视野，来展现特定年代的整体社会背景，探究光字片这个地带贫穷的形成原因。

底层叙事，民间立场。梁晓声写下光字片无数的生活琐事，通过呈现人们在漫长年代中的生活变化和命运变迁，描绘出一幅幅极具人间烟火气息的民生图景。从某种意义上讲，这部小说堪称“一个片区里的中国”。

“活下去，像牲口一样活下去”，这是“茅奖作品”《芙蓉镇》的经典表达；“人是为活着本身而活着，而不是为了活着之外的任何事物而活着”，这是余华在《活着》中讲述的生活真相。在用文学诠释“活着”的意义上，《人世间》是迭代升级的。

小说中很多人的生存境遇仍是困苦的，生活质量依然是低劣的，但是，作者已经走出“他人皆地狱”的冷漠旁观和指摘批评，看透了做人的艰难，依然选择去做个好人。在《人世间》结尾，历尽生活磨难的周秉昆这样自述人生：“他从来都只不过是一个小老百姓，从小到大对自己的要求也不过是应该做一个好人。尽量这么做了，却并没有做得多么好。”

这句“从小到大对自己的要求也不过是应该做一个好人”，乍听起来似乎有些“消极”，其实折射了一个普通人灵魂的高贵。

有一种文化误会，就是很多人总是简单地把“积极”当作褒义词，把“消极”当作贬义词。其实，在仁爱、善良、自由这些价值领域，消极往往比积极更重要。对此，社会学有过很多理论阐述，比如，“消极自由”要比“积极自由”更有价值，这个理论已成为普遍认知。道理很简单，积极是一种高标准，消极是一种底线要求，比起经常积极唱高调，很多时候能守住做人的底线，社会就很美好了。所以，周秉昆“做个好人”的消极自由，体现的正是底线价值，是人性的光辉。

《人世间》写的其实是一个好人集群，他们通过在人间烟火中担当起应有的道义责任，共同集结成一个产生好人的环境。

周秉昆在朋友涂自强被执行死刑之后，去给其遗孀郑娟送钱，发现郑娟是个被强暴后生下儿子且带着盲人弟弟生活的苦命人。后来，他对郑娟倾注了全部的爱和责任，照顾起这个女人的全家生活。周志刚是秉昆父亲，原本不同意儿子秉昆与郑娟结合，面对郑娟因按摩自己妻子而变形的手，他对周秉昆说："再愁再难的日子，你都要为那边三口把日子给我撑住了，而且要让他们觉得有了你就有了希望。"周秉义是周家长子，凭优异成绩考上北大，走上领导岗位后，大公无私、两袖清风，尽心尽力帮助普通人过上更好的生活，后来承担起对光字片的改造搬迁工作……

做好人是不容易的，除了要承担生活苦难，有时还要承受打击报复。在《人世间》中，遭受太多命运磨难的周秉昆这样说："走一步看一步，走一步走好一步，苦吗，嚼嚼咽了。"令人动容，催人泪下。周秉义站在善良和道义的立场，却因为没能在分房问题上关照秉昆的朋友曹德宝，遭到曹德宝的举报构陷。后来周秉昆和曹德宝不经意相遇，后者只能低头而过。

从某种意义上讲，《人世间》承载着梁晓声"为生民立命"的理想：让竞善成为人与人之间的竞争之路，让"做个好人"成为无数人共同的选择。

越是理智塌方的年代，越是人心迷乱的时代，越是需要释放向善的力量。正如雨果所说："释放无限光明的是人心，制造无边黑暗的也是人心，光明和黑暗交织着，厮杀着，这就是我们为之眷恋而又万般无奈的人世间。"

人间烟火，悲欢离合；仁者无敌，善者优胜。

作品简介

第十届茅盾文学奖（2015—2018）获奖作品《人世间》，是当代作家梁晓声创作的长篇小说。《人世间》分上、中、下三卷，以北方某省会城市一个平民区为背景，以平民子弟周秉昆的生活轨迹为线索，围绕春节欢宴、家庭聚会、重大事件布局全篇，展示近 50 年来中国社会的发展变迁。贯穿其中的，既有中国社会发展的光荣与梦想，也直面了改革开放进程的艰难和复杂。

海上旧梦，在时代风潮中注定飘零

评《长恨歌》

题记：海派怀旧，城市暗影；价值失衡，人生梦断。

十里洋场烟花地，风云际会上海滩。

作为中国最繁华也最复杂的城市，上海的浮沉变故、爱恨往事，是一首永远值得咏叹的长诗。

“要写上海，最好的代表是女性，不管有多么大的委屈，上海也给了她们好舞台，让她们伸展身手。谁都不如她们鲜活有力，生气勃勃。要说上海的故事也有英雄，她们才是。”王安忆在《上海的女性》中这样说。

张爱玲和王安忆，是上海高密度文学书写中最有辨识度的两位作家。张爱玲的疏离和苍凉、王安忆的绵密和冷静，为海上怀旧铺垫了极为阴郁沉厚的底色。她们刻画的女性形象，譬如《倾城之恋》中的白流苏和《长恨歌》里的王琦瑶，都是在欲望迷失和命运孤冷中，以绝望的目光，凝视着上海的光影变幻。

上海，可以赐予观察者所需要的一切深刻或表象。正因其既宽容大度又浮躁喧嚣，关于上海的书写，始终要面对过度的挖掘或错位的判断。张爱玲和王安忆的作品，也都没有逃脱争议的宿命。

即使在获得“茅奖”二十多年后的今天，对《长恨歌》的阅读理解仍然因人而异，有很多同题异解，甚至结论对立。

比如，主人公王琦瑶是可悲的还是可鄙的，是消极的还是勇敢的，是沉沦的还是反抗的，在不同人心中有不同答案。

不只是对这部小说的人物形象理解认知有偏差，读者对其语言文本也既有认同又有排斥，对其价值思想的判断，也是有人觉得流俗，有人觉得深刻。

这种错位判断，从曾经审美相对单一的时期，一直延续到这个价值认知更加复杂多元的年代。

作者王安忆曾对这部作品的“误读”作过相应阐释，但所有的辩白又都变得苍白。这是上海和她的书写者的宿命，但同时又不失为一种好运。

《长恨歌》就是在这样漫长的争议过程中，悄然完成了经典化。经典，永远都是争辩出来的。

这是好作品与读者之间的特殊交互。真正的好作品，是有门槛的，也是有不足的。这既需要读者有阅读的耐心和智识，也考验着读者的价值选择。而不断延伸的解读，从某种意义上讲，也是作品的另一种存在方式。

不得不说，对追求故事紧张冲突的人来说，《长恨歌》一开始就显得不够友好，它竖起的阅读屏障，挡住那些急切想要与主人公见面的人。

在小说开头，王安忆竟然用了四章多的篇幅，写弄堂、流言、鸽子。弄堂是深幽阴暗的，流言是隐秘不绝的，鸽子是挣扎而自由的。开篇数千字的情景描写，人物皆未出场，这些内容完全可以作为独立的散文存在。对此，有读者极不耐烦，甚至转身而去。

对此，王安忆曾略带失望地解释："我重视空间的戏剧性，将空间布置好，人不说话也自有传达。"其实，弄堂、流言、鸽子，正是主人公王琦瑶人生命运的起源、改变和见证，这样的情境铺陈，就是在为这一场海上怀旧搭起台面、铺上底色。

事实上，这部小说通篇都有大量关于城市景观和环境的描写。作者将文采挥洒到了极致，语词层层叠加，句子不停衍生。这些文字以极强的繁殖力，生成曲折绵延的幽径，通往一座城市的深处，带着读者经历上海的弄堂街道，看尘世烟火，感受城市的精神内涵。

在精心建构的庞大空间中，在悠悠流淌的岁月河流中，在人潮汹涌的街市巷道中，主人公王琦瑶也就成了一座座桥梁，连接起上海密密匝匝的物象，见证着城市浮沉的沧桑无奈。

正如王安忆所说："我写了一个女人的命运，但事实上这个女人只不过是城市的代言人。我想写的是一座城的故事。"

这是 20 世纪 90 年代王安忆在小说写作上的创新表达。这个永远不愿原地踏步的作家，她的一次次艺术突围都会让读者投以既激赏又怀疑的目光。

其实，这个世界任何创新都难免误读，创新者往往也多是孤勇者，在文学世界一次次勇立潮头的王安忆，最终还是以真诚和才华赢得了尊重。

不久前，王安忆获颁"法兰西共和国荣誉军团骑士勋章"，她在答谢致辞中说："我们叫作'六九届毕业生'。这个名字几乎是个谑称，是没有上过学的学生的同名词，也是个隐喻，喻示着一代人被教育放弃，两手空空地走上社会。在我几十年来各种履历表学历这一栏，我还是很厚脸地填上'初中'两个字，明白人一看就知道我是谁。"

不同的是，王安忆用"五四"人文进步背景下的新文学营养，"及时地填补了学校教育的缺失，让我们避开成长的危险，滋润了青春，走上人生的正途"。

这何尝不是一个作家的“海上怀旧”？

王安忆的青春记忆说明，即使在文化贫瘠年代，个人选择文化自强，也有一片开阔的通途。

这个作家的青春选择，也很容易让人联想到《长恨歌》主人公王琦瑶的相反人生。王琦瑶的一生，都活在自恋和依附之中，价值观的错位导致独立主体性的缺失，最终一步步将她拖进悲剧命运的深渊。

少女时代的王琦瑶，原本只是温和恬淡的小家碧玉。在“沪上淑媛”的东风吹拂下，她登上了“选美”舞台，赢得了“上海小姐”第三名。

美丽的光芒自然容易引来猎艳的目光，在自尊独立和傍身权贵的选择之中，她毫无犹疑而且极为期待地投入到李主任的权力怀抱，搬进了爱丽丝公寓的安乐窝，做起了“金丝雀”。身边，是一个装着金条的西班牙雕花木盒。

有着通天权力的李主任飞机失事后，王琦瑶的青春辉煌也随之结束，“金丝雀”变成了“无依鸟”，只能从上海喧嚣的大世界飞到邬桥的宁静天空。

在那里，豆腐店老板的儿子叫阿二，倾心于王琦瑶，为她念白居易的诗，其中，《长恨歌》里那句“玉容寂寞泪阑干，梨花一枝春带雨”最动情。诗中杨玉环的玉殒香消，不过就是傍身权贵的工具人的命运隐喻。

如果不能驱散上流社会纸醉金迷、灯红酒绿的吸引力，恋恋红尘中的深情，有时不过是一曲乍听动情细品反胃的挽歌。

上海的繁华如梦，一直是王琦瑶的向往和追求。她急切地从邬桥飞回了上海，在平安里重新寻找浮华人生。

她“在螺蛳壳里作道场”，被出生于旧上海工厂主家的花花公子康明逊勾起海上怀旧的昔日绮梦，为这个男人生下女儿薇薇。而这个不敢负责的男人转身而去，王琦瑶只能独对孤独。

在这样的人生节点，王琦瑶也曾萌生过女性主体意识。特别是，一直无私深爱她的程先生寻迹而来，他们渐然开启理性、节制、隐忍、妥协的交往生活。然而，20世纪60年代风云骤起，让程先生深陷痛苦，最后跳楼自杀。

王琦瑶，从此难遇良人，只与苍凉共舞。

时间到了20世纪80—90年代，王琦瑶也走进了改革开放的风潮之中，她将自己的海上旧梦转化为时尚男女的人间游戏。

老克腊是她女儿薇薇的朋友，是个迷恋上海街景、旧物、老音乐的年轻人。怀旧，让老克腊与王琦瑶演绎起穿越时光的爱恋。

在旧上海的暗影之中，王琦瑶重新回到"上海小姐"的华丽幻觉。只不过，面对王琦瑶渐渐显露的老态，老克腊的怀旧只是一种暂时情绪，而不是纯粹情感，根本经不住时代新潮的冲击。

王安忆设置了一个看似突兀的结尾——王琦瑶被长脚掐死了。

长脚是个像老克腊一样有着海上旧梦的年轻人，不过，面对王琦瑶那个传说中装满金条的木盒，他终于露出伪饰在怀旧下的真面目，贪婪释放出人性之恶。

那一刻，掐着王琦瑶的长脚，觉得这个女人竟是那么丑那么老；被长脚掐着的王琦瑶，则想到早年她在电影拍摄现场看到的躺在床上死去的女人。

面对此情此景，王安忆平静地叙述："再有二三个钟点，鸽群就要起飞了……"那一刻，城市的天空，鸽群在自由地飞翔；上海的早晨，响起浦东建设的号角。

王安忆迅疾地对王琦瑶的人生施以厄运，让其死得潦草，冷静掐灭复活的海上旧梦，如此残忍，如此扎心，如此警醒。

对此，王安忆曾说："女主角的结局十分不堪，损害了她的优雅，也损害了上海的优雅，可是倘没有这结局，故事就将落入伤感主义，要靠结局来拯救，却又力量单薄，所以，略一偏，就偏入浪漫爱情小说，与时尚合流。”

显然，王安忆就是要用悲剧结局，以批判力量，来警示人们，应该从不真实的、没有希望的、背离伦理道德的旧梦中醒来，去拥抱更加符合文明潮流的时代新梦。

红颜薄命总是令人唏嘘，但把“命如纸薄”都推给时代和体制也是不公平的。“命薄”效应背后，往往都有一种驱动力，叫“自轻自贱”。

王琦瑶的青春选择已过百年，有些时代女性的人生依然在原地踏步。殊不知，海上旧梦，早该在时代风潮中飘零溃散。

一时浮华梦，一世长恨歌。

谁的青春不迷茫，人生长恨水长东。唯有自尊自强，才是永远的人间大道。

作品简介

第五届茅盾文学奖（1995—1998）获奖作品《长恨歌》，是当代作家王安忆创作的长篇小说。《长恨歌》写了一个女人长达四十多年的感情经历。20 世纪 40 年代，还是中学生的王琦瑶被选为“上海小姐”，从此开始命运多舛的一生。旧弄堂、鸽子、老建筑、有轨电车，以及从弄堂中走出的王琦瑶的情与爱……那些琐碎细小的上海故事细节，宛如一段段呓语，又似一个个幻梦，谱写了一曲女人的长恨歌。王安忆用看似平淡又幽默冷峻的笔调，从 20 世纪 40 年代到 90 年代，描写了上海四十多年的历史变迁。

触摸疼痛，从黑暗世界走向有光的所在

评《推拿》

题记：黑暗世界，边缘人生；创伤隐痛，守护尊严。

“人间不值”“人间失格”，这两个热词，常被用来感叹对社会和人生的失望。

不可否认，现实之中确有命运不济和社会不公，让生命难以承受生活之重。

不过，只有热爱生活的人，才能真正被生活所热爱。人间烟火漫卷，红尘恋恋不舍，那是因为生活多彩多姿，生命极为深刻。

人间值得，就是要让所有人都看到光，看到色彩，走向有光的所在，拥抱五彩斑斓的生活。

有些人，就生活在无边的黑暗里，命运随时被抛在某个边缘地带，生活常处在无尽的疼痛之中。谁给他们生命之光、社会温暖和精神治愈?

作家毕飞宇的《推拿》，就是在关注盲人群体，透视那个没有光的世界，来求解被黑暗遮蔽的人生难题。

毕飞宇似乎能满足人们对文人作家的所有期待和无限想象。如果“江南才子”这样旧式文人身份用起来不显流俗的话，那毕飞宇无疑就是与之最为适配的作家。

南京是一个极具江南文化气息的所在，毕飞宇、苏童在这里吸纳了江南古典的气韵气度，不论是形貌气质还是作品价值，都是那么美好，那么深刻。

在《推拿》之前，毕飞宇的《玉米》《青衣》《平原》等作品，就有着浓郁的古典气息，仿佛每个字句都被传统文化浸染过。而到《推拿》则不一样了，毕飞宇一头扎进了盲人逼仄的黑暗世界，以压抑的笔调，探照着人性的幽暗，叩问着世道人心，展现出作家“介入现实”的强烈批判意识。

《推拿》获得“茅奖”，本身就是国家级文学奖评选的一次价值升级。它意味着文学价值不必完全体现在宏大叙事上，文学表达也不必都追求所谓的史诗式呈现，好的作品也未必一定要打上鲜明的主旋律烙印，只要真正回到文学的轨道上书写真实生活，哪怕是聚焦边缘地带，只要能引发反思和改变，就同样能获得国家文学荣誉的垂青。

毕飞宇曾在南京特殊教育师范学校任教，对盲人的心理特性自然有所研判。后来，他因伏案写作导致身体劳损，到盲人推拿中心进行治疗，与盲人有了近距离的频繁交往，进而更加了解这个群体的生存状态。

由此，他用《推拿》打开一扇通往黑暗世界的窗口，让人们感受到盲人承受的隐秘疼痛。

从这个意义上讲，《推拿》并不只是在写盲人，而是在通过盲人之眼和人类社会进行灵魂对望，来展示盲人“边缘社会”与“健全人主流社会”之间的二元对立。毕飞宇用小说的反思精神，证明了心盲比眼盲更无知危险。

真正一流小说家的写作是难以被定义的。对毕飞宇小说的文本和结构，如果简单地套上某个理论框架，其实很容易陷入尴尬的错位。

《推拿》就是这样独特的作品，全书除了开头的引言和尾声，每个章节都是以人物命名，以一幅幅盲人浮世绘来展露他们隐秘的心理历程。也只有成熟的小说家，才能完成这种层层叠加的“心理叙事”隐性结构。

当然，毕飞宇小说最具魅力的地方是语言铺陈。他的文字是内敛的，又是奇瑰的；是隐忍的，又是锐利的；是绵密的，又是简洁的。

《推拿》里的字句辞章，就像是附在通往盲人黑暗世界的道路边上的萤火虫，是发光的，是体贴的，是精准的，是有生命的，映照着一条条狭窄的通道，让读者跟着盲人，走向他们惊心动魄又波澜壮阔的世界。

比如，毕飞宇这样描述失明的痛苦：“后天性的盲人必须要做一件事，杀人。他必须把自己杀死。这杀人不是用刀，不是用枪，是用火，必须在熊熊烈火中翻腾。他必须闻到自身烤肉的气味。什么叫凤凰涅槃？凤凰涅槃就是你得先用火把自己烧死。”

这样的句子，让一种绵绵不绝的隐痛，从纸面传递到读者指尖，顺着经脉，直抵心尖，成为一根坚硬的刺，深深地扎进去，带来强烈的心悸。

这样的语言极其复杂，又极具辨识度，体现了无与伦比的智性与想象力。这不是训练形成的手艺，而是天赋的才情。面对这样极具才华和想象力的语言表达，任何模仿复述都会有强烈的挫败感。

正因如此，《推拿》被改编成同名电影和电视剧，虽然也很火，但一千个导演、一万个编剧，都无法还原毕飞宇以文字呈现的心理细节和反思力量。

在《推拿》中，毕飞宇狠狠嘲讽了现实社会对待盲人群体的轻慢、歧视和掠夺。

健全人经常对残疾人说，你们要“自食其力”。自我感觉真是好极了，似乎只有残疾人需要“自食其力”，他们就可以淡定地啃老，从容地躺平。那种以优越者自居的心态，那种以施舍者自居的同情，对盲人实际上造成了不小的心理伤害。

《推拿》里的王大夫，天生全盲，父母把万千宠爱给了健全的弟弟。王大夫勤苦自立，而弟弟则成了一个好吃懒做、冷漠自私的赌鬼，是一个只知道无限索取的“活老鬼”。王大夫挣的血汗钱，本是想给自己办一场简单有爱的婚礼，开一个让妻子成为老板娘的推拿房，然而，为了给弟弟还赌债，他只能用自己的鲜血来偿还弟弟欠下的债务。

最令人心塞的是，王大夫给了弟弟两万元婚礼钱，弟弟却嫌弃他的盲人形象丢人，连他到婚礼现场的资格都给剥夺了。

盲人被掠夺、被侮辱、被损害的残酷现实，在《推拿》里几乎无处不在。

张宗琪的父亲后来找了个女人，这个后妈却对他说：“小瞎子，你要是乱说，能毒死你，你信不信？”从此，张宗琪再也不敢和做饭的女人说话了，过度防范也让他失去原本可以得到的爱。

在推拿中心，高唯是前台接待，不是盲人。她表面真诚热情，其实极有城府，她所有的友善不过就是为了谋取私利，不过就是为了实施自己的掠夺和报复。

都红，人长得很美，从小极具音乐天赋。她在慈善晚会上弹琴，因太过紧张发挥失常。这时，主持人煽情地赞美她是“为了回报社会”，鼓动人们给予她怜悯的掌声。都红意识到，慈善演出“就是把残疾人拉出来让身体健全的人感动”，意识到自己只是换取募捐的棋子，就再也不碰钢琴了。

在推拿室，客人讲各种荤段子，污浊、肮脏、龌龊、下流。对此，都红只能沉默。

毕飞宇写道："在公众面前，盲人大多都沉默。""后天盲人的沉默才更像沉默。仿佛没有内容，其实容纳了太多的呼天抢地和艰苦卓绝。"

小马就是一个后天盲人，他为失明自杀过，脖子上留下深深的划痕。最终，他选择沉默，每天都在听时钟的"咔嚓"声。

这种沉默，就是对痛苦绝望的忍受和消解。在黑暗世界中，盲人用沉默抵抗着尖锐的疼痛，而这些疼痛却往往来自所谓光明地带的人们。

认识了黑暗，才能读懂世界上所有的颜色。在浓厚的黑暗之中，有人可以把光明完整地送给你；在日丽风和的现实之中，有人可能用黑暗将你笼罩得不见一丝光隙。

在盲人世界的"黑暗"中，也可以看到爱与美，感受尊严与无畏；在繁华盛世的光亮中，也能够看见脏与丑，见证卑劣与怯懦。

盲人世界的"边缘社会"和健全人的"主流社会"，到底哪里才是光明的，哪里才是黑暗的，很多时候，就处于交错纠葛的状态。正如毕飞宇在书中说："这世界有人眼盲，有人心盲，眼盲的人可以用心去感受，心盲的人有眼也是摆设。"

海伦·凯勒在《假如给我三天光明》中深情表达，如果她能拥有三天光明，她希望能够看到"人"，看清过去、现在和未来的世界，读懂自然和艺术的博大灵魂。

盲人在黑暗里苦苦寻找光明，而健全人却在光明世界制造黑暗。这说明，黑暗与光明，不仅是由光影造成的，而是被心墙隔离出来的。

来此人间一趟，都想光芒万丈。一个失去悲悯和良知的社会注定没有光亮，一个轻易就践踏弱者尊严的族群，只会泯灭人性之光。

不论身处哪种地带，都应把光明完整地还给每个人，让人们一起走进有光的世界。

这种光，也是毕飞宇在新作《欢迎来到人间》中所说的那种“只有被拯救的人才会有的光，是大幸福，大解放”。

作品简介

第八届茅盾文学奖（2007—2010）获奖作品《推拿》是当代作家毕飞宇创作的长篇小说。这部近十八万字的小说讲述的是一群盲人推拿师内心深处的黑暗与光明，这也是国内少有的以盲人群体为题材的文学作品。小说本着对盲人群体最大的尊重与理解，描述了一群盲人按摩师独特的生活，细微而彻底，真正深入到了这部分人群的心灵。小说以很小的切入点人手，以“沙宗琪推拿中心”里的一群盲人的生活为中心，去触摸属于黑暗世界中的每一个细节，并对盲人独特的生活进行了透彻、全面的把握。

关山难越，谁悲失魂之人

评《黄雀记》

题记：失魂落魄，无所适从；螳螂捕蝉，黄雀在后。

每一种人生都充满不确定性。

特别是，时代快车一旦驶进精神的无主之地，被丢弃在荒原上的人们，前行是南墙，后退是深渊；左冲是沼泽，右突是荆棘。里里外外都是困境，才是最大的困境。

苏童小说《黄雀记》，写的正是一群“失魂”之人，奔突在江南那个幽暗潮湿的街巷中，不经意就在某个混沌神秘的地带，撞开了一扇隐秘的门，然后，被一种无形的绳子捆住，慢慢收紧，生命近于窒息。

这样的人生，当然是不值得的。人生何以至此，自然值得审视。

历史有垃圾时光，但每个人都不应虚度人生；现实有幽暗地带，但每个人都想活在光亮地带。正如苏童所说：“一个人不能因为讨厌某个季节，便在某个季节死去。”

《黄雀记》在叙事结构上，按照季节分为三章：保润的春天、柳生的秋天、白小姐的夏天。故事主要讲述了保润、柳生和仙女这三人之间的命运缠绕、爱恨仇杀。

这种三段式结构，处理得很轻简，乍看甚至会给人一种平庸的感觉。

但苏童是有匠心的，在叙事上有着极致的驾驭能力。他以讲故事的独特视角、极具魅力的语言表达、细致入微的场景呈现，通过叙事回环，让三段体结构显得极其完美。

春天的勃发冲动、夏天的躁动不安、秋天的肃杀零落，也成为对应人物的命运象征。

至于他们的冬天，苏童选择了沉默，留给读者来想象。

青春期的爱恋萌动，有时结果是残酷的。保润因与仙女有情感纠葛产生争执，在冲动中用绳子捆绑了仙女，柳生却借机强暴了仙女。因为柳生的家势和仙女的沉默，保润含冤在监狱中待了十年。

其间，柳生一边照顾保润祖父赎罪，一边沉溺于物欲享受。而仙女则沦落风尘，变身为白小姐，在欢场沉浮。

十年之后，三人相逢。几经纠缠，复仇赎罪。

最终，柳生被保润刺死在新婚之夜，仙女在谩骂声中生下了红脸婴儿，再次离开了那条“香椿树街”。

香椿树街，在物理意义上，只是江南的一条狭窄小街。看似寻常，甚至破落，然而，它正是苏童的文学原乡。

在《黄雀记》中，整个世界的风云流转，再次被苏童揉成生活的碎片，放进了这条南方街巷的各个角落。

每一个人心中都有江南，江南是地理的，也是文化的。

江南是诗人白居易在《忆江南》中念兹在兹的美好风景，江南也是学者杨念群在《何处是“江南”？》一书中感怀悲叹士人精神变异的心灵承载。

而香椿树街，是苏童的江南，充满潮湿的气息，带着暧昧的味道。

在当代作家中，苏童笔下的江南也是最有辨识度的，他把江南地理气候和风物人情铺展开来，描绘出一幅幅浮世画卷，通过一个个不同的意象，来提炼这个时代的审美与价值。

在复杂、隐秘、灰暗、混沌的香椿树街，到处都是市井人生的迷乱、流俗、贪恋、堕落，弥漫着时代的浮躁和忧伤。

苏童这部小说创造的密密匝匝的意象，被极具匠心地嵌入故事细节中，在时间的缝隙中不时流溢而出，带来绵绵不绝的隐痛与反思。

其中，失魂、绳子、水塔、兔笼等等，都是极为深刻的隐喻。

失魂，是疯癫，是迷狂，是鬼魅，是幻觉，是无根，是精神糊涂，是无所寄托。

人失魂，心无定，身无根。

浮城之下，几多失魂人？

祖父是失魂最久的人，也是最为疯狂的找魂人。为了寻找隐藏祖宗尸骨的手电筒，他用谎言欺骗，让半条香椿树街投入到轰轰烈烈的“掘金行动”中。祖父疯狂又荒诞的行为，从某种程度上讲，也是特殊历史年代留下的创伤后遗症。

仙女在童年时，吃了精神病院的镇静片，也经历了失魂时刻，在晕眩中觉得自己是和群鬼住在一起。这也是她此后道德伦理沦陷的命运隐喻。

在香椿树街，似乎每个人都在失魂与找魂之间奔突。

柳生因后悔而丢魂，保润因仇恨而丢魂，郑老板因女色而丢魂，街坊邻居因利欲而丢魂。

灵魂跟不上时代急速变幻的脚步，就会流离失所，悬空漂浮。

绳子，是控制，是束缚，是捆绑，是缠绕，是牵引，是维护秩序的手段，也是制造暴力的工具。

芸芸众生，谁的命运不被捆绑？谁又在捆绑他人命运？

为了限制祖父的疯癫行为，保润发明了极为高超的“捆人”技术，有文明结、民主结、法制结、香蕉结、菠萝结、梅花结、桃花结……

这些不同的绳结也给被绑者带来了不同体验，甚至形成习惯性依赖。祖父后来一面对绳子，就会主动坐好，提出“要民主结，不要法制结”的诉求。

捆绑别人，有时也就是在捆绑自己。保润用绳子捆绑住了仙女，导致仙女被强暴，自己含冤入狱，柳生也陷入赎罪人生。

生而为人，注定遭受层层捆绑。

绳子这一意象在小说中不断重复出现，也意味着失去灵魂的人生无处不受捆绑。

一个普遍丢魂的世界，就是欲望吞噬人性的世界，就是道德伦理严重沦丧的世界。

小说中的水塔是罪孽发生地，也是生命救赎地；兔笼象征着囚禁，也寄托着对自由的向往。

这本书名叫《黄雀记》，但全文内容只字未提“黄雀”。

“螳螂捕蝉，黄雀在后”，那么，到底谁是蝉，谁是螳螂，谁是黄雀?

当精神、道德、伦理陷入整体性紊乱，黄雀，其实无处不在。

很多时候，是自己在拿着绳子捆绑自己，是自己心中有着一只连自己也不放过的黄雀。黄雀，是不可预料的劫难，是难以摆脱的操控，是随时出现的捆绑，是无法填满的欲望。

小说最后，仙女被迫在污浊的河水中寻找逃脱的通道，在“洗一洗吧”的灵魂呼唤中开始忏悔，在善人桥得到救助，终于感受到生命需要返璞归真。

在江南那个人心萧索的香椿树街，苏童以一个个荒诞又残忍的故事，展现着那些失魂落魄者的罪与罚，也揭开小说隐藏的悲剧内核。

当然，苏童没有简单停留于揭露与批判，更多是带着反思与悲悯，去抚摸那些心灵创伤，去探求人性如何救赎。

在失魂年代，前路总有关隘，人心常困于藩篱。正如奥地利诗人里尔克所说：

> 当灵魂失去庙宇，雨水就会滴在心上。

萍水相逢，怎堪命运捆绑？
关山难越，谁悲失魂之人？

作品简介

第九届茅盾文学奖（2011—2014）获奖作品《黄雀记》，是作家苏童创作的一部长篇小说。小说讲述了一桩 20 世纪 80 年代发生的青少年强奸案引发的命运纠葛史。香椿树街鼎鼎有名的纨绔子弟柳生强暴了一名少女，却让普通少年保润替其坐牢。最终，保润杀了柳生。《黄雀记》延续了苏童惯常的小人物、小地方的叙事风格和节奏，主题涉及罪与罚、自我救赎、绝望和希望。

拒绝平庸，在时代的夹缝中寻找自我

评《都市风流》

题记：时代命题，人生答卷；价值选择，自我重塑。

文学是文化先声，文化是时代的产物。

对作家来说，只有不断创作出不辜负时代的作品，才能拥有真正的文化自信。

茅盾文学奖，是中国具有最高荣誉的文学奖项之一，迄今已评出五十三部获奖作品。但有了“茅奖”标签，也未必就是优秀作品的凭证。

有一些“茅奖作品”，不只是读者不以为然，业内专家也是态度冷漠。这些作品只在评奖结果出来之时短暂风光，热闹过后，便逐渐冷寂了。

第三届茅盾文学奖的评选结果，就较为集中地出现了这类作品。这届评奖共评出五部获奖作品，分别是《平凡的世界》《少年天子》《都市风流》《第二个太阳》《穆斯林的葬礼》。此外，还有两部是荣誉奖——《浴血罗霄》《金瓯缺》。

除了《平凡的世界》深受读者推崇，《穆斯林的葬礼》《金瓯缺》只能说是差强人意，其他几部作品，在读者心中也渐渐消失了痕迹。

好作品应经得起时间检验。那些后来被读者抛弃的“茅奖作品”，如何走出争议，如何正确存在？

几乎没有哪一项文学评奖能完全摆脱争议，“茅奖”评选也注定要在争议中一路摸索前行。从作品到作家，从评委到机制，都需要放在读者挑剔的目光下来展示应有的价值。

文学不是武学，也不是数学，不能靠力气比拼或数字计量来决胜，只能靠审美和价值来打动读者。

当然，有些作品遭受市场冷遇，也可能是因为读者审美能力不够，价值判断错误。正因如此，持续对“茅奖作品”进行分析讨论，极有价值。

问题是，文学评论界对那些被普遍视为平庸的“茅奖作品”，选择集体沉默。虽然也有零星评论文章，往往也只是强作赞美，实在尴尬。

这是一个对文学问题的质疑逐渐离场、对文学亮点的赞歌声浪变大的年代。从质疑和批评“茅奖作品”方面看，专业批评家更多时候成了“沉默的大多数”。

其中的顾虑不言自明。毕竟，“茅奖作家”的身份，意味着一种权威存在，或者说，是一种权力存在。一个作家获得了“茅奖”，随之而来的，不只有名利双收，往往还有相应的文化权力。

批评“茅奖作家”的作品，注定面临巨大的压力与挑战——尺度需要拿捏，关系需要平衡，风险需要规避。批评有时候“得罪”的不只是作家，还会“冒犯”背后的专家评委和推荐机制。

江湖都是人情世故，文坛也有不同圈层。

“茅奖”评委在文学界大都有着较高的地位和较深的资历，相关评奖机制更是具有一定权威性。或是出于为尊者讳，或是考虑到融入“主流文学圈”的现实需要，一些文学评论者就算笃定判断某部“茅奖作品”为平庸之作，往往也会选择主动回避。

1988 年 10 月出版的《都市风流》，在出版业不断产业化的背景下，虽有“茅奖作品”荣耀，却未能成为畅销书，市场上几乎绝迹，实属罕见。

与此相应的是，《都市风流》相关论文，全网不过寥寥几篇，内容亦是不痛不痒。

这种沉默和冷漠，最大的原因，还是在于作品的平庸。

事实上，不只是图书，改编的电视剧相较于同时期上映的《编辑部的故事》《渴望》，也是石沉大海，迅速归于平静。

《都市风流》的作者孙力和余小惠是一对夫妻，在文学界存在感极低，获得“茅奖”前后，皆再无标志性作品问世。孙力身体残疾，英年早逝，命运经历很像史铁生。但作为一代“茅奖得主”，孙力生前与身后却都是寂寞无声。

这部小说的获奖，也被坊间指摘存在“得位不正”的问题。

这其实与第三届“茅奖”评奖机制改革有关。当时，“茅奖”评选引入了一项规则——由一名评委提议，再由两名评委附议，便可让作品直接进入评选环节，而不用经过读书班的推荐。

如此变革，褒贬不一。但由此产生的《浴血罗霄》《都市风流》《骚动之秋》《英雄时代》等获奖作品，尽管体现了某些价值导向的意图，但在文学价值上确实存在诸多遗憾。

《都市风流》是由浙江文艺出版社总编辑温小钰推荐给朱寨和陈涌两位评委的。朱寨是从延安时期走出来的老评论家，陈涌是资深文艺理论家。他们曾评论过温小钰和汪浙成夫妻合写的中篇小说《土壤》。

在那一届评选中，这样的老评论家很有影响力。

“茅奖”评委曾镇南说：“尽管有人觉得《都市风流》写得单

薄和粗糙，但陈涌认为不能那么说，茅盾文学奖初始的要求就是要反映当下的时代，所以，他认为《都市风流》的获奖是可以的。”

这届评委整体年龄较大，文学观念相对较为陈旧，有着强烈的政治热情，在价值取向上偏重现实主义的审美原则，注重追求文学的政治功能。因此这届“茅奖”评选被认为“不可避免地带上了非文学因素的制约”“评奖的平庸性暴露得最为彻底”。

很多读者也认为，这届评选舍弃的作品，如张炜的《古船》、贾平凹的《浮躁》、张承志的《金牧场》、杨绛的《洗澡》等等，比《都市风流》《第二个太阳》等获奖作品，更有文学价值。

许多年以后，有记者问余小惠：“事隔多年，现在看这部作品，您如何评价？”

余小惠以“梵高《向日葵》的价值是后来才慢慢被认可的”来类比，笃定地认为：“《都市风流》是一部里程碑式的作品，在当今社会，是能够占有一席之地的。尽管有些作品评价比我们的作品高，但是我以为我们是无可取代的。”

有这样的文化自信当然值得激赏。但文化更需要理性，更需要自省。

如果不能回到文学轨道上看待作品，不能从评审制度是否公正的角度看待文学评奖，只会让一些以平庸之作获奖的作家出现“迷之自信”，难以进行反思。

若批评不自由，则赞美无意义。文学批评如果不能说真话，如果不敢说真话，就是对作家和作品不负责，不利于文学生态的健康发展。

正派社会的文学生态，既需要批评者有勇气直面平庸之作，也需要作家和评委对批评者报以宽容和理解，以及相关制度不断释放出善意。

毕竟，拒绝平庸，应是读者的文化自觉，也是天经地义的事。

当然，《都市风流》遭受“冷遇”，多少也是因为它掉进了时代的夹缝之中。

这部小说，背景是20世纪80年代中后期。那时，解放生产力、打破陈旧权力束缚、追求先进生活方式等，已经成为改革共识。梳理改革的时代精神，展现改革人物的魅力，需要新的文学呈现。

相较于20世纪80年代初蒋子龙的《乔厂长上任记》和柯云路的《新星》，《都市风流》更具有全方位视角，堪称“全景式”反映变革时代，对改革面临的体制难题也并不回避。遗憾在于，这种急切拥抱时代热点的文学选题，注定带着深深的“临时性”烙印。

这部小说获奖不久，20世纪80年代末的时代浪潮席卷而来，改革也陷入了低潮期，“改革派”小说也成了明日黄花。

此后，官场小说形成新的热潮，《都市风流》中的内容显得过时。

特别是，各种新的先锋流派也相继出现，小说的表达创新在不断提升。不论是内容思想，还是创作技术，《都市风流》都显得愈加单薄与空洞，远远跟不上文学潮流。

从整体而言，《都市风流》的人物群像有一个值得称道的共性，就是面对时代浪潮，都在努力寻找自我价值。

改革派代表阎鸿唤市长从各种宏大叙事中走出，走进市井生活，重新感受人间烟火气。

被市委书记高伯年抛弃的杨元珍，独自带着孩子扛过生活风雨，自强独立，捍卫朴素的人格伦理。

混迹街道有着种种劣行的“小丑式”人物陈宝柱，在将旧家园变成美丽立交桥的浩大工程建设中，找到了身份认同，完成了圣洁救赎。

因为家族资源获得仕途机遇的副市长柳若晨，在与徐力里的生死爱恋中，找回知识分子的身份认同，选择辞官治学。

犯过罪后来成为暴发户的万家福，通过“捐赠”获取了政协委员的身份，为未来的人生铺平了道路……

在时代变革的夹缝中，每个人都在寻找自我。在寻找的过程中，有的人通往康庄大道，有的人走向混沌地带。

《都市风流》的书名，很容易让人觉得是世俗小说的标题。

其实，此“风流”非彼“风流”，而是类似毛泽东“数风流人物，还看今朝”、辛弃疾“风流总被雨打风吹去”中的“风流”，是指建功立业的英雄人物。

小说中，拥抱改革、建设美丽家园的每个人，都是风流人物。

不论是建设者，还是书写者，每个人都需先有自省，才得风流。

认清平庸，反思平庸，才能真正拒绝平庸，在时代的夹缝中找到自我。

作品简介

第三届茅盾文学奖（1985—1988）获奖作品《都市风流》，是孙力、余小惠合著的长篇小说。作品在广阔的社会背景下，塑造了从大杂院居民到身居要职的市长、从摆摊的大学生个体户到高级工程师等近四十个身份各异、栩栩如生的人物。作者以敏锐的观察力和独特的视角，全景式地描绘处于社会变革中的人的命运和心态。几组不同类型的爱情纠葛曲折委婉，多彩多姿，真实地反映了社会纷纭变化的伦理道德观念。

面对信仰危机，说英雄谁是英谁

评《英雄时代》

题记：盛世危言，时代警钟；信仰危机，欲壑难填。

“说英雄谁是英雄”，这是武侠世界的一句流行语。

在不同的年代，英雄也有着不一样的角色特征。“风萧萧兮易水寒，壮士一去兮不复还”的刺客、“黄沙百战穿金甲，不破楼兰终不还”的战将、“安能摧眉折腰事权贵，使我不得开心颜”的骚客，都是古代英雄的文学表达。

随着时代的发展，英雄的内涵和外延也得到不断深化和扩展。现代社会分工更加复杂，价值评判的标准也更为多元。在普通人心中，英雄往往是一个具体形象，是指在某一领域中最为杰出的代表。

于是，复杂的社会让每个人心中都有了自己的英雄，人们也生活在一个英雄辈出的年代，而很多英雄也只是各领风骚一阵子。

有一部获得“茅奖”的作品，书名就叫《英雄时代》，作者是柳建伟。这部小说与《北方城郭》《突出重围》一起，并称为“时代三部曲”。

值得一提的是，《英雄时代》获得第六届茅盾文学奖的消息甫一公开，就引发巨大争议。

这部作品并没有出现在之前媒体透露的二十三部入围作品之列，而是通过三名评委联合提名，直接绕过“读书班”的初评程序，获得增补入围的资格。最终，初评阶段排名首位的莫言作品《檀香刑》落选，而没有入围第一轮评选的《英雄时代》意外胜出，这让很多文学评论家都发出了强烈质疑之声。

现在回过头来看，《英雄时代》增补入围看上去确实没有违背相关规则程序，但这种评选方式似乎也难以经得起制度公平的拷问。

事实上，基于这种规则通道获得“茅奖”的《都市风流》《骚动之秋》等作品，也同样在作品质量上受到普遍质疑。时间会说话，市场会做证，“茅奖”标签可能为这些作家的人生走向风光提供了支撑，但无法改变这些作品被读者抛弃的残酷事实。

莎士比亚写过这样的句子：“我们命该遇到这样的时代。”这句话，也被用作《英雄时代》的题记，并在书中多次提及。

作为主旋律作品，《英雄时代》背景是在20世纪90年代后半期，随着党的十五大关于国企改革、发展民营经济、政府机关机构改革等一系列政策的实施，中国进入了经济转型时期。

一边是私营经济的崛起，一边是国有企业的困顿；一边是一小部分人成了巨富，一边是社会上出现大量下岗失业人员。

在这样的时代背景下，也浮现出了如权力崇拜、体制积弊、资本掠夺、价值迷乱、伦理溃败等社会问题，折射出各种价值分歧，表明社会陷入了严重的信仰危机。

面对精神危机，有独立坚守者，有随波逐流者，有迎难而上者。到底谁是英雄，在不同人心中，答案迥异。

文学创作需要紧扣时代脉搏，反映当下社会生活。柳建伟也确实擅长紧扣时代热点，围绕政策变化剖析社会问题。

《英雄时代》既呈现了一个显赫家族背后的权力世袭现象，又展示了国有企业在“家天下”模式下滋生腐败和创新乏力，暴露了人性在利益驱动下的丑恶与异化，这些都展现出现实主义创作难能可贵的勇气。

但又必须承认，这种宏大叙事一旦偏离文学的轨道，就很容易成为特定政策的代言人，让作品失去应有的艺术魅力。

不得不说，《英雄时代》在结构叙事上，中规中矩，缺乏创新；在文本呈现上，苍白生硬，空洞乏味；在人物刻画上，机械呆板，缺乏个性，陷入过去那种“高大全”“脸谱化”的模式。

主角史天雄主动辞去电子信息部组织计划司的副司长高位，不顾家族和单位以更高职位挽留，选择离开北京到一家刚创办不久的私营企业创业，和下岗职工们一起搞零售业，其中重要动因就是读了毛泽东的《湖南农民运动考察报告》，唤醒了为党和国家利益的使命感。

小说中，史天雄就这样阐述观点：“中国不乏忠诚而称职的官员，最缺乏的是忠于政权的各种企业家。”“党内再没有一批杰出的人才主动选择这种可能是殉道者的道路，恐怕就来不及了。”类似这样的表达，文学元素稀薄，社论味道十足。

这部小说典型环境下的典型人物描写，也过于思维固化，表达呆板。

史天雄到民企求职，面对女老板的不解，他如此慷慨陈词：“我一直认为，这二十年中国取得了很大的成绩，可也丢失了很多宝贵的东西。”“如果我们不及时把那些失去的东西寻找回来，中国肯定会出大问题。”

甚至，他与二十多年前错过的女友再续前缘，第一次发生亲密接触，满口也是这种豪言壮语……驱动生理变化的不是深层心理需求，而是宏大的政治理念，颇有几分雷人感觉。

这种自我标榜式的大公无私，以及口号浮夸式的道德说教，不仅令读者难以共情，反而容易带来审美上的不适感。

“口号化”“表态式”的语言表达，“高大全”“假大空”的人物故事，极大削弱了这部作为经典文学作品应有的高级感。

不得不说，作为一部发表于 21 世纪的小说，作为一位经历较长改革开放年代的作家，作为一部获得茅盾文学奖的作品，《英雄时代》在文学表达和艺术境界上存在的这些不足，令人意外，也令人遗憾。

在人物形象的展示上，这部小说还呈现出“黑白两极”的特点。一边把正派形象树立成“圣徒式”的理想主义者，一边又把负面人物刻画为“变态式”的利己主义精英。

陆承伟是史天雄的妻弟，是一位利用家族权力影响和钻政策空子的新型资本家，参与跑官买官，操纵幕后交易，而且生活极其糜烂。他猎艳的对象从美国的妓女到国内的女星，多到“可以组成一个交响乐队”。在一个信仰危机的年代，像陆承伟这样奸恶淫邪的暴发户，却成为很多人心中的英雄偶像。

信仰危机带来的社会问题，是系统的，是深广的，是复杂的，是可怕的。

“省政府处长、副处长家里的孩子有一半已经在国外读中学。”“街道办事处一般干部，管一条三里长的菜市街，一年的灰色收入，也能顶一个上校团长二十年的军饷。”这样的权力腐败现象令人震惊。

高官之女陆小艺是史天雄的妻子，为满足肉欲经常暗度陈仓、红杏出墙，与明星演员苟合；女星许萍为了六百万元而甘愿被人包养三年；诗人古狼在资本豢养下迷失人格逐渐扭曲，迷恋物欲和女色，终因聚众嫖娼被抓。这一切，都在铺陈出一幅缺乏信仰的群丑图。

在失去信仰的年代，人人又各自信奉一套为自己行为开解的“理论”——针对史天雄辞职，家人和单位阻拦的理由是“离开官场，将一无所有”；针对与小明星苟合被弟弟批评，陆小艺的辩解理由是“只准你们男人放火，不许我们女人点灯，什么逻辑？混账逻辑！”关于信仰危机之下的众生相，作者还这样写道：“已经很难找到一个对现实十分满意、一句牢骚都没有的幸福的人。”

失去信仰，只是沉迷于权力、财富、美色，只能满足浅层次、浮躁化的需求，自然不可能带来真正的人生幸福与内心安宁。

对于信仰危机的生成原因和解决之道，这部小说语焉不详。比如，对涉及经济转型背后的体制和机制问题，对造成社会危机背后的制度性问题，显得过于回避。特别是，对问题的解决之道，都采取上层权力干预的方式，而不是信赖市场，让小说的思想性显得过于单薄。

比如，对陆承伟这样奸恶之人的命运处理，作者就设置了一个聂赫留朵夫式的忏悔结局——陆承伟陷入心理性阳痿，他试图通过嫖娼来“生理唤醒”，不料遇上个吸毒的妓女，竟是被他抛弃的陪伴过他十年的情人。由此，良知被唤醒，人性回归。

这种“无厘头式”的救赎和觉醒，也多少像是在对“假大空”式人物故事进行无奈回应。

在这个偶像容易被污名化的年代，人们常说“没有英雄的时代，只有时代的英雄”。其实，英雄时代和时代英雄，互为因果，彼此成全。当信仰危机来临，当理想主义者渐行渐远，问英雄谁是英雄？

每一个真实真诚的奋斗者，就是真心英雄！

作品简介

第六届茅盾文学奖（1999—2002）获奖作品《英雄时代》，是当代作家柳建伟创作的长篇小说。小说大开大合，以一个红色家族的几个主要人物在北京和西南中心城市的命运沉浮为主线，描绘世纪之交社会变迁的壮阔图景，既写出物质狂欢时代物欲横流对正常秩序的破坏，也写出时代英杰和广大人民群众对理想、信仰的坚守，对丑恶的抗争和对美好未来的希冀。

偏离艺术价值 注定经不起历史检验

评《骚动之秋》

题记：农村改革，独立王国；
欲望骚动，精神寡味。

白纸黑字，不负经典。不过，现实中，总有一些作品，明显辜负了经典，却堂而皇之地被陈列在经典的行列，接受着读者的集体膜拜，这不得不说是一种文化的悲哀。

常有作家在介绍自己作品时，自信满满地说自己的作品是“经得起历史检验的”。时间确是公正的，也是残酷的。作家写下的每个字，在时间面前都算数，是经典，是平庸，并不取决于一时喧嚣，而是只能由后来者评述。

事实上，一些误入经典行列的作品，最终也只能接受时间的冷眼。不必讳言，尽管“茅奖”代表中国文学最高荣誉，其中也同样不乏平庸之作。甚至，有些“茅奖作品”都不需要交给时间评定，甫一评出，荣誉衣袍加身，读者如炬的目光就立即发现，那只不过是一件皇帝的新装，遮挡不住其平庸。

纵然周围还是会有一些唱着赞美诗的自欺欺人者，但谁也无法阻挡从角落中冒出一个揭穿真相的孩子。

在文艺面前，成年人有时真不及孩子坦诚直率。“为尊者讳”，这是一种普遍的世故。“茅奖作品”哪怕再不堪，人们也多是选择用脚投票，在路过存放它的书架时，选择冷漠绕行，而不愿意直接进行指摘。

原因也很容易理解：批评“茅奖作品”，鞭子并不只是抽在作家身上，从相关评委，到评选机制，乃至相关管理机构，都难免会有所触及。批评触及这些主体，显然是需要勇气的。

刘玉民的《骚动之秋》就是“茅奖作品”中归于沉寂的作品之一，长期处于被文学界和读者深度遗忘的状态。

围绕这部作品，不论是检索相关的研究文献，还是在图书市场查证其销售情况，抑或是到社交媒体上探寻读者评价，结果都是“门前冷落鞍马稀”。偶尔打捞出来一些评论的片纸只字，内容也多是在表达对如此作品竟然能够获得“茅奖”的“遗憾”和“意外”。

比如，著名文学评论家洪治纲就曾对《骚动之秋》侥幸获奖这样评价：“如果要说它的获奖有什么更深的意味，那只能在文学之外，艺术之外。”

那么，“文学之外，艺术之外”的指向又是哪里?

说白了，就是要抛开作品质量来看这部作品获得“茅奖”本身的玄机，就是直指这部作品本身并没有太多值得阐述的价值。

这样的评价是很残酷，但也很真实。

《骚动之秋》是第四届“茅奖”获奖作品。有一位当届评委如此说道：“第四届茅盾文学奖无论如何是历届评奖中用时最长、波折最多、最富有戏剧性的一次，也是较为成功的一次评奖。其成功的主要意义在于它比较准确地反映了 1989 到 1994 年间中国长篇小说创作取得的成就，保持了迄今为止中国当代文学最高奖项——茅盾文学奖的荣誉。”

显然，这样的认知，并不符合事实和逻辑。评选结果也能证明，这届评奖离成功还有很大距离。

“用时最长”，这本身就是不成功的明证。第四届“茅奖”评选本应于1994年举行，评选作品范畴应是1989年至1993年之间出版的作品。然而，因为工作拖延，这届评奖直到1995年才启动，评选作品的出版时间也延伸到1994年。更匪夷所思的是，从启动评选到结果公布用时之长，竟然从1995年到1998年。

评选作品出版时间跨度长达六年，评奖时间跨度长达三年多，这两项“用时最长”都违背了相关规则流程，且已严重影响到这项评奖的严肃性和权威性。如此折腾，当然多有波折，富有戏剧性。

当然，第四届“茅奖”最大的不成功，还是体现在结果上。如果不是几经争议，才让《白鹿原》这部伟大作品以修改版的形式入选，这届评奖的结果很可能平庸到不堪入目。

事实上，这届“茅奖”评选出来《白门柳》《战争和人》《骚动之秋》三部获奖作品，现在看来显然都属于“经不起历史检验”的作品。特别是像《骚动之秋》这样的作品，刚被推上“茅奖”殿堂，就让人大跌眼镜。

这些年，《骚动之秋》遭受极度冷遇，在文学市场上已近于无声无息。当然，即便如此，也改变不了作者、评委或者个别吹捧者仍然选择这样的姿态——“只要我不尴尬，尴尬的就是你们”。

每个时代都应有每个时代的文学，但不论在何时，评判文学质量都不应背离艺术规律与价值要素。令人遗憾的是，符合第四届“茅奖”评选条件的同时期中国长篇小说，有太多在艺术和思想上，都要远远领先于《白门柳》《战争和人》《骚动之秋》三部作品。

诸如张炜的《九月寓言》、贾平凹的《废都》、余华的《在细雨中呼喊》、刘震云的《故乡天下黄花》、朱苏进的《醉太平》、苏童的《米》和《我的帝王生涯》、二月河的《雍正皇帝》、高建群的《最后一个匈奴》、唐浩明的《曾国藩》、李锐的《旧址》等作品，在审美视角和价值内涵上，都更有认同度。这些作品全军覆没，特别是《九月寓言》《在细雨中呼喊》如此优秀的作品都会落选，只能说明，第四届“茅奖”评选是“比较失败”的。

后来“茅奖”评选在价值取向上，之所以从单一评价作品向兼顾考量作家总体成就进行转变，或许正是因为这类“沧海遗珠”已经成为巨大遗憾。只是这种补救显得太过尴尬，不能以优秀代表作拿下“茅奖”“鲁奖”这样的权威奖项，对作家和作品的影响都有太多不利因素，也会成为一种文化不公和遗憾。

比如，很多人更喜欢张炜的《九月寓言》《古船》，而不是冗长至极的“茅奖作品”《你在高原》；更认同莫言的《檀香刑》，而不是“茅奖”作品《蛙》。一再错过“茅奖”的余华甚至说出“百分之九十的茅盾文学奖作品，不如莫言最差的一部”，这话当然不无偏激，但也能看出作家对“茅奖”评选的公正性期待。

胡平在《我所经历的第四届茅盾文学奖评奖》一文中，就写到《骚动之秋》获得“茅奖”的“偶然性”和“戏剧性”。

原来，当年由二十三名成员组成的审读小组（读书班）筛选出来送给评委会的二十部作品，并不包括《骚动之秋》，但根据评选规则，任何一名评委在有其他两名评委附议的前提下，就有权提出其他作品参评。《骚动之秋》就是在这种情况下被推荐出来的。

这种情形与第三届“茅奖”评选中孙力、余小惠的《都市风流》“意外中奖”如出一辙。当然，这两部作品也都被普遍认为是“茅奖作品”中“较弱”的，弱到多年来，几乎不被文学评论家们关注。

当然，这类作品能够进入某些评委“法眼”，也是因为题材符合当时的主流宣传需求，能够体现“时代精神”，满足“主题先行”的需要，属于弘扬主旋律的作品。比如，《骚动之秋》是反映农村改革现实的作品，内容顺应时代潮流。为此，胡平这样说：“至今改革题材小说在套路上相比《骚动之秋》等作品还没有显著的突破，因此《骚动之秋》的获奖也还说得过去。”

作为宣传工具，这样的作品获奖“说得过去”是可以理解的。但是，在文学永恒的艺术思想框架下，这种作品后来“说不过去”又是必然的。

如果把《骚动之秋》纳入“改革文学”的范畴来审视，相对于张洁的《沉重的翅膀》、李国文的《花园街五号》、柯云路的《新星》等作品，《骚动之秋》无论在人物塑造上，还是语言结构上，都看不出任何的创新和进步。

特别是，这部小说在内容上过度趋附于制度政策变化，在结构上简单停留于时空顺序的机械模式，在文本语言上更像那类苍白空洞的报告文学，整个作品缺乏起码的思想穿透力和艺术感染力，无法带给读者审美愉悦和情感共鸣。

作者把笔墨主要聚焦于岳鹏程这个乡镇企业家身上，然后像流水账似的记录了岳鹏程遭遇的苦难、大胆的变革以及心性的畸变。整个故事只是停留在事件表象上，既没有遵循生活的逻辑，也缺乏对人性的深度挖掘，导致作品太过浅薄，甚至显得过于流俗。

从某种意义上讲，这部写乡镇企业的小说，也带着浓重的城乡接合部气味。作者的语言运用能力极为单薄，对改革年代的看法也非常浅显，对社会生活呈现的种种变化也只是在进行概括化表达，整部小说给人的感觉就是索然寡味。

这或许也是因为作者刘玉民是报社通讯员出身，更擅长写通讯报道。他曾这样说：“自己能从一名新闻报道员成为一名作家，那段新闻生活是起了奠基和桥梁的作用。”从新闻转向文学这条路，路阻且长。

从某种意义上讲，刘玉民凭《骚动之秋》在四十六岁时就获得“茅奖”，确实太过幸运。这样的成绩纵然有太多偶然，也仍是时代的犒赏，是生活的馈赠。只是，时代的赐予又不可能是无止境的，人也不可能永远躺在错位的功劳簿上，艺术的生命在于不断地突破与创新。

遗憾的是，尽管刘玉民此后也写出过一些诸如《羊角号》《过龙兵》《八仙东游记》《东方奇人传》等作品，但还是未能形成有说服力的总体成就来为当年的“茅奖”正名。

随着时间的推移，刘玉民也更多被冠以诗人、书法家的身份，以至于“茅奖作家”这个更有光芒的身份渐然消隐。

经得起历史检验，从来就不靠态度自信，而是靠作品实力。

历史车轮滚滚向前，那些偏离艺术价值的作品，不论有着怎样至高的荣誉符号，最终还是只能成为车辙下的碎屑，被污泥深埋在某个不为人知的地带。

作品简介

第四届茅盾文学奖（1989—1994）获奖作品《骚动之秋》，是当代作家刘玉民所著长篇小说。小说讲述了在商品经济大潮冲击下，农村面貌和人际关系的巨大变化，描写“农民改革家”岳鹏程在改革家乡面貌中激起的种种骚动。主人公岳鹏程既是一位名扬八方的农民企业家，又是一个称霸一地的土皇帝；他是一位新时代的弄潮儿，又是一个旧观念的继承人。他敬仰父亲的革命生涯，却与父亲水火不相容；他欣赏儿子的聪明才干，却与儿子不共戴天。

生死抉择，积聚直面腐恶的人格力量

评《抉择》

题记：冰山一角，扎堆腐败；
恶权嚣张，灵魂搏斗。

“铁肩担道义，妙手著文章”，这句话，多是对记者的期待。不过，记者的肩膀并不都是铁打的，新闻也有难以触达的幽深地带。

幸好，还有作家这个职业，还有文学这种记录时代的方式。

只是，文学和现实到底又应该保持怎样的关系和距离呢？很多作家也都会在创作行至半山之时，开启这样的灵魂叩问——我为什么写作？

对此，不同作家心中，答案也不同。

“为艺术而艺术”，这是“唯美主义”代表作家王尔德的信念；“为人类而写作”，这是文学斗士索尔仁尼琴的主张。艺术和现实，有时就这样成为文学追求的两极。

写过《一九八四》《动物庄园》的乔治·奥威尔，在那篇著名的《我为什么写作》的结尾这样审视自己：“回头看看我的全部作品，我看到在我缺乏政治目的时，写出来的书总无一例外地没有生气，蜕化成华而不实的段落、无意义的句子和装饰性形容词，而且总的说来，是自欺欺人之作。”

从索尔仁尼琴的“讲真话”，到奥威尔的“介入政治”，现实主义创作在全世界散发的光芒，经久不灭。尽管在艺术和现实之间，很多作家会选择一个平衡点。

只不过，有时候极致的现实主义，才是真正的理想主义。正如“茅奖作家”张平说：“我不会走向纯艺术，为艺术而艺术，更不会为了艺术而牺牲掉作品的震撼力和冲击力。在艺术和道义发生冲突时，我只能选择后者。”

说起张平的创作人生，很难绕开他因写作惹上的那场官司。

当年，张平在创作采访中遇到一位老人。这位老人从 20 世纪 50 年代到 90 年代，上访了一千五百多次，前后被收容了几十次。张平与老人谈了两天两夜，愤怒于老人遭遇的不公，写出了那部震撼人心的纪实文学《天网》。

当时《天网》极其火爆，发行多达五十余万册，被上百家报纸转载，被改编成电影、电视剧、评弹、戏曲、广播剧、话剧，是真正的洛阳纸贵。

这部作品帮助老人昭雪了三十多年的沉冤，但大量的真相挖掘和批评揭露，也打了很多地方官员的脸，触动了滥权者的利益。很多手持权力者对号入座，不仅将张平告上了法庭，而且还告到了地委、省委、中宣部、中组部……

官司缠身，耗时十年，张平心力交瘁。还好，有大量媒体对此案进行细节追踪，一起关注张平的“因言获罪”，和作家共担道义；无数普通人更是不远千里赶往北京支持张平，他们懂得，揭露真相，就是在捍卫公共良知和社会正义。最终，张平赢得这场官司。他说：“胜诉的原因只有一个，那就是老百姓的支持。”

这场官司，诠释了作者与读者之间的“双向奔赴”。一个作家的终极力量，只能体现于他的作品价值，体现在读者给予怎样的认同与支持。

当年，张平边打官司边创作，将笔触伸向更加敏感而复杂的现实领域，围绕权力腐败造成国资流失这一现象，创作出了更加深刻锐利的《抉择》。

不过，《抉择》获得“茅奖”与《天网》官司胜诉相比，张平认为，后者带来的激动和喜悦，远大于前者。这体现的正是一个现实主义作家的价值追求。

这些年，文学界流行着各种流派，从现代主义到后现代主义甚至到“后后现代主义”，各种挪用或生造的晦涩概念，以及远离现实的私人化写作，也被视为文学追求“艺术化”的表现。

文学确实应百家争鸣、百花齐放，艺术创新也需要更加开放、包容、多元。但是，过度关注风花雪月、岁月静好，一味追求形式和玩弄技巧，不能真正扎根于现实生活的土壤，不能与读者形成共情共鸣，反而会让文学更加边缘化，难以承担“文以载道”的功能。

文学作品需要写在大地上。为了写《抉择》，张平采访了北京、山西、河北等地的十几家国有大中型企业。其中，有个触动作者情感的细节：一位下岗工人得了肝癌，到了晚期，极为疼痛。苦于无钱买药，他只能在家等死。为了缓解痛感，他只好用手抠床边的墙砖，一段时间后，竟把砖抠掉三分之二。

在《抉择》中，张平满含深情，铺陈了大量类似的悲情、苦情、深情。他这样动情地说：“我的作品就是要写给那些最底层的千千万万、普普通通的老百姓看，永生永世都将为他们而写作！”

那么，老百姓的苦难因何而生？张平没有丝毫回避，直指权力腐败，而且是集体腐败、扎堆腐败、体系性腐败。

小说中的国企中阳纺织集团公司的领导层是贪污腐化的“重灾区”。面对国企改革，这些人的思想是：“要还是社会主义我就照做我的官，要成了资本主义我就去当资本家。”公司底层的失语者只能选择集体上访，来表达自身的权利诉求。

小说的主人公，任职市长的李高成面对工人年关“闹事”，重新走进自己曾担任过厂长的中纺企业展开调查。针对工人反映的权力腐败，他发现，自己原来也被一条复杂的腐败链条紧紧缠绕着：涉及贪腐的中纺领导层几乎都是他曾经提拔过的人，他的亲人、下属也都身陷泥潭，而最大的保护伞，竟是提拔过他的领导严阵。

厂长郭中姚直接对他说：“其实，中纺的情况同别地方并没有两样，你要是不查就没有问题，你要是真查就真有问题，你要是小查就是小问题，你要是大查就是大问题。”妻子吴爱珍劝他：“能不查就不查，最好别查。”贪腐者不仅拿他妻子进行要挟，还给他送来三十万元巨款，断章取义地制造他收贿赂款的录音。领导严阵更是通过各种方式对他进行威胁、逼迫和打压。

面对种种连带关系与裙带关系，面对种种政治压力和权力陷阱，要么将反腐败进行到底，始终与人民保持同一立场，要么就和腐败分子同流合污，站到人民的对立面。李高成面临着生死抉择。

最终，在高层领导和底层民众的双向支持下，李高成喊出：“我宁可以我自己为代价，宁可让我自己粉身碎骨，也决不会放弃我的立场！我宁可毁了我自己，也决不会让你们毁了我们的党！毁了我们的改革！毁了我们老百姓的前程！”

冰山露出一角，官场随之地震。生死抉择，敢于亮剑。正义虽然迟到，但人们等得到。

被称为“反腐小说家”的张平，敢于直面现实，揭露社会阴暗面，深刻剖析体制积弊，以文学的方式呼唤“将权力关进笼子里”。

特别是，在制度与人性的两难地带，张平能够找到应有的平衡点，作品要比很多同类题材更具有人文力量。

比如，在《抉择》中，“泪水”是一个经常出现的词语。面对“闹事”老工人、老领导的各种惨烈情状，“几乎把李高成的眼泪给拽了出来”“不知为什么他的心一下子就软了下来”“他的眼睛一下子便湿润了，强忍了一阵子，还是有两颗泪珠止不住地流了下来”。

权力从来就不应是冷漠麻木的，官员绝不应丢掉应有的人性悲悯。

反腐小说有个常被诟病之处，就是最后问题解决，还得靠某个拥有更大权力的人物出场，《抉择》也不例外。

李高成能够站稳立场，作出抉择，与省委书记万永年、省长李高明等人及时站出来支持大有关系，小说最后的反腐行动也得到中央的指示和批示。为此，张平也陷入“青天”情结和“清官”思维窠臼的指摘。

从制度正义层面来看，反腐败最终当然要靠体制机制。但是，只知道把一切问题都推给制度，既不客观，也是偷懒行为。不论在哪个年代，廉洁、公正、智慧、勇敢的好官，贡献都是不容抹杀的，他们身上释放的正义之光与正派力量，都是一种宝贵的财富。正如张平所说：“在整个制度没有健全时，我们党内的好干部是老百姓的最大希望……有什么权利指责老百姓的清官梦呢！”

相较于过往的“反思小说”，《抉择》在人物刻画与批评力度上，无疑更加丰富、更为有力。

但也不可否认，《抉择》在文本表达、结构框架和故事细节上，仍有一些粗糙之处。小说的“文学性”稍弱，而政治性又显得太强。这些也都说明，文学介入现实，在节奏把握和尺度拿捏上，还有太多值得探索的空间。

“只有在登高瞭望之后潜入底层，浮上来的文字才会是匕首是投枪。”张平曾这样说。

替大众说话，为人民发声，作家应不断积聚直面腐恶的人格力量。

作品简介

第五届茅盾文学奖（1995—1998）获奖作品《抉择》，是当代作家张平创作的长篇小说。《抉择》以现实生活中大中型企业的艰难处境为背景，描述了腐败和反腐败的激烈斗争。作品展现了在新的历史条件下，反腐败工作的复杂性和紧迫性，塑造了李高成这样一位对党和国家的事业忠贞不渝、大义凛然，为国家利益抛却个人情义的反腐败英雄形象。

虚己应物，君子之风往哪个方向吹

评《应物兄》

题记：文化乱象，精神危机；
知识叙事，灵魂审判。

在不确定的年代，在时代浪潮的起伏跌宕中，人很容易与外部世界发生紧张关系。

这时候，理性和智慧是最稀缺的好东西。社会是分层的，知识分子群体本应最有定力和辨别力，毕竟，这个群体就是在进行理性思维训练和认知能力提升的。正如康德所说："知识分子的最高标准是什么？敢于在一切公共空间运用理性。"

不过，"知识分子"这个身份符号，似乎也有些尴尬。知识分子与这个世界的关系总摆脱不了一些莫名其妙的紧张感，让这个群体变得无所适从。重新找回身份认同感，知识分子需要面对"我将如何存在"这个时代之问。

李洱的小说《应物兄》就提供了丰富复杂的文化切入口，来多维度透视这个群体的精神困厄。李洱明确说，《应物兄》就是在写"知识分子如何与世界、和自我打交道"。

当知识分子普遍陷入价值失落，当知识分子面临被边缘化的身份认同困境，当知识分子被权力捆绑到近乎沉默失语，当知识分子被利欲裹挟失去人格，唯有文化铸魂，唯有人格重塑，才能让知识分子更加理性从容，更有智慧洞见，更能推动社会进步。

不妨先对“应物”进行简单释义。顾名思义，“应”有顺应、适应、响应、应对等意思，“物”指天地万物、各种现象。所谓“应物随心、应物通变”，说的是要有内心自由；所谓“应物而无累于物”，讲的是不要被世俗物欲所困;所谓“无常以应物为功,有常以执道为本”,指的是人与世界相处，要在不定中思变，在恒定中坚守。

“应物”就是要在追求自知、自处、自洁、自由的境界中，处理好个人与大千世界的关系。

李洱小说里的“应物兄”，本名叫“应小五”，后被初中班主任改名“应物”，再后来因出版社为其出书时错加了一个敬称“兄”字，成为“应物兄”。对于作者选择以人名作为书名，评论家李敬泽曾这样解读:“一部小说为什么以一个人的名字，而不是以一个事、一个调子、一个故事、一个漂亮的词来命名？当我们以一个人来命名的时候是承诺着一个世界，因为每个人就是一个世界，一个人带着他全部世界的宽阔和庞杂来到我们面前。”

这意味着，“应物兄”并不只是这部小说的叙事主体，同时还指向处于精神困境中的每一个知识分子。

一个人在变化年代如何理性地应对自己、应对他人、应对世界，就是在解决信仰和生活的关系问题。

当前，知识分子群体遭遇身份矮化，被贴上污名化标签，需要纠偏，需要正名。当然，对知识分子本身来说，既要经得住外部批判，更要懂得向内求索，在自省中修身和修心，来形成足够的精神自由和独立人格。

《应物兄》这部作品，就是在提供一种文化感召和价值引领。

正如茅盾文学奖的授奖词这样说："李洱对知识者精神状况的省察，体现着深切的家国情怀，最终指向对中国优秀文明传统的认同和礼敬，指向高贵真醇的君子之风。"

这部小说被一些评论者誉为"新《儒林外史》""《围城》升级版"。《繁花》的作者金宇澄说，要了解最近三十年的中国知识界，看这部小说就够了。

这部小说对知识分子群像的书写，也正如《繁花》的人物刻画那样，文笔绵密精细，场景切换自如。李洱通过对几类知识分子赋形和画心，细致展示了转折年代知识分子的迷茫和失守，呈现出一幅当代知识分子的浮世绘。

《应物兄》并不是一部具有普适性特点的"茅奖作品"。对这部小说的评价是严重两极分化的，社交媒体上有很多人的评语是"读不下去"，有一定知识积淀和文化素养的读者则对这部作品"爱之甚切"。这种差异化判断非常符合这部作品的特点，因为这部小说的读者画像很精准，就是写给"读书人"看的，就是留给知识分子群体观照自己的。

很多人指摘"读不下去"的原因是《应物兄》无处不在的"知识叙事"。统计显示，这部小说提到的各种典籍著作有四百余种，涉及的真实历史人物约两百个，写到的植物有五十余种，动物近百种，引述的理论观点有五十余种。如此庞杂的知识镶嵌在小说故事中，让一些批评者认为小说生硬艰涩，阅读节奏经常中断，有种割裂感。

有些批评者还认为，这部小说没有做到像《红楼梦》《围城》那样，把知识与故事处理得那么自然平衡，给读者带来足够的阅读愉悦感。

这其实是作者选择读者带来的结果，并非作者写作经验的问题。李洱早就以《花腔》《石榴树上结樱桃》等作品证明自己是个成熟作家。很久以前，他在接受采访时就说："在（二十世纪）九十年代写作，沿用以前的语言、句式、范式显然不行，很多东西都失效了，需要有新的一种语言和视角。”

《应物兄》并不是 20 世纪的作品，而是从 2005 年开始写的，写了整整十三年。对李洱这种极有野心的作家来说，没有选择熟悉的方式使作品陷入程式化、套路化，而是打造一部“百科全书小说”，其难度和风险他显然是知道的。但是，李洱还是选择挑战小说既有法则，“将知识元素化，元素意象化，意象历史化”，开辟了一条属于自己的极致文学表达之路。

这样的创新挑战，是值得投去激赏目光的。在今天，简单地拿过去文学经典作品的内容结构来作为示范，拿传统小说的表达技术作为标准，其实是对艺术创新缺乏勇气的表现。

21 世纪的文化多元和知识迭代，决定着能够获得“茅奖”的作品，不应再像《骚动之秋》那类城乡接合部作品般平庸了。在艺术表现和价值观念上，真正“经得起历史检验”的作品，只能是由极致创新来打底。

《应物兄》堪称一本奇书，给当代文学留下了极其难啃的骨头，但这是值得的。身处当今中国的知识分子们，需要从更加繁复的知识叙事中，找到可以照亮自己前行的光。

事实上，对这部作品只要费力咀嚼，就一定能够听见这部作品的价值回响。学术刊物上对这部作品的分析文章数量之多、篇幅之长，几乎是其他作品难以企及的。

再厚实的作品，离开思想支撑都是单薄的。作为一部聚焦知识分子精神世界的作品，《应物兄》以“儒学”作为驱动小说中各种人物价值观和生活方式的思想力量，是精准的、厚重的。无论从历史传统还是现实文化来看，儒学都是有着复杂传承的显学，被奉为“正统”思想的根基。

其实，以孔子为开创者的儒学，在这片土地上经历了漫长的生长和重建过程。诸如秦始皇时期的“焚书坑儒”、西汉董仲舒的“罢黜百家，独尊儒术”以及两宋时期的程朱理学，都是儒学发展的重大节点。然而儒学是一种值得祛魅的文化，不论是儒家思想强化的等级尊卑观念，还是“独尊儒术”的过度强势，都不符合现代社会民主文化的精神潮流。

在这个更加注重法治和市场的时代，在这个更加追求开放和包容的社会，哪怕是回到“诸子百家”的文化源流，也会发现法家的平等思想和墨家的科学兼爱，都更有值得倡导的空间。

过度夸大儒学的地位，很容易使人掉进文化宗派主义的泥潭，充当起某个利益主体的工具。小说《应物兄》就用大量故事情节来呈现人在“生活儒学”观念驱动下的尴尬命运。围绕筹建儒学研究院一事，通过引进程济世这样的主线，官场、商场、学界粉墨登场，众声喧哗，沸反盈天。

小说中的程济世被视为当代“圣人”，是海外“新儒家”领袖，他大肆吹嘘自己的功德，把世界万事万物的变化归因都装进儒学的笼子里，强调儒教文化的实用性、工具性，其实就是在制造文化泡沫。程济世打着学术幌子，其实是借相关项目来推动自家故园重建；副省长栾廷玉热衷于建立儒学研究院，不过是想以此推动自己政治仕途“更上一层楼”；大商人黄兴追捧程济世，把自己比为子贡，不过是用这种“新儒家”的文化符号来冲淡自己企业的逐利本性；校长葛道宏只顾自身利益，轻易就放弃了价值坚守；吴镇看到“新儒家”的利好，不惜扭曲人格进行投机钻营；律师邵敏用尽司法手段让丈夫一无所有，其实是缺乏人性的“讼棍”。此外，铁梳子、程刚笃、易乙乙、珍妮、朗月、雷山巴、郏学勤、伯庸等人，或是淫邪堕落，或是精神变态，上演了一幕幕“知识分子现形记”。

大闹一场，各自散去，给世界留下一个巨大冷场。

《应物兄》中的人物，大多以悲剧收场：栾廷玉被“双规”，珍妮生了怪胎，豆花流产自尽，应物兄也遭遇车祸生死不明。在温和中感受虚无，在寒凉中面对孤独，这样的命运困境让人不禁思考：儒学是在解决问题还是制造问题，是在把人塑造成君子还是让人性扭曲异化?

如果说鲁迅选择反对“封建礼教”早就撕开“儒家思想”的一块遮羞布，那么，李洱通过《应物兄》至少表明这个时代需要更大的勇气和智慧，来进行精神修补，解决信仰危机。

虚己应物，恕而后行。知识分子唯有坚守自我，才能在通往精神信仰的道路上，展现真正的君子之风。

作品简介

第十届茅盾文学奖（2015—2018）获奖作品《应物兄》，是当代作家李洱创作的长篇小说。小说围绕济州大学儒学研究院筹备成立和迎接儒学大师程济世“落叶归根”两件事，以“应物兄”作为轴心人物，上下勾连、左右触及，各色人等渐次登场，描绘了一幅丰富多彩的当代社会特别是知识分子的生活画卷。

回到听见故乡秘密心跳的地方

评《宝水》

题记：故乡精神，老家味道；
生活智慧，伦理秩序。

乡愁，到底是一种怎样的愁?

这是一个相对抽象的问题。政治家和社会学者关于乡愁的表达，能够体现各自需要的功能性，但这种乡愁太容易空泛化，难以带来沉浸式的情感体验。

文学的出场，能让乡愁通过无数意象，形成包裹人们精神感知的深广力量。比如邮票，就是一个重要意象。余光中先生的乡愁，就是“那一枚枚小小的邮票”。邮票是薄薄的，小小的，承载的思念却是深厚的、绵长的。

乡愁，就从这样的小切口中，弥散出故乡连接世界的深远辽阔。所以，福克纳才这样说：“我一生都在写我那个邮票一样大小的故乡。”

当然，在时代浪潮之下，很多像邮票这样的老物件，已经留在历史记忆之中。乡愁的时代表达，需要找到一个更加完美的意象，来承载地理连接和情感联结的双重功能。作家乔叶获得茅盾文学奖的作品《宝水》，写的正是这个时代的乡愁。

似乎没有什么比“水”更合适表达乡愁了。水是古典的，也是现代的。滴水成涓，汇流成河，在通向大海的途中，流过的每个地方，都是故乡。水洇于土，土承着水。“一方水土养一方人”，水的滋养，不只在于肉体与生命，更在于精神和情感。

上善若水，每个人都需要一汪“宝水”。

《宝水》里的村庄，有一眼泉水，泉眼形状如同元宝，由此得名宝水泉，村庄也因此叫宝水村。这个宝水村，并不是封闭的，也不是逼仄的，而是开放的、宽阔的。

从宝水村建构起来的文学世界，表面看来只是一个村庄，但人来人往，城乡两栖，连接国外，这里也就成了一个村庄里的中国，甚至是一个村庄里的世界。由此，《宝水》寄托的乡愁，有了开放创新的元素。

地青萍是串起这部小说故事主线的叙事者，也是主角。从某种意义上讲，地青萍就是一个寻找乡愁的人。在原本生活的乡村福田庄，以及后来生活的都市，地青萍都找不到“心之安处”。

特别是在丈夫离世之后，曾经生活过的场景让她眷恋、怨恨、畏惧、逃避，失眠和多梦是她陷入精神危机的表征。为此，青萍需要找到一个可以“睡得着”的地方，来作为自己的精神原乡。

“再造一个故乡”，这就是青萍的选择。

从城里移居到宝水村之后，青萍走进了一个熟悉又陌生的“人情社会”。在这里，她见识了宝水“当家人”大英的泼辣劲儿，也感受到了遭受家暴的香梅进行反击的决绝；她看到了返乡靠传统荆编手艺维持生计的大曹的坚忍执着，也了解到很多表面憨厚淳朴的村民隐藏的算计和狡黠，更体会到九奶的隐忍与智慧。

在这个“接触—了解—融入”的过程中，青萍重新看见了自己，不仅睡得着，还找到了爱，对福田庄这个原来的故乡有了新的理解——在宝水村，她的乡愁得以安放，她和现实达成和解。

对更多人来说，老家就是永远的故乡，也是精神的原乡。可是城乡的二元对立，让无数人在价值观和生活方式上，与故乡形成了隔膜和疏离。

和故乡的关系，确实需要重构。但这种重构的前提，不应该是否定，甚至背叛。这些年，诸如“故乡沦陷”“北上广安不下肉身，故乡安不下灵魂”的表达，多少有些傲慢与偏见。学会倾听故乡的秘密，重新发现故乡的价值深度，更应该是共同的文化选择。

宝水村虽不是青萍的故乡，但二者地理位置离得并不远，人情风俗也很相似，这种恰到好处的距离，无疑为重新思考故乡提供了一个可以冷静旁观的视角。

不得不说，这样的设置是很精妙的，在宝水村能“睡得着”，其实是为回福田庄能够找回宁静、取得和解做铺垫。乔叶对待故乡，总是这样充满柔情与悲悯，以向内求索的思维来重构与故乡的关系。

人这一辈子，终会走到向死而生的意识临界点。此后人生，有故乡的人在寻找故乡，没有故乡的人苦楚彷徨。人需要在故乡寻迹到个人精神的始源，找到“到世界去”的精神通途，最终完成一个人“从哪里来”“到哪里去”“回到哪里”的思考闭环。

从这个意义上讲，我们唯有对故乡保持足够耐心，努力从故乡各种细节纹理中找到岁月的深度，才能真正找到自我、安放自我。

乔叶的《宝水》能够被认为是一部解开现代人心中“乡愁密码”的著作，正是因为它蕴含着作者巨大的耐心。乔叶从来不是那种离普通读者很远，却在一夜之间凭借某部作品一鸣惊人的作家。她是一个很早就被人们认识的作者，从故乡低洼处的泥泞道路上，一路向着高远处行走，她总是那么安静，那么从容，那么笃定。

从20世纪末到21世纪初，无数人熟悉乔叶这个名字，是通过《中国青年报》《读者》这类大众报刊。2010年凭借《最慢的是活着》获得鲁迅文学奖，2023年凭借《宝水》获得茅盾文学奖，从文本抒情到叙事逻辑，再到价值深度，乔叶在文学征途上每一步都算数。

走出故乡，走向辽阔；回到故乡，回归本源，让无数忠实读者和乔叶有着共同成长的感动。

找到源头活水，坚持“打深井”，最终完成价值连接，这是文学创作之路，也是生活选择的智慧。从乔叶的创作经历来看，故乡就是她的一汪“宝水”，认识和重构故乡，是她一直在深潜和细挖的事。

讲起这本写了七八年的《宝水》，乔叶总是对那些“跑村”“泡村”的庞杂经历念念不忘，从中不难看出，乔叶围绕《宝水》所做的田野调查是极为细致、缜密和翔实的。一个好的小说家，并不是所谓的“大事不虚，小事不拘”，其实恰恰相反，没有密密匝匝的真实细节，又怎么深入表达对象的肌理，掌握小说真正的精神内核呢？

耐心决定细节，细节决定品质。

迟子建小说中关于北纬五十三度的植物和动物的描写，连生物学家们都挑不出错，这就是小说品质底座得以夯实的最好说明。同样，乔叶在《宝水》中对乡村的审视判断，对乡土社会的多维视角和多声部表达，特别是关于村民、乡贤、村镇干部、离乡者之间复杂的关系梳理，也都是极为准确的，由此也就呈现出一幅极为多元又特别生动的乡村生活图景。

尽管一些学院派书评人对《宝水》冠以诸如“乡村振兴文学”“新山乡巨变”之类的主流符号标签，但从根本上讲，《宝水》的创作完全回到了文学艺术的轨道，完全符合艺术审美的逻辑，而且在价值呈现上，也并没有掉进“伟光正”的传统主流叙事陷阱，甚至还并不缺乏必要的反思批判。

人性、人情、人心，最能真正体现文学的艺术内核。书写故乡的文字，本质上还是写人。

鲁迅笔下故乡鲁镇的那些人物，如今依然能让读者穿越历史时光，从纸面走进生活，这体现的就是文学的魅力。当然，写故乡的小说很多，比如赵树理的《李家庄的变迁》、周立波的《山乡巨变》、柳青的《创业史》、莫言的《红高粱》等等。

相对于这些旧作，乔叶无疑摆脱了乡村书写的荒凉底色，不再停留在反映愚昧与苦难的层面，而是看到一个更加明媚灿烂的乡村，展示了一群活得很有精气神的乡建者，给如何重构我们与乡村的关系、乡村与城市的关系提供了新的参照。乔叶直言："我想写有新特质的乡村。"

乔叶的文字清丽隽永，温婉绵密，极有意味，极具张力。从"美文"作家到小说家，乔叶的语言和思想都在不断迭代进阶，这种文本的价值体现得淋漓尽致。她擅用方言，或是悲凉，或是幽默，或是留白，这种极其细腻而又有力的文字，给乔叶的故事叙事增添了太多的美学气质。

文字留得住细节，细节养得起思想，思想符合文明趋势，这也是《宝水》成功的重要支撑。

老家很小，故乡很大；故乡很远，原乡在心。很多人未必知道自己从哪里来，但一定得弄明白往哪里去。

无论是再造一个故乡，还是重新发现故乡，真正放得下乡愁的地方，一定是在那个闻得着老家味道、听得见故乡心跳的地方。

作品简介

第十一届茅盾文学奖（2019—2022）获奖作品《宝水》，是作家乔叶创作的长篇小说。讲述一个村庄从传统型乡村到文旅特色型乡村的转型故事，政府部门、村民、返乡者等多方力量的参与和支持让古老的乡村重焕生机活力。它是乡土中国现代化的文学书写力作，生动地呈现了中国乡村正在发生的巨变。冬—春，春—夏，夏—秋，秋—冬，四个章节如同一幅长卷，在四时节序中将当下的乡村生活娓娓道来。小说语言朴实自然、平易生动，不事雕琢，平白如水，却有强烈的“土气息、泥滋味”。

在怀念江南的时候应该怀念什么

评《江南三部曲》

题记：江南残梦，历史宿命；精神重建，个人实现。

“能不忆江南？”“何处是江南？”

古人的感怀与追寻，之所以长久地交织于无数人心中，那是因为，江南并不是一个简单的地理概念，而是一种历史记忆，是一种文化概念，是一种心理意象，是一种价值判断。

江南秩序、江南文化、江南气质、江南腔调……这一切，都让人觉得，理想的乌托邦、梦中的桃花源，最适合在江南安放。每个人心中都有一个江南，每个人心中都有一个桃花源，江南和桃源梦，是具象和抽象的互文。

只是，梦醒时分，遇见真江南之后，又总会面对太多的灰暗与浮躁，让人不经意间就从诗意跌落到失意。

文学里的江南，往往要比现实世界更加开阔、更有纵深、更为密实。读懂江南，可以从魏晋六朝以来淡雅婉约的诗词中寻迹，也可以从明清两代性灵的小品文中透视。

当然，越过古典来到现代，江南的地理印象也越发清晰，可以跟着俞平伯去看桨声灯影里的秦淮河，随着苏童去逛那条暗影斑驳的香椿树街，沿着叶兆言写的江南旧事去打捞历史的老物件。

不过，要祛除笼罩在“江南”这个文化概念上的迷雾，则需要跳出这些自然景观和物质器具，以更加开放的全球化视野来审视江南的时代性格。对此，格非的“江南三部曲”无疑提供了更好的镜鉴。

《江南三部曲》分三册，即《人面桃花》《山河入梦》《春尽江南》。格非从20世纪90年代中期开始酝酿构思，随后静心沉潜、精耕细作，于2004年出版《人面桃花》，2007年出版《山河入梦》，2011年出版《春尽江南》。2012年4月，历时十几年，完整的《江南三部曲》终于面世。

这三部作品，各自独立成书，人物和地理又有着一定的线索连接，由此，历史命运形成了一个完整的文化思考闭环。

格非是学者型作家，是先锋文学的代表人物，既有灵思飞扬的才情，又有系统深刻的思想。显然，面对《江南三部曲》这样蕴藏着深厚社会历史文化内涵的作品，要成为其理想读者，就必须跨越一定的文化思想门槛。

当下文学评论有两种声音，一种是“学院派”在玩弄晦涩难懂的概念符号，不加节制地堆砌媚语口红；一种是所谓“民间独立批评者”极尽刻薄之能事，抛开文本、结构、思想的系统性分析不谈，简单围绕那些具有感官刺激的描写进行讽刺谩骂。

特别是个别自以为是的“野生文艺评论家”，以“骂遍”名家的方式招摇过市、博得薄名，其实就是在制造文化戾气。比如，有人就专挑名家作品中的性描写，对包括莫言、贾平凹、乔叶等人进行嘲讽，格非和他的《江南三部曲》也未能幸免。这种文化心胸格局，窄了、小了。

《江南三部曲》能以票数第一获得第九届茅盾文学奖，本质上还是因为其中包含着值得信赖的艺术价值。近几届“茅奖”评选实行打分制，给这项文学评奖赋予了较为坚实的“民主评议”特质。从整体获奖作品的质量基本面来看，几乎不再出现前几届那种吊诡的评选结果了。

诸如《都市风流》《骚动之秋》等后来几乎不再被读者记忆的“茅奖作品”，如今追溯到评奖环节，都能看到一些践踏“程序正义”的人为干预。而随着评奖机制的日趋完善，随着文艺价值、次序选择更具共识性，对待“茅奖”这种代表着国家最高文学荣誉的作品，读者当然需要摒弃浮躁、心怀敬畏，这本身也是应有的文化自觉。

独立批判是高贵的品质，但把刻意标新立异的哗众取宠，甚至是恶意攻击也说成是文学批评，这就是一种文化的悲剧了。格非能把文学叙事和哲学思考很好地融合在一起，对“江南”的精神内涵和现实秩序进行更有体系性和逻辑性的思考，这样的文艺价值，当然不应被轻慢与亵渎。

语言是作家和作品的脸面，也是其气质。凡是一流的小说家，首先应该是个语言大师。在“茅奖作家”中，作品的高度虽然不能完全与文笔画上等号，但好作品在文本与艺术上，一定都在某个高位达到平衡。莫言、迟子建、宗璞、陈忠实、苏童、毕飞宇、格非、徐则臣等作家和他们的作品，莫不如此。

经过20世纪80年代先锋小说写作实践的格非，其语言风格是古典的，是诗性的，是有书卷气的，是充满意象的，是有抒情性的，是有音乐节奏感的。当然，格非的语言也无处不在地充满哲思性。这样的小说，是留白的，是耐读的，是有代入感的。格非就是在用充满美感神韵的文本，养护他笔下的“江南气质”。

《江南三部曲》书写的是“大历史”转折环境下，个人在实现生命价值途中遭遇的困境，来引导人们进行关于世界观、历史观、生命观、生活观的深刻思考。

从人物关系角度看，《江南三部曲》写了一个家庭近百年的“秘史”；从故事地点看，“普济”“梅城”是江南的小城，另有一个作者虚构的地方——“花家舍”，被格非用来作为江南的表征。

从时间内容看，《人面桃花》主要写清朝末年到民国初年，知识人群的人间桃花源情结，以及他们对理想社会的探索与追求；《山河入梦》集中在写20世纪50—60年代，权力阶层开启的那场具有“乌托邦”式色彩的社会实践；《春尽江南》则是聚焦于20世纪80—90年代的现代社会发展，来透析现代人的精神困境。

《江南三部曲》，百年沉浮梦。《人面桃花》展示的是一个恍惚迷离的江南，《山河入梦》揭示的是一个疯狂失序的江南，《春尽江南》描写的是一个颓废绝望的江南。这样的江南诗意消亡历程，无疑正是沿袭着以江南士人精神为代表的“道统”溃败、士人风骨沦陷的文化脉络，最终将历史浓缩于一个家族的百年命运变化，来铺陈一部古典诗意江南的现代颓败凋零史，让人们听到一曲关于文化江南生命消解的挽歌。

在《人面桃花》中，无论是陆侃为建设世外桃源的梦想发疯，还是土匪头子王观澄建成人间桃花源的荒诞，抑或是张季元、陆秀米等中国第一代革命者建设理想社会的幻灭，都清晰表明那个时代的江南情结，只剩下执念或私心。

在《山河入梦》中，郭从年建立的花家舍，具有乌托邦式的美好表象，但这里的“大同世界”实质是由专制集权的威压来完成的。“花家舍人民公社”看似人人平等，其实人人自危，除了强权不受监督，普通人只能处于无孔不入的监视之中。试图革除制度弊端的县长谭功达，最终也只能成为政治斗争的牺牲品。

作为《江南三部曲》的终结篇，《春尽江南》展示的则是现代欲望社会的秩序紊乱和人性迷失，主人公庞家玉从单纯的诗歌爱好者堕落为逐利的律师，甚至在解决自身房产纠纷时还选择动用“黑社会”力量，在欲望包裹之中逐渐背离了良心与爱心。人性、文明、法治的沦丧，让江南再无春日，让精神家园走向荒芜。

花家舍是三部作品中都写到的地点。在《人面桃花》中，花家舍是桃源图、桃源梦的实验田，是追求大同世界的理想主义者的集散地，是超越身份鸿沟有着共同生活愿景者的灵魂栖息地。那样的花家舍，只是活在古典残梦之中；到了《山河入梦》里面，在大历史的风浪冲击下，这样的“江南遗梦”渐渐被惊醒了、刺破了、清洗了，制度变革的冲击力瞬间荡涤了传统的人性伦理；最终在《春尽江南》里，花家舍在利益驱动下，陷入疯狂开发的物质洪流中，曾经的传统江南变成了一个表象繁华的灯红酒绿地带。

至此，当年陆侃想把各家各户连接在一起的风雨长廊，经历了近百年的岁月烟云后，也彻底失去作为文明价值观的纽带价值，只能充当花家舍吸引游客的逐利工具。古典的文化江南，就如同这三部作品的三位女主人公——陆秀米、姚佩佩、庞家玉，在默然中香消玉殒，缓缓走向历史的尽头。

“江南好，风景旧曾谙……能不忆江南？”真正的好江南，一定不只是好风景。“何处是江南”这样的无奈慨叹，更不会只是因为江南春色难觅的遗憾，而是对历史、社会、生命等社会哲学问题的现实求解，陷入了长久的困境。

桃花源和乌托邦，都只是南柯一梦。真正的美好社会，依然未能成为被所有人都清晰看见的现实图景。在“大历史”转折年代的风雨中，如何实现个人价值，需要呈现更为理性的时代答卷。

人面桃花，历史残梦；山河入梦，不见自我；春尽江南，失魂落魄。

在谈论江南的时候，人们不应该只是在谈论风景；在怀念江南的时候，人们都应该知道要怀念什么。

作品简介

第九届茅盾文学奖（2011—2014）获奖作品《江南三部曲》，是作家格非创作的长篇小说，包括《人面桃花》《山河入梦》《春尽江南》三部作品。格非的《江南三部曲》以对历史和现实郑重负责的态度，深切注视着现代中国的壮阔历程。以百年的跨度，在革命史与精神史的映照中，处理了一系列重要的现代性命题。三代人的上下求索，交织着解放的渴望和梦想的激情，在兴衰成败与悲欢离合之间。

向善而生，人间处处都是雪山大地

评《雪山大地》

题记：血脉相融，生死相依；
因爱而活，向善而生。

“人有病，天知否？”这句话的内涵很丰富。

比如，“病”既可以是疾病痛苦，也可能是精神困厄；“天”既可以指向自然天道，也可以拿来隐喻社会权力。

人是自然人，也是社会人。有很多人处在俗世生活的困顿不堪之中，人在大地上，只能活短暂的一生。

那么，在社会、市场和国家之间，如何让生命不断向上生长，不辜负作为“人”的价值和意义？

不论在哪个年代，为理想而活着，有信仰地活着，才能让生命活出价值。只是，很多人觉得谈理想是奢侈的，谈信仰是虚妄的。于是，灵魂越来越跟不上脚步，也越来越难以摆脱俗世生活带来的“多维病”。

“时代病人”有一个普遍选择，就是寻找诗和远方，希望能在某个有风的地方，驱散内心浓重的雾霾。

藏地，就是构建治愈系坐标的重要地理选择。这里被称为“中国最后一片净土”，吸引着无数朝圣的目光。藏地确实是一个超出很多人生活经验的所在，值得投以虔诚的目光。

不过，修行并不只是选择某个圣洁的地方来安放肉身，而是要让生活和信仰形成生命的协奏曲，来唤醒沉睡于灵魂深处的爱与善，给这个世界带来更多美好。

在一个能让内心纯净的地方，读懂生活的真谛，才是关键，这就需要文化的导引。杨志军的小说《雪山大地》，就尝试将地理、生活和信仰串成生命的音符。

尽管杨志军早就凭借《藏獒》这样的畅销书被很多读者知晓，但他似乎很少在“主流文学圈”露脸。事实上，杨志军从来没有被哪一种文学派别或潮流裹挟，他总是独立理性地行走在青藏高原，开拓着自己的“荒原文学”。

这种疏离的姿态，让不少人对他感到陌生。正因如此，他以最高票获得最新一届“茅奖”，让不少人感到有些意外。

文化永远不会辜负真正的坚守者和创新者。其实，写藏地小说几十年的杨志军，早就对自己的创作有过这样的谋划：“藏地小说已经超越了历史和苦难的层面，而是精神的升华，是信仰与现实的抗争。藏地小说跟我在生活和精神上逐渐进步攀升有关系，等到攀升到一定程度，我会把它完全生活化。”

《雪山大地》这部小说，同时入选“新时代山乡巨变创作计划”和“新时代文学攀登计划”，获得第十一届茅盾文学奖，这正是他创作攀升的标志性成果，是一份基于文化信仰而不断创新所交出的答卷，让人们看到生活和信仰双向奔赴的极致之美。

不过，也因如此，在社交媒体上，这部作品有时被作为“主旋律作品”进行过度宏大叙事式拔高，有时又因为“主题先行”被粗暴贬损。这两种评价给这部作品带来很多尴尬与不公，很容易让读者偏离艺术规律，让很多人错过这部好作品。

对《雪山大地》的评价出现差异，甚至走向两极，也与当前读者群体分流有关。一部好的作品需要遇到理想读者，一个好的读者也需要遇到适合自己文化审美的优秀作品。对《雪山大地》来说，这种文学寻亲的未来之路很长，但值得期待。

“茅奖”评选从来就不乏争议，但近几届“茅奖作品”在质量基本面上，是越来越值得信任了。《雪山大地》高票获奖，评委考量的视角显然不会简单停留在题材选择上，而是基于对艺术和价值的综合判断。

认真读完《雪山大地》，甚至会禁不住将其与《平凡的世界》《白鹿原》《额尔古纳河右岸》《尘埃落定》《人世间》这些优秀“茅奖作品”进行比较。不得不说，对这部小说太过傲慢轻率的判断，都很容易成为一种文化过失。

《雪山大地》走的是传统典范的现实主义小说写作路数，不论是结构框架的搭建，还是人物关系的构建，抑或是语言修辞的运用，都沿袭着传统一脉相承的处理形式。

这部小说并没有在结构和表达上做太多的创新，平行的空间结构和线性的时间线索，没有给这部小说的阅读设置任何技术障碍。但在看似寻常的写法和布局中，作者自信地回归中正大气的表达，尽情释放出文字直抵人心的力量。

不得不说，杨志军的语言是有惊艳之美的，甚至刷新了读者对这位“畅销书作者”以往的认知：原来这个极善于讲故事的作家，竟然有着如此深厚的文本修辞能力。

《雪山大地》带有强烈的生态文学特征。毫无疑问，这种类型的小说里，迟子建的《额尔古纳河右岸》堪称典范。迟子建语言的清新隽永、清丽温婉、干净质朴、灵动绚烂，在整个文学界都极具标志性，很少有作家能像她那样呈现绝美的文字。令人惊叹的是，杨志军的文字也同样干净到了极致，而且，还带着神秘、沉厚、雄浑、壮阔、苍劲和悲凉的独特色彩，似乎每一字句都经过反复锤炼，都寄托着万千情感，都有着深刻的寓意。

大道至简，大巧若拙。杨志军像是在用美工笔和雕刻刀，描绘出草原建设半个世纪的“山乡巨变”，刻画了几代建设者的心路历程，展示了因为信仰而活出人格的群像。

这是一群有理想的人，也是一群理想的人；这是一群有信仰的人，也是一群被信仰的人；这是一群播撒文明种子的人，也是一群得到文明滋养的人。

小说里强巴和角巴两个家庭，分别属于汉族和藏族，他们彼此交换了真情，交换了孩子，书写了汉藏融合带来的骨肉相连、血脉相融、生死相依的深厚情谊。父辈的旗帜传递到子辈手中，理想和信仰才是代代相传的真正内核。

在草原上，他们建起了第一所学校、第一所医院，在雪山大地上开创着各种事业。不论是面对高海拔地区十分恶劣的自然环境，还是面对政治动荡年代各种斗争构陷，他们始终保持着豁达心态，承担起种种责任，承受着现实的苦难。

小说叙事主体的父亲，是一名支边的汉族党政干部代表，面对雪山大地的精神引领，他把名字改为强巴，让身体和灵魂都融入了藏地。在建校兴教之初，强巴不愿让帮助自己的藏民角巴成为替罪羊，承担起责任，失去了官职；在“十年动荡”时期，强巴带领藏民经商致富。恩将仇报的老才让恶意举报，制造出牵连多人的“强巴案”。这一次，强巴仍然选择自投罗网充当“首犯”来保全他人；在建设年代，强巴为保护草原生态、推动城市建设呕心沥血，四处奔波。最终，强巴死在前往工作的路上，端端正正地坐在那里，望着圣洁的雪山。

苗苗是强巴的爱人，和强巴有着深厚的感情，是相互扶持的灵魂伴侣。苗苗本是省人民医院的外科医生，骨子里有着医者的仁爱与悲悯。后来，苗医生来到沁多的小卫生所，把这个原本只给机关工作人员看病的地方，建成为一所面向牧民的医院，给无数人带来了健康与重生，她也成为藏民们心中妙手回春的女菩萨。因为难以忍受麻风病人被遗弃在与外界隔绝的生别离山，她决心到那里去创立麻风病医疗所。

这个不顾生死的孤勇救难者，最终也感染了麻风病。在毁容、溃烂、残疾的情况下，她依然奔忙在救治病人的路上，最终累死在战胜麻风病的黎明之前。生别离山，终于从人间地狱变成了人间净土。

“父亲和母亲的故事，是所有在青藏高原留下足迹、洒下血汗、度过青春乃至全部人生的父辈们的故事。”杨志军成功地把家庭变迁和国家变迁巧妙地联结在一起，呈现了一个个典型人物形象。

桑杰身为贸易公司董事长不谋私利，将巨额存款全部捐赠给学校；才让放弃国外的优越生活，回归家乡建设草原，劳累过度死于工作岗位；梅朵放弃如日中天的演艺事业，选择去医护被毁容的麻风病人……

这样的生死疲劳，印证着强巴曾经的深情表白：“我在心里敬畏雪山大地，跟朝拜是一个样子的，所以不光是今天，我时时刻刻都在朝拜，说到底，工作就是朝拜，需要虔诚，还需要一丝不苟。”

小说中反派人物老才让和盗马贼秋吉的结局，同样令人唏嘘感慨。忘恩负义的老才让，在“特殊时期”对强巴进行构陷迫害，长期对藏民利益进行掠夺盘剥，但最终主动选择让位给强巴，就是为了草原能有更好的明天；盗马贼秋吉喜欢马，以盗马为生，年轻时意外杀人，长期活在忏悔中，最后在完成自己对草原的拯救行动后，选择自尽。

容忍比自由更重要，悲悯比苛责更有力，救赎比惩罚更值得。

雪山大地，是表达生活和信仰之间关系的极好意象。雪山大地，既是神圣的，也是实在的。雪山大地，是具象的，是地理概念，是阿尼玛卿草原的景物；雪山大地，又是抽象的，是精神寄托，是人们内心敬畏和守护的价值。

在雪山大地的注视下，几代草原建设者高举着理想主义的旗帜，以信仰的力量书写出悲壮而又精彩的拓荒诗篇。他们虔诚地信仰着“爱”与“善”，也在传递着“爱”与“善”。

“是什么样的人能在人心里播撒种子？人应该怎样做才能称其为‘人’？”在小说结尾，作者这样叩问。

答案就是：因爱而活，向善而生。让爱洒开来，把善种下去。

把星星搬到地上，把星光搬入人心。人间处处，皆是雪山大地。

作品简介

第十一届茅盾文学奖（2019—2022）获奖作品《雪山大地》，是当代作家杨志军创作的长篇小说。作家在这部作品中深情回望父亲母亲与几代草原建设者的艰辛探索足迹，书写了高海拔地区的时代巨变与草原牧人的心路历程。人与自然、人与动物、生态与发展的主题贯穿始终，全景式展现了藏族牧民传统社会形态和生活样貌的变迁。

凝望人性深渊，聆听大千世界的回响

评《回响》

题记：环环相扣，针脚绵密；
念念不忘，必有回响。

比起乡村生活的宁静辽远，城市生存环境显得那么喧嚣和逼仄。时代裹挟着各种狂潮，让世道人心不停发生异化扭曲。

倾听城市的秘密心脏，那些患有唠叨症、疑心病、孤独症、癫狂症等等的城市精神困厄者，不断地发出痛苦呻吟和迷乱呓语。人心的焦虑与迷狂，也在不断制造着新的社会风险。

怀疑与信任，罪恶与救赎，总是相伴相生、此消彼长。

小说《回响》就是以一桩凶杀案为切入点，从犯罪心理学的角度，以“推理＋心理”的方式，对嫌疑人、警察及其各自社会关系进行了一场全面又细密的心理透视，来展示人性在利益、亲情、制度、诱惑等因素驱动下，如何变得更加复杂和扭曲。

在作家东西内敛节制的笔触之下，法与理的博弈、情与欲的斗争、爱与恨的纠缠，持续不断地撞击人心，呼应着“心灵的隐秘地带，是大千世界的回响”这个主题。

在叙事技法上，这部小说采取了双线结构，一条线讲案件侦破，一条线讲心理剖析。

这两条线，作者特意安排在奇数、偶数章节来交织推进。这与小说《繁花》奇偶分章的结构有一定相似性，但又有所不同。《繁花》奇偶章节分别对应20世纪的60—70年代和90年代，最终让历史和现实形成交汇。而《回响》奇偶章节分别对应案件本身的侦破过程和办案警察的情感生活，最后二者合并交融，让法度与人心形成关联，这样更具议程设置的效果，更有警示反思的价值，更能凸显作者的匠心妙思。

《回响》开篇就展示了侦探小说的悬疑和紧张——一名年轻女子被杀，身体裸露，头遭重击，右手被切断，惨不忍睹。以地点命名的“大坑案”，扑朔迷离的案件情节，复杂多变的情感人性，都让人觉得是在面对一个深不见底的黑洞。这世界上，比黑洞更难测量的，正是人心。

顺着死者夏冰清的社会关系，一张案件侦破的法网徐徐拉开——头号嫌疑人徐山川是死者的情人。这个暴发户，在家庭之外，有三个情人，玩弄感情，品行低劣。为了让夏冰清不再“烦”自己，徐山川给了侄子徐海涛一笔巨资来解决；经过一轮又一轮转包，落到了刘青手里，而刘青只支付给偶遇的民工诗人易春阳一万元，对方就将夏冰清残害于那个“大坑”之中。

这条看似简单的案件主线，被掩藏在盘根错节、纵横交织、千头万绪、真假难辨的各种场景中，被案件内外各种关联人物极其复杂的心思情感层层包裹着。最终，被案件负责人冉咚咚层层剥开。

而在侦破过程中，冉咚咚也将办案思维带进了自己的情感生活。通往案件真相的每一步，也成为扔进冉咚咚心海的石头。不断泛起的情感波涛，在生活的海面上一圈一圈地荡开，破坏着原有的安宁。

“像侦破案件一样侦破爱情”，冉咚咚一边是对破案的执着，一边是对感情的偏执。她时时扮演着“心灵侦探”的角色，以怀疑思维对待丈夫慕达夫，以破案直觉审查丈夫行为。

她怀疑丈夫开房搞异性按摩，怀疑丈夫与女作家贝贞有婚外情，怀疑丈夫与学生有不伦之恋。她频繁地追问慕达夫“爱不爱我”，长久陷入老公是否“出轨”的猜想与推理之中，甚至对性与爱也产生了各种错位判断。因为习惯于审问者角色，她甚至将书房也改装成讯问室的样子……

在婚姻中，没有多少人能经得起冉咚咚式的深挖和追问。连连逼问和层层盘查，撕开了丈夫心理和尊严的保护层，让其不堪承受，几近崩溃。

当你不再给予别人自由，你就很难获得想要的真实。正如评论家李敬泽所说：“我们现代人如此执着的那个‘真’究竟是什么？就这样寻来追去，结果我们发现，这种追求本身就是一个毁坏生活的东西：它没有结果、没有结论，也永远不可能有结果、有结论。但是，在这个过程中，生活被自然而然地毁坏了。我们等于是设定了一个对自己真实生活的一切的严重不信任。”

很多情感危机都是由不信任引发的。在怀疑思维和追问模式下，一个爱情理想主义者很容易走火入魔，爱的索取往往会变成病态需求，爱的表达也容易异化为精神控制，令人无所适从。

有一回，冉咚咚看见慕达夫内裤上破了一个小洞，不禁为自己没有当好“贤妻良母”而心生愧疚。随后，她以匿名网购的方式，买了五条名牌内裤，寄到慕达夫的单位。收到内裤的慕达夫立刻陷入了两难选择，既在猜想这会不会是妻子对他的一次考验，又很害怕告知妻子会引起更多复杂的追问。

爱情最需要的不是考验，而是爱人之间的信任。人性之所以经不起测试，是因为人性本身太过复杂，从来就没有标准答案。

在人潮汹涌的都市，漂泊的无依感与现实的疏离感让人心经常处于某种失重状态，在错乱中漂浮。以侦探推理那种严丝合缝的逻辑来审视婚恋生活，面对心灵深水区，其实也是在凝望深渊，被吞噬的很可能就是自己。正如慕达夫对冉咚咚所说：“别以为你破了几个案件就能勘破人性，就能归类概括总结人类的所有感情……感情远比案件复杂，就像心灵远比天空宽广。”

在小说中，警察冉咚咚和杀人者易春阳都患有“爱情精神妄想症”。冉咚咚以为自己曾经爱过的郑志多，后来被查证是个并不存在的人物。易春阳心中的完美爱人谢浅草，也同样是一种精神虚幻。实际上，那是一个叫吴浅草的印刷女工，在和他一起印刷诗集时，右手被机器吞没。其实，吴浅草也并不喜欢易春阳这个社会底层。而易春阳却因为这个幻觉，为她砍下夏冰清的那只手。

这一切，正如《回响》中那位心理医生所说：“了解自己比别人更难，如果没有镜子你永远看不到自己的屁股。”

侦破案件容易，打开心锁艰难。“大坑案”告破，冉咚咚和慕达夫也签完了离婚协议。慕达夫这个近乎完美的男人，连同意离婚都是为了成全冉咚咚对同事的爱。正是爱与宽容，让冉咚咚渐渐打开自我屏蔽的心灵，认识到对慕达夫的怀疑和挑剔，是缘于自己的移情别恋，开始慢慢拔出怀疑慕达夫“背叛”这根心中的刺。最后，她愧疚地问：“你还爱我吗？”回答是“爱”。

作者引出了一个叫“疚爱”的概念，这种爱，或许没有那么纯粹，里面有亏欠、有反思、有悔恨，也有补偿。

但“疚爱”就是救赎，就是希望。

陀思妥耶夫斯基说：

> 魔鬼同上帝在进行斗争，
> 而斗争的战场就是人心。

在人心迷乱的年代，
越需要用爱和宽容来完成心灵救赎。

作品简介

第十一届茅盾文学奖（2019—2022）获奖作品《回响》，讲述了一名女警察的人生故事。于她而言，案件和婚姻都是谜一样的存在，让人身心疲惫。作家东西将小说置于广阔的社会生活中，在案情与感情的复杂纠葛中，将人物的命运、性格、身份、心理一一进行了深刻的探寻，直抵心灵的最深处。

后记

在梦想和现实之间看见自己

单士兵

2024年12月30日凌晨3点，在报社灯火通明的夜班大厅，我签完年底最后一期“读书版”大样，头条标题叫“真正的尘埃落定是走向和解”，这是“写在茅奖边上”专栏的最后一篇。

那一刻，我长舒了一口气，觉得终于不用再为这场文学读写苦旅万般纠结了，可以放下包袱，轻快人生了。

车开出报社后，我放了一首欢快的歌，是陈奕迅的《我的快乐时代》，声音很大，大到让我觉得，这是世界上最安静的夜晚。只是，听到最后那句歌词“时间够了，时针偏偏出了错”时，我突然又有了一种深沉的悲伤，仍在对偏离理想的人生难以释怀。

大多数像我这种在20世纪读大学中文系的人，都曾有过作家梦，而我的梦想很炽热。

大学四年，我在报刊上发表过上百篇散文。1999年，大学毕业后，我回到故乡淮安，一边做高中语文老师，一边给各种文学报刊写稿。我供职的学校对面是一所师范学院，那里，年轻的徐则臣正在憋着文学大招；几年后，我进入南京日报工作，部门领导指着座位对我说，毕飞宇刚从那里离开，去搞文学创作了。

从故乡到省城，从文学到新闻，我一路前行，一路转身，渐渐丢掉了最初的文学梦想，踏上漫长的新闻之路。从南京到长沙，从长沙到重庆，多年漂泊的人生，我最难心安的不是因为失去了故乡，而是丢掉了当初的文学梦想。

这些年，我一直在媒体做职业评论员，在很多报刊开设过各类评论专栏，也在网上成了流量博主。但，有一点从来没变，就是我始终觉得，自己所有背离文学的写作，离现实太近，离梦想越远，总是难以祛除内心的遗憾。

这种价值认同的错位判断，固然也是有偏狭片面，但，还是在我内心划下了一道隐蔽而又深邃的伤口，一直难以愈合。想来，所有梦想不曾开花的日子，也都算不上是阳光灿烂的人生。

阅读是对这种伤口最好的抚摸。过去二十多年，不论生活环境如何变化，书房都是我的灵魂栖息地，文学则是我永远都离不开的枕头。无数个夜晚，我在和文学大师们对望，在书海里打量着那些文学逐梦人。

文学永远不会辜负才华和努力，只会让人们见证梦想如何长成参天大树。多年以后，当年我擦肩而过或有过交集的很多文学追求者，很多都已经光芒万丈。徐则臣笔下的淮安花街已经被无数人看见，毕飞宇将苏北那个“地球上的王家庄”变成了他的文学原乡，他们成了鲁迅文学奖和茅盾文学奖的得主。还有太多不忘文学初心的坚定写作者，也都从故乡起步，像他们一样实现了人生和理想的双向奔赴。

人生注定是一场漫长的修行，文学则是永远值得托付的存在，阅读和写作能够帮人们走进禁闭地带，摆脱萨特说的那种“他人就是地狱！”从而打开通往梦想的大门，一路向前，走向辽阔。

这些年，我渐然从时事评论向文学评论转身，在文化评论写作中植入太多文学的元素，在锐利的社会批评中带入更多人性的悲悯，在评论写作理论中主张向“跨文体写作”转身，其中最大的原因，就是基于文学的初心。没有什么比梦想更能驱动人的脚步，没有什么比理想的召唤更值得追随。

媒体人转身为小说家的同城好友宋尾，在赠送他的新著给我时，专门在扉页上写下这样鼓励我的话：“士兵，回归文学，再迟也不晚”。归来，往往是需要仪式的。这本书，就算是我文学回家的起步吧。

写作这本书，也是源于我和现实越发紧张的关系。毫不讳言，和很多媒体人一样，我现在也在面对失去理想主义和专业主义的双重困境，强烈感受着“铁肩担道义、妙手著文章”正在成为职业写作的难以承受之重，经常会为传统评论在追求真相和传递正义上力量式微感到沮丧。这也在倒逼我去寻找一个更适合时下表达的写作突破口。

显然，小说能够提供的时空架构要远远大于新闻场景，艺术想象也可以突破太多现实表达的局限性，虚构的故事情节可以容纳更有深度的批评与反思，这一切都可以为观照历史和时代提供更多的视角。正因如此，从新闻向文学转身，这才成为很多媒体人寻找自我价值实现的路径。

长期以来，我的小说阅读主要集中在外国文学，沉迷于陀思妥耶夫斯基、伊萨克·巴别尔、胡安·鲁尔福、加西亚·马尔克斯、卡夫卡、福克纳等人的经典叙事中，在太多奇妙的故事和深刻思想中穿梭。外国经典文学作品帮助我打开了一个看世界的视野，带来了巨大的审美愉悦和价值体验。不过，或许是因为自己长期作为时评人的身份，我又总有一种遗憾，觉得那些世界经典文学作品与中国历史和现实之间没有形成足够的强关联，不能为认识我们这个国家的历史演进提供更多的直接参考。

这些年，我一直在报社分管文化副刊业务，长期编审“读书版”，阅读了大量书评作品，其中大多数都和学术期刊上的学院派文章是一样的，多是注重对作品进行技术分析和理论阐述。这些作品当然有其价值存在的理由，但，我觉得这类书评对普通读者并不够友好，文本生涩和理论艰深，特别是“圈子化”吹捧现象，不利于读者真正发现经典，不利于提升人们对经典的价值认知，不利于推动全民阅读走向高质量。

重新发现中国文学经典，梳理当代作家如何看待我们的历史，找到这些作品与时代痛感的联结点，需要书评人提供更加符合大众阅读的文本，需要从作品中提炼出更多符合我们时代发展的价值元素。当我们把目光投向当代小说来寻找经典，聚焦到茅奖作品自然也就成为应有之义。

茅盾文学奖是中国具有最高荣誉的文学奖项之一，茅盾文学奖作品也通常被视为中国当代文学经典。四十多年来，一些茅奖作品已经完成了经典化过程，有些作品仍然行走在通往经典化的路上，还有一些已经被淘汰出经典作品范畴。当然，也有一些作品并没有被评选为茅奖作品，但经过时间检验，仍然完成了经典化。

这一切，都意味着透视茅奖评选的细节过程，讲述茅奖作家的人生故事，评析茅奖作品里的人物命运，梳理茅奖作品对于历史的反思，总结茅奖作品的时代价值，既需要立足文学本身，也需要跳出文学，以更加自由和随性的笔触，通过政经的、社会的、文化的视角，来为大众阅读提供一个体系化的认知判断。

这是一项既有价值又极具挑战的工作。我产生给全部茅奖作品写书评的念头，不仅是因为长期专注于文学阅读，更重要的是，想以茅奖作品书里书外的故事为切入点，把自己这些年在新闻评论和网文写作上的经验移植到书评中，来写一部属于我自己的“一个人的经典”。

于是，从 2022 年开始，我用了两年时间，深度阅读了迄今评出的 53 部茅奖作品，同时认真准备相关学术材料，从整体上构架好观点框架后，从 2024 年的第一周开始，在报纸上开设“写在茅奖边上”专栏，每周一期，每篇三千余字，从无间断，用了整整一年时间，完成了这部作品的初稿发表。这期间的甘苦，如同饮水，冷暖自知。

这个专栏刊发期间，我还与东西、乔叶等多位茅奖作家一起举办了线下对谈活动，和作家和读者面对面交流，也让我不断完善评价茅奖作品的观点闭环。这些专栏文章刊发后，也得到迟子建、徐则臣等多位茅奖作家的认同表扬，不少茅奖作家还把我称为他们的“理想读者”，而我也从这些理想作家身上感受到很多作品之外的文化力量。完成全部专栏发表之后，我又用了将近半年时间，对这些文章重新进行修改整理，从文本到观点都进行了迭代升级，就是想让这部随笔体书评集更加符合当下的阅读潮流，让文学与现实形成更为紧密的连接。

文学也是记录历史的一种载体，文学介入现实从来都是文人的使命担当。在写这本书的过程中，我经常感叹今天的大众媒介和书评人，在很多时候辜负了作家对历史的记录和反思。

现在很多人对早期的茅奖作品已经不以为然，其实，早期的“寻根文学”“反思文学”“改革文学”，不论对待历史的态度，还是反映现实的力度，都可以作为一面文化的镜子。比如，《芙蓉镇》《将军吟》《白鹿原》等茅奖作品提供的历史叙事，现在看来，既是勇敢的，也是深刻的。在当前很多文化场景中，我们甚至难以直接复述这些原著的内容，自然也就很难找到对特定历史年代进行文化评述的合适角度。

可以说，每一部茅奖作品都在呼应着特定的年代，包括一些被标注为“主题先行”的作品，也都需要抛弃被随意定义的标签，回到具体的社会场景，回到文学本身，来进行理性审视。不负经典，首先应该不辜负的，还是经典作品的历史记忆和现实反思。

我还阅读了大量茅奖作家的人生故事，经常在想，如果能够写一部茅奖作家的创作史，那一定是一部激荡人心的作家奋斗史，也是一部感人至深的作家心灵史。

经典都是来之不易的。熊召政早年以诗成名，后来投身商海，颇有成就。后来，他放弃生意，回归文坛，关门谢客，青灯黄卷，十年磨一剑，写出皇皇四卷本的《张居正》。其间，他将第一卷烧了重写，将第二卷烧了一半重写，上演了现代版的“黛玉焚书”。姚雪垠从1957年秋动笔写《李自成》，直到1999年8月这部作品第四、五卷才出版。一部《李自成》，从开始创作到完全出版，长达四十二年，堪称文学马拉松。徐怀中早在20世纪60年代就写出了《牵风记》的雏形，而在20世纪60—70年代的特殊历史阶段，只能把近20万字小说手稿全部销毁。后来，重新创作这部作品，九旬高龄徐怀中“抱着必死的决心在写”。

最让我感动的是路遥，他更像是以一场生命献祭的方式完成了《平凡的世界》写作。在那个物质匮乏的年代，写完第一部，路遥身体已经严重透支；写完第二部，路遥大病一场，严重吐血，差点死去；写完第三部，路遥形容枯槁，两鬓斑白，双手如同鸡爪。完成这部作品时，路遥还不到四十岁，却像个头白背驼的老人。这部作品发表后不久，路遥就离开了人世。文学当然不值得拿命来拼，但敷衍和投机永远不可能创作出真正的经典。茅奖作家创作经历本身也是一种文化精神财富。而对很多作家来说，最终没有辜负他们的，也只有作品。

文学批评不是为了批评而批评，文学批评的价值也从不局限于“否定性批评”，但是，一味赞扬的文化评论是很值得怀疑的，只有客观公正地直面问题才能让批评具有正当性。茅奖是一个极其重大的文学荣誉符号，但，茅奖评选本身也是有遗憾的，也是有遗珠的，一些文本和价值都很低劣的作品挤进茅奖作品阵营，历来为读者诟病。在我看来，茅奖作品确实存在一些作品质量堪忧，甚至可以说是粗制滥造。对这样的作品，我从作品质量到评奖过程都进行了梳理分析，就是想通过锐利的批评提供一些文化警示，为相关评奖体制机制的不断完善提供建议，同时呼吁评委在审视文学作品时能够多些谨慎和理性，少些傲慢与偏见。

茅奖作品是评出来的，但评上茅奖作品不代表最终的价值判断，反而成为一个能否完成经典化的全新开始。不久前，我采访李敬泽老师时，他也再三强调：“伟大的持久的经典都是争辩的产物”“经典是争辩出来的，不争辩，无经典”“文学经典化离不开读者阅读，文学批评也是这个过程中的重要一环”。不负经典，说到底，就是要经得起批评，真正不辜负读者。

最后，我要感谢李敬泽、邱华栋、徐则臣等多位老师对此书出版给予的关照和支持，感谢迟子建、东西、乔叶等多位茅奖作家对拙作的认同和鼓励，感谢重庆日报报业集团各位同事对我写作的鞭策与帮助，感谢重庆出版集团各位对此书编辑的投入和付出。

特别值得一提的是，编辑陈琰枫先生很有创意，他根据 53 部茅奖作品内容反映的历史年代，对作品进行“内容编年体”的顺序排序，由此，让 53 部茅奖作品内容从整体上形成一个体系，使这本书能够被视为一部中国社会文化的变革史，一部中国人数千年来的心灵史。

从这个意义上讲，我认为这本书并不只是一部书评集，更应该视为一部文化随笔，它内容包罗万象，有史诗神话，有历史变革，有革命战争，有改革建设，有文化发展，而这一切的深度都在故事中，都在一个个人物命运中。

真心期待大家阅读这本书，见众生，见自己，在现实和梦想之间，找准自己应该如何存在。

第十一届 茅盾文学奖 获奖作品 2019—2022	作品名称	作者	出版单位
	雪山大地	杨志军	作家出版社
	宝水	乔　叶	北京十月文艺出版社
	本巴	刘亮程	译林出版社
	千里江山图	孙甘露	上海文艺出版社
	回响	东　西	人民文学出版社

第十届 茅盾文学奖 获奖作品 2015—2018	作品名称	作者	出版单位
	人世间	梁晓声	中国青年出版社
	牵风记	徐怀中	人民文学出版社
	北上	徐则臣	北京十月文艺出版社
	主角	陈　彦	作家出版社
	应物兄	李　洱	人民文学出版社

第九届 茅盾文学奖 获奖作品 2011—2014	作品名称	作者	出版单位
	江南三部曲	格　非	上海文艺出版社
	这边风景	王　蒙	花城出版社
	生命册	李佩甫	作家出版社
	繁花	金宇澄	上海文艺出版社
	黄雀记	苏　童	作家出版社

历届获奖作品目录

第八届 茅盾文学奖 获奖作品 2007—2010

作品名称	作者	出版单位
你在高原	张　炜	作家出版社
天行者	刘醒龙	人民文学出版社
蛙	莫　言	上海文艺出版社
推拿	毕飞宇	人民文学出版社
一句顶一万句	刘震云	长江文艺出版社

第七届 茅盾文学奖 获奖作品 2003—2006

作品名称	作者	出版单位
秦腔	贾平凹	作家出版社
额尔古纳河右岸	迟子建	北京十月文艺出版社
湖光山色	周大新	作家出版社
暗算	麦　家	世界知识出版社

第六届 茅盾文学奖 获奖作品 1999—2002

作品名称	作者	出版单位
张居正	熊召政	长江文艺出版社
无字	张　洁	北京十月文艺出版社
历史的天空	徐贵祥	人民文学出版社
英雄时代	柳建伟	人民文学出版社
东藏记	宗　璞	人民文学出版社

第五届茅盾文学奖获奖作品 1995—1998	作品名称	作者	出版单位
	抉择	张　平	人民文学出版社
	尘埃落定	阿　来	人民文学出版社
	长恨歌	王安忆	作家出版社
	茶人三部曲（一、二）	王旭烽	浙江文艺出版社

第四届茅盾文学奖获奖作品 1989—1994	作品名称	作者	出版单位
	战争和人（一、二、三）	王　火	人民文学出版社
	白鹿原（修订本）	陈忠实	人民文学出版社
	白门柳（一、二）	刘斯奋	中国文联出版公司
	骚动之秋	刘玉民	人民文学出版社

第三届茅盾文学奖获奖作品 1985—1988	作品名称	作者	出版单位
	平凡的世界	路　遥	中国文联出版公司
	少年天子	凌　力	北京十月文艺出版社
	都市风流	孙　力　余小惠	浙江文艺出版社
	第二个太阳	刘白羽	人民文学出版社
	穆斯林的葬礼	霍　达	北京十月文艺出版社
荣誉奖	浴血罗霄	萧　克	解放军文艺出版社
	金瓯缺	徐兴业	海峡文艺出版社

历届获奖作品目录

第二届茅盾文学奖获奖作品 1982—1984	作品名称	作者	出版单位
	黄河东流去	李　凖	北京出版社
	沉重的翅膀（修订本）	张　洁	人民文学出版社
	钟鼓楼	刘心武	人民文学出版社

第一届茅盾文学奖获奖作品 1977—1981	作品名称	作者	出版单位
	许茂和他的女儿们	周克芹	百花文艺出版社
	东方	魏　巍	人民文学出版社
	将军吟	莫应丰	人民文学出版社
	李自成（第二卷）	姚雪垠	中国青年出版社
	芙蓉镇	古　华	人民文学出版社
	冬天里的春天	李国文	人民文学出版社

图书在版编目（CIP）数据
不负经典 ：写在茅奖边上 / 单士兵著. -- 重庆 ：重庆出版社，2025. 7. -- ISBN 978-7-229-20447-1
Ⅰ. I206.7-53
中国国家版本馆CIP数据核字第2025GY5477号

不负经典——写在茅奖边上
BUFU JINGDIAN—XIE ZAI MAOJIANG BIAN SHANG

单士兵 著

策　　划：李　斌　郭　宜
执行策划：高　岭　杨　帆
责任编辑：杨　帆　陈琰枫
美术编辑：陈琰枫　范　佳
责任校对：刘　艳
装帧设计：火山石

重庆出版社 出版

重庆市南岸区南滨路 162 号 1 幢　邮政编码：400061　http://www.cqph.com
重庆新金雅迪艺术印刷有限公司印制
重庆出版社有限责任公司发行
邮购电话：023-61520656
全国新华书店经销

开本：889mm × 1194mm　1/32　印张：10.75　字数：280 千
2025 年 7 月第 1 版　2025 年 11 月第 4 次印刷
印数：25001-39500
ISBN 978-7-229-20447-1
定价：79.80 元